爱界

Praxis

〔英〕费伊·韦尔登 著

肖丽媛 译

人民文学出版社

著作权合同登记号　图字 01-2015-3597
PRAXIS
Copyright © Fay Weldon 1978
Simplified Chinese translation copyright © People's Literature Publishing House，2018
All rights reserved.

图书在版编目(CIP)数据

爱界/(英)费伊·韦尔登著；肖丽媛译.—北京：人民文学出版社，2018
ISBN 978-7-02-014421-1

I.①爱… II.①费…②肖… III.①长篇小说—英国—现代 IV.①I561.45

中国版本图书馆 CIP 数据核字(2018)第 157414 号

责任编辑	张海香
装帧设计	陶　雷
责任校对	王筱盈
责任印制	徐　冉

出版发行　人民文学出版社
社　　址　北京市朝内大街 166 号
邮政编码　100705
网　　址　http://www.rw-cn.com

印　　刷　三河市西华印务有限公司
经　　销　全国新华书店等

字　　数　244 千字
开　　本　880 毫米×1230 毫米　1/32
印　　张　11.875　插页 1
印　　数　1—8000
版　　次　2019 年 2 月北京第 1 版
印　　次　2019 年 2 月第 1 次印刷

书　　号　978-7-02-014421-1
定　　价　45.00 元

如有印装质量问题，请与本社图书销售中心调换。电话：010-65233595

译者前言

费伊·韦尔登(Fay Weldon)是英国当代著名作家,1931年9月生于英格兰伯明翰一个文化氛围浓厚的家庭。她的外祖父埃德加·杰普森(Edgar Jepson)、母亲玛格丽特(Margaret)都是享有盛誉的作家。埃德加·杰普森一生写过七十三部小说,玛格丽特也著述颇丰。费伊·韦尔登无疑继承了外祖父和母亲的"遗传基因",自幼喜欢阅读和写作,这为她日后进行文学创作打下坚实的基础。

韦尔登的童年时代是在新西兰奥克兰度过的,父亲是医生。十四岁时,父母离异,她和姐姐简一起跟随母亲回到英格兰,在南汉普斯德高中读书,毕业后到苏格兰圣安德鲁斯大学学习心理学和经济学。

韦尔登未婚先孕,生下一个儿子之后,与比她大二十五岁的第一任丈夫罗纳德·贝特曼结婚。两年后分手,结束了这段不幸的婚姻。为了养活自己和儿子,并且能够继续读书,韦尔登开始从事广告业。二十九岁时,她碰到爵士音乐家兼古董商罗恩·韦尔登。两个人一见钟情,结婚后,生下三个儿子。怀第二个孩子的时候,她开始为电台和电视台写作。1967年出版了第一部长篇小说《食戒》(*The Fat Woman's Joke*)。随后的三十年里,她出版了三十多部长篇小说、短篇小说集、电影剧本、电视剧本以及文学评论集。1971 年,韦尔登创作了电视连续剧《楼上,楼下》(Upstairs, Downstairs)。这是一部具有里程碑意义的优秀作品,发表后好评如潮,获得英国最佳电视剧编剧奖。1983 年,韦尔登创作了长篇小说《女魔头的人生与爱情》(The Life and Loves of a She Devil)。这部小说以黑色幽默的笔法,讲述了一个荒诞、离奇而又发人深思的故事。小说的主人公是一个被丈夫抛弃的贤妻良母。在生活的重压之下,她变成一个"坏女人"。为报被社会抛弃、被丈夫践踏的"一箭之仇",她不择手段,费尽心机,积累了大量财富。之后,她通过手术,改变容貌,变成前夫的情妇,并将其玩弄于股掌之间。该书出版之后在西方世界引起很大轰动,很快被改编成电影,搬上银幕。韦尔登在英国文坛的地位也因此得到很大的提升。1983 年,她当选为英语世界最重要的文学奖之一"布克奖"(The Man Booker Prize)评奖委员会主席,并且成为 1996 年第四十六届柏林国际电影节评奖委员会委员。2006 年,韦尔登被任命为西伦敦布鲁内尔大学创意写作教授。2012 年,她又被任命为巴斯帕斯大学创意写作教授,以八十岁高龄,仍然活跃在英国当代文坛。

《爱界》(Praxis)出版于 1978 年。这本书几乎可以看作是韦尔登的自传体小说。小说的主人公普拉克西丝和作者几乎有着完全相同的经历。她朴实、善良,在几次婚姻以及与男友同居中,相夫教子,无私奉献,成就了丈夫的事业,养育了子女,却失去了自我,最终被另有新欢的丈夫无情地抛弃。痛苦无助的时候,她遇到了大学同学艾玛,加入正在英国风起云涌的"妇女解放运动"。普拉克西丝在痛苦中觉醒,深刻认识到妇女只有自立、自强,才能真正立足于社会,才能真正获得心灵的解放与自由。她编辑报纸,发表文章,主持电视专栏节目,对二十世纪六七十年代困惑英国社会的妓女、避孕、堕胎等社会问题,勇敢地发出自己的声音,成为女权运动中叱咤风云的人物。普拉克西丝不但向整个社会呼吁重视妇女儿童的苦难,还身体力行,甚至不惜以身试法,与重压在西方妇女身上的虚伪道德、传统伦理,进行不屈不挠的斗争。年轻医生玛丽是普拉克西丝少年时代的老师——伦纳德小姐被德军炮火炸死后,从其腹中取出的私生女。普拉克西丝虽然比玛丽只大十几岁,但天性善良的她,视小玛丽为己出,倾尽全力保护她健康成长。玛丽不但命运多舛,几次被狡诈伪善的男人玩弄抛弃,还被基督教和主流社会传统理念禁锢。她反对避孕,反对堕胎,及至生下一个严重智障的愚型儿,依然坚守在与"妇女解放运动"相对抗的阵地。为使玛丽和愚型儿摆脱毕生痛苦的命运,普拉克西丝在万分纠结中,伸出颤抖的双手将已经濒死的新生儿捂死。之后她投案自首,被判刑入狱。普拉克西丝出狱时已是满头白发、步履蹒跚的老人,但她并不悲观。她相信人类社会一定会发展进步,相信她为之奋斗的妇女解放事业一定会胜利。小说是这样结尾的:

亲爱的上帝,我还得活下去吗?

我觉得,我之所以用这样的话语描绘神,是因为我确信他的存在。如果没有神,也是另外一种力量推动了作用和反作用的车轮,赋予我们生命的意义和目的。如果我们自己看不到这一点,至少在别人眼里是这样一幅景象。

哦,你瞧,我已经做了这一切。我曾经放弃生命,结果失而复得。环绕我的壁垒已经崩溃。我可以触摸、感觉、看到我的同胞姐妹。

这就足够了。

而这正是韦尔登作为英国当代女权主义代表作家的真实写照,也是她作品的重要特色。半个世纪前,英国声势浩大的"妇女解放运动"已经成为过去,韦尔登本人对所谓"女权主义"的观点也在"与时俱进"。随着类似堕胎之类困惑整个英国社会的问题得到解决,她更多地把关注的目光投放到现代人所谓的"事业"上。韦尔登认为,大部分职业妇女其实只是为养家糊口"工作",而不是将自己奉献于真正热爱的"事业",只不过是被老板以"晋升"为诱饵,变成资本家赚钱的工具,而不是推动历史前进、社会发展的动力。换言之,韦尔登认为,在"妇女解放运动"的过程中,资本主义趁虚而入,造成了新的问题。而要从根本上解决这些问题,妇女必须有自己的事业,必须有社会地位。现代女性,只有真正拥有这两大法宝,才能从"男性霸权主义"的桎梏下彻底解放出来,真正赢得社会的尊重。

我们虽然不曾经历西方社会上世纪六七十年代兴起的"妇女解放运动",但是我们经历了内容更加丰富的革命运动,中国妇女的社会地位和精神面貌发生了翻天覆地的变化。然而,翻译此书,反观今日之中国,常感韦尔登描述的一幅幅画面对于我们并不陌生。这就从另一方面说明,中国妇女在"妇女解放"的道路上,依然任重道远。妇女要想真正提高自己的社会地位,必须从自身做起,必须有理想,有事业,必须坚持自强、自立、自爱、自尊基本的道德准则。在拜金主义甚嚣尘上的今天,年轻的女性朋友认识到这一点尤为重要。而这正是我翻译此书的初衷,也是中译本《爱界》出版的意义之所在。

一

五岁的普拉克西丝·杜维恩坐在布赖顿①的海滩上给摄影师摆出一幅很美的画面。圆圆的、天使般的脸颊，金黄色的鬈发，身着泡泡袖上衣、白袜子，小白鞋一只穿在脚上，一只丢在一旁，这会儿正设法用两个粉红色的小脚趾夹卵石呢——可爱极了！摄影师希望她能跟姐姐西帕提亚一起拍这张照片。可闷闷不乐、气色不佳的姐姐根本不愿意和这个连鞋子都不好好穿的妹妹一同出镜。

"当然，"妈妈抱歉地说，"西帕提亚有气质，而且很敏感。普拉克西丝长得漂亮。"她显然认为敏感比漂亮更重要。

咔嚓！摄影师按下快门。普拉克西丝满脸堆笑，西帕提亚却依旧愁容不展。摄影师名叫亨利·怀特查佩尔，参加过第一次世界大战，是炮兵。后来，由于中过毒气、负过伤，患炮弹休克症，没法儿再在部队里当兵，才干了这活儿。不过他是迫于生计，而不是真心喜欢才当摄影师的。但他喜欢在海边消夏，因为

---

① 布赖顿：英国南部城市。

这里的海风不仅对他严重受损的肺有益,而且挣钱也比在伦敦来得容易。来度假的人即使事后没有收到从邮局寄来的照片,也早把照相时花的钱忘到脑后。

"这两个小家伙的名字真逗。"他对着小女孩的妈妈评论道。她是一个漂亮女人,举止优雅,很有教养。正午时分,女仆提着篮子来给她们家送午饭。亨利·怀特查佩尔呢,要是走运的话,能吃上块猪肉馅饼。他常常用羡慕的眼光眼巴巴地看着女仆打开亚麻布餐巾,和用防油纸包着的三明治和鸡肉。

"她们是希腊人。"她回答道,似乎自个儿对这个事实都很吃惊,但不想继续说这件事情,更不用说熟识起来。他记下她的名字、地址:"布赖顿霍尔顿路109号,露西·杜维恩女士。"而且尽量把字写得工整、清晰。万一买得起足够的洗相药水,他就可以抽时间把这几张与众不同的照片洗印出来寄给她们。

亨利注意到,普拉克西丝特别容易感到无聊,没有什么可玩儿的时候,她就会尖叫着跑进大海,连鞋和袜子也不脱,目的是为了引起妈妈的注意和西帕提亚的反感。西帕提亚喜欢凝望着大海,搜肠刮肚想出美妙的诗句,一坐就是几个小时。

亨利·怀特查佩尔想,这丫头要是我的女儿,非抽她一皮带不可。以后他还真的有了这么做的机会。他没结过婚,也没有自己的孩子,他的肺和对事物专注的能力都不能与第一次世界大战前相提并论,更不要说性功能。但对异性的兴趣却没有消减。此刻,露西·杜维恩坐在卵石海滩上,旁边摆着饭篮子、遮阳伞,还有两个女儿。看到这一切,他的脑海中立刻浮现出一幅浪漫的景象。

九月份的一个夜晚,他找机会从布赖顿霍尔顿路109号走过。这个季节,来旅游的人已经少得可怜,能在他压根儿没装胶卷儿的相机前搔首弄姿的人更寥寥无几。他知道,该回伦敦碰运气、找机会了。他看到一栋他所期望看到的别墅。这是一座月桂树掩映的爱德华时期的敦敦实实的别墅。院子里有一条圆形车道、一座修剪得错落有致的花园,正门前还停放着一辆汽车……别墅里面灯火通明,显然主人根本不在乎电费。他听见里面传出他认为是狂欢的吵闹声。事实上,那是本·杜维恩喝醉了酒,一边大笑,一边打妻子,两个孩子在旁边号哭。

本杰明·杜维恩在别的地方还有别的孩子。此刻,他们因为父亲不在身边大声号哭,就像这两个小家伙因为他在身边大声哭喊一样。

"下流的犹太人!"露西·杜维恩撕心裂肺般地尖叫着。

"婊子!"本·杜维恩叫喊着,举起那只在高尔夫球场上练出来的十分有力的拳头,照她的后腰打了一拳。他是个很出色的高尔夫球手,壁炉台上摆放着的一排银质奖杯就是最好的证明。露西被他打倒在地,又跌跌撞撞地爬起来,挥起手臂,把那些奖杯统统横扫到地上。

可以理解。可以原谅。

他们连珠炮似的相互对骂,操起东西就砸,抬起手就打:他的书,她的茶具,他的脸,她的肋骨。这一切似乎都可以理解、可以原谅,但两位当事人恰恰不这样看。

下流的犹太人?可以原谅?哦,没错儿。但本杰明认为,露西之所以骂他,不是出于她那个种族的人习以为常、与生俱来的反犹太主义。不是。露西不是那样的人。她在家族中,是个离经叛道的怪物。她认为自己和那个备受嘲弄的种族没有两样。但是她全然没有想到自己会因为本杰明是犹太人而受到株连。她一直认为,基督教徒和犹太教徒都是平等的,不高也不低,可是她发现,本杰明和她的看法不同。因为她不是犹太女孩,本杰明看不起她,认为她缺少美德、不敏感、没有历史、缺乏深度,而长期存在的恐惧可以让个人形成那种深度。可是与此同时,他又特别喜欢她的身体,喜欢她非犹太血统女性难得一见的魅力!等她生下两个女孩而非他所期待的儿子时,他恍然大悟,觉得他是对的。她是受了污染的基督徒。自己罪有应得。她毕竟不是最好的。他为了猎奇,跑到贫民区寻花问柳,在那里结识了露西。她感觉到了这一点,她因此而受苦。

"下流的犹太人!"她叫喊着,将自己完全置于被动挨打的境地。他越发理直气壮地揍她。她把高尔夫奖杯扔得满地都是。一想到自己坐在海滩上百无聊赖、可怜巴巴地发呆,而他却在高尔夫球场、高尔夫球俱乐部里挥洒自如的场景,她就恨得咬牙切齿。她打破传统习俗,和家人、朋友决裂,跟了他,难道就是为了挨打受气?她从小便知道的那一切,都注定她将永远被诅咒。难道就是为了她以为走进人间天堂,结果却跌进地狱,此时此地就该受这样的苦难吗?

只要有一口气,他就会记着她的叫骂——"下流的犹太人",而她将记着他的拳头。

"婊子!"他大声叫喊着。虽然他们在一张床上睡觉,但她不是他的妻子。她生活在罪恶之中。这一事实除了说明她是个"婊子"之外还能得出什么结论呢?而倘若你说她是"婊子"又将本杰明置于何地?他们不能结婚不怪他,是她的错。因为她已经结婚。十七岁那年,她就和一个比她大两岁的年轻军官结了婚。那年月人们结婚都比较早。后来,他参军去前线,一去不复返。听说他开了小差。最后一次听到的消息是他在美国好莱坞拍电影呢。就这么回事儿。她告诉自己(和本杰明),要想面对国际离婚法实在是太难了。不管怎么说,她没有为离婚做过任何努力。或许她害怕自己一旦还了自由身,就想嫁给本杰明,而万一到头来他却不愿意真的娶她为妻。怀揣这样一个罪恶的秘密一起生活或许比公开他们共同生活的真相更好。这个真相就是,他们是因淫欲与共同堕落绑到一起的。他的犹太特性,她的基督教精神。

"醉鬼!"当他弯腰去捡被砸瘪的奖杯时,她一边踢他一边叫喊:"废物,令人作呕的醉鬼!"

事实上,露西这位犹太情人——她的异族伴侣——变成了一个令人讨厌的酒鬼的同时,也为二十年代的高尔夫球场和俱乐部增添了光彩。酗酒让他一点一点地吞噬着父亲、爷爷的劳动果实。当然,他这样酗酒也是露西的错,是她把他"拖下水"的。他本来应该娶个温柔贤淑的犹太女人。倘若那样,大儿子都该行犹太成人礼了!

可是现在呢?

现在普拉克西丝和西帕提亚正在楼梯上又哭又闹呢!

这两个小姑娘算不上犹太人,干什么也派不上用场,除了到岁数床上功夫也许了得。她们没有继承良好的犹太基因,却融入野蛮人性形状怪异的"水池"之中。就连她们的名字也没有出处,似乎来源于一种久远的、已然没有任何意义的文化。倒是本杰明弄清了其中的含义。

普拉克西丝的意思是"转折点""顶点""功能""性高潮"。还有人说是"女神"自己。

西帕提亚,一个博学多才的女子。本来应该老老实实待在家里,却跑出去教人家数学,结果被愤怒的人群用石头砸死。

他对她们还能有什么要求,有什么希望呢?

当父母以各自的方式野蛮地厮打在一起时,她们只知道坐在楼梯上哭。

"你也就是跟我,别人谁会要你?游手好闲的东西。"他咆哮着。然而谁又会跟他呢?哪个正派的犹太家庭会让自己家的女儿嫁给一个颓废的酒鬼呢?只有个古典文学学士学位,还有个和拉比①争辩的坏名声,怀疑犹太教最根本的教义。一双眼睛因为酗酒而布满血丝,在牌桌上赌博一宿回来后双手颤抖,与酒吧女郎或者别的风尘女子胡搞后的憔悴都写在脸上。哦,不必了,谢谢。即使他的老祖宗是大卫王②又能怎么样?哦,不必了,谢谢!本杰明,如果你愿意,你可以自甘堕落,但是你不能让我们的女儿跟你一起堕落。你出身于名门望族,拥有最好的父母和世界上的各种特权。三代人不懈地努力,从东伦敦③一直奋斗到富人居住的郊区高地。图什么?难道就为了让你毁掉他们辛辛苦苦创下的家业吗?

游手好闲,放荡不羁,知恩不报。没有一个正派人会嫁给他。

"你根本不在乎这个家,"她尖叫着,"看看这两个可怜的孩子——你在用这一幕幕赌博酗酒、打架斗殴的场景毁掉她们。"

但是她自己也并没有设法把她们哄到床上睡觉。就让她们亲眼目睹她的惨状吧!露西就是这样的一个好母亲。他了解

---

① 拉比:犹太教教士。
② 大卫王:《圣经·旧约》中的人物,相传曾是犹大和以色列国王,大约公元前1010—前970年在位。
③ 东伦敦:伦敦东区,英国伦敦东部港口附近地区,为贫民区。

她。毫无疑问,看到这场面,他会意识到自己在这条路上走得太远了。不,她不会拯救她们,她要让她们成为他丑恶行为的目击者。

"性冷淡的婊子。"他抓住她的头发,把她的脑袋往后揪。他很强悍,而她却很无助。如果他想强奸她,他就能,而且这恶行正在酝酿之中。两个孩子安静下来,她们是被吓得安静下来的。本杰明开始干露西。这些日子,他是怀着恨而不是爱跟露西交媾的,他觉得对她的"爱"使他虚弱,硬不起来,阳痿。他感觉到了这一点。她远非性冷淡,只是对他的性暴力羞于做出回应。她害怕自己无法自持,在对方施暴的时候达到高潮。难道她不是一个母亲?母亲无论白天还是黑夜都得尽心尽力。

"畜生!"她一边龇牙咧嘴地骂,一边手脚着地到处爬。她想用这种方式让自己兴奋,也刺激他,或许更好一点。

"天哪,真可恶!"

他强迫她躺在地上。是他强迫的,还是她自愿的呢?
"滚出去。"他冲两个孩子大喊大叫。她们吓得拔腿就跑。西帕提亚虽然讨厌普拉克西丝,可是今天却让她过来跟自己睡在一张床上。结果普拉克西丝把床单、褥垫都给尿湿了。

早晨,妈妈脸色苍白,怒目而视,气咻咻地撤下床单。她不愿意让女仆干这些事情，出于本能，她总想把这些丢人现眼的事遮掩起来。

他们家很少来客人。露西不喜欢本杰明那些粗喉咙大嗓门、喝酒成瘾的朋友。她只是担心他跟他们说了些什么——也许他酒后吐真言，早就告诉人家他们并没有结婚，她只是他的姘妇。这也是她痛恨他喝酒的原因之一。还有衣服肮脏、举止粗鲁、醉眼蒙眬、傻话连篇……都让露西厌烦至极。畜生！其实，她的秉性中或多或少，也有这种粗野的、动物性的东西。小露西，红唇皓齿，皮肤白皙，目光流盼，手腕优雅，似乎命中注定就是要堕落的。

至于她朋友，她早就远离她们，断绝了联系。家人也抛弃了她。因为她只能给他们带来麻烦和耻辱。她陷入没法再交新朋友，也没法再认老相识的窘境。想象一下，在草地上举行茶会，或者午餐时，本杰明突然出现，轻蔑地哼着鼻子——哼着一望便知是犹太人的鹰钩鼻子。

"我知道你一直盯着我的鼻子，"他好像并不想嚷嚷，"没错儿。你看不出我是个犹太人吗？为什么不朝我吐唾沫？"

露西好孤独。

露西给普拉克西丝和西帕提亚穿上白衣服，唠唠叨叨地把她们送到主日学校。她一次又一次地跟本杰明分开睡，想以此惩罚他。实际上更像是惩罚自己。因为本杰明喝多了就酣然大睡，根本没有意识到什么惩罚不惩罚。

他实在是受够了，难怪他喝那么多酒。亨利这次偷听到的吵闹声比平日里更凶。原来这年，本杰明移情别恋，爱上了露丝。露丝皮肤黝黑，个子矮小，是高尔夫俱乐部的女服务员（这里反对犹太人的情绪高涨，本杰明却是一个备受尊重的例外。他不仅仅是他们见过的唯一的一个犹太人，而且还受到普遍的欢迎），现在已经跟本杰明偷偷地结婚了。

露丝是自由身，可以结婚。她是一个犹太出租车司机的女儿，会做很好的牛肉三明治，而且她低下的社会地位足以让本杰明摆脱性焦虑和精神折磨。他可以尽情地爱她，还可以跟她做爱。两件事情同步进行，两个人一直很快乐。

露西知道后当然不会高兴，西帕提亚和普拉克西丝自然也不会开心。

二

什么样的回忆能给人安慰？这个受尽折磨的孩子的回忆是:错误没有被纠正,伤口没有愈合,无法改变的过去痛得撕心裂肺？当然,除非我记错了。是现在的痛苦和不幸给我的生活投下浓重的阴影,否则曾经的这些经历也是完全可以接受的？不过我觉得不是。

我,普拉克西丝·杜维恩,已经老了,而且很少有头脑清醒的时候。这个时候向你们诉说我的过去,对你们也许有所帮助,对于我自己却毫无意义,更不要说帮助我这把老骨头爬出浴室。

昨天夜里就是这样,我踩在肥皂上滑倒,胳膊肘骨折了。今天早晨我疼得实在受不了,只好坐公共汽车去医院看病,没到公园。

我从前的姐妹、原来的朋友:我做了你们想做的事情,看看我现在的样子!

你们已经把我忘了。

两年的监狱生活让我老了二十年。我没有理由悲叹头发变得花白,腿部静脉曲张,身体关节粗大,水汪汪的眼睛里满含憔悴。但我还是在悲叹,悲叹。我能感受到世人的目光从我身上匆匆掠过,飘向远方。我感觉到屈辱。

我的手指变得僵硬,好像得了关节炎,为此我心很烦,写作对于我成了一件痛苦的事。但我还是要写,我已经适应这种痛苦。我胳膊疼,手指头疼,而且因为去医院的路上(我没去成医院)被踩了脚,脚趾也疼。不过身体上的痛与情感、灵魂和思想的痛苦比起来又算得了什么?对于女性来说,这"三重痛苦"构成了日常生活的全部。

对这种"三重痛苦"我并不理解,但我一定试着去理解。这种尝试也许不无益处,只要把它作为一个被欺凌的"自然过程"的象征。我不认为那是一种惩罚:我不相信拥有某种秉性是罪孽。不管怎样,有谁来惩罚我们吗?除非——像大多数人认为的那样——我们断言,这个世界存在这样一个自然法则:男人主导,女人从属。人们将其奉若金科玉律。我们感受到的是女撒旦的痛苦。因为敢于蔑视男神,她被打入凡尘。她同样无法忘记过去,被我们已然丢弃的记忆折磨。否则,按照这种假设,我就会心满意足。我们被一种进化的力量掌控,这种力量在起作用的同时,也会伤害你。这种力量在新一代年轻女人身上恐怕已经开花结果。今天早晨去医院的路上我就碰到这样一个女人。情人的怀抱让她容光焕发,她似乎下定决心,除了让自己高兴之外,不会顾及任何别人的感受。一位"新女性"穿着一双后跟足有三英寸高的"一次性"塑料鞋(我和她不同,买不起也不会穿这种穿几次就随手扔掉的鞋,而是会一直穿下去),踩到我的大拇脚趾上,疼得要命。后来公共汽车中途抛锚,司机让我们换乘下一辆,我兴趣索然,不想再前行,一瘸一拐地回了家。

"新女性"!作为同性,我几乎认不出她们。屁股在紧身牛仔裤里趾高气扬地撅着,赤裸裸地勾引。不戴胸罩的乳房自由自在地晃动。她们不觉得有义务扭捏作态地媚笑,压低嗓门儿嗲声嗲气地说话。她们是怎么生活的呢?看看她们那副德行就知道了:倘若一个男人不能给她们带来性高潮,就去寻找另一个;假使不小心怀孕了,就去做真空吸引术来堕胎;遇到不喜欢吃的食物,就推开盘子;倘若工作不如意,就会递交辞呈。她们厌倦所有的事情,对任何事情都没有渴望。其实,她们就是我曾经想成为的那种人。她们就是我想把自己改造成的那种人。可是现在,看到她们,我就心生厌恶。她们自己找到了解决"三重痛苦"的办法——而这是我从未想到的。她们没有像我一样地去尝试,去了解,从而找到最佳答案。她们只是用废除这三个中心——情感、灵魂和思想——的办法,便消灭了痛苦。真是太有才了!没有情感,没有灵魂,没有思想,自由自在!

听我说,我也曾有过好时光。只是在痛苦的日子里,我才悔恨过去,讨厌年轻人。我曾帮助改变这个世界,那令人愉快的、活泼的、在公共汽车上踩人的女孩子能那样生活,我是出了力的。

看着我,我对你说。看着我——普拉克西丝·杜维恩。我最好自己审视自己,寻找出真实的原因,挖掘出我的痛苦和你们的痛苦的根源,努力弄清这些痛苦来自内部还是外部,是与生俱来,还是后来被加之于我们身上。在我这双写作的手还没有失灵、胳膊肘还能动弹、脚指头还没有掉下来之前,赶快去写。

与此同时,姐妹们,我赦免你们忽略我的罪过。你们尽可以做你们想做的事情。我也一样。

三

本杰明背叛之后,他的妈妈,一个面容威严、胸部高耸的女人出于同情,来看望被儿子遗弃的同居的妻子。她第一次发现自己居然还有两个孙女。此时,这两个丫头不约而同地用酷似她儿子的那种伤感却又目中无人的眼神盯着她。她们头没梳,脸没洗,白裙子脏兮兮的,母亲一副心神错乱的样子。女仆走了,房租没付,食品橱里没有吃的……本杰明的妈妈看到这些,赶紧坐着她那辆有专职司机开的劳斯莱斯牌轿车走了。

第二天,有人送来一封律师函,告诉她们,有人会给她们付房租,两个孩子也会被供养。如果孩子妈妈遇到任何实际困难或者陷入财务困境,随时可以向律师提出特别申请,律师将根据实际情况进行裁定并按期支付费用。

再见,本杰明·杜维恩。他要去高尔夫球场。要去找三个好儿子和露丝——一个不管他是什么样子的人都那么爱他的女人。

不久之后,露西给律师写了封信,向律师询问如果她想搬家,带着两个女儿搬到某个新的地方开始新的生活,他们是否还能继续给付房租? 律师充耳不闻。他们说,对孩子而言,稳定是很重要的,不宜搬来搬去。所以她只能待在现在的住处,很少出屋。其实她真该感谢杜维恩太太,事实上她也打心眼儿里感谢她。换个人家,一定会完全忽略她的存在。她会迫不得已去给别人当用人,或者被送到济贫院,或者赶到大街上。两个小家伙则会被巴纳德孤儿院收养。

第二年五月,亨利·怀特查佩尔又来到布赖顿。他在海滩上走来走去,寻找杜维恩太太,结果没有看见她的踪影。于是,他来到霍尔顿路109号,发现花园里一片零乱,沙砾汽车道杂草丛生,没有汽车,窗帘紧闭。看到这情景,他第一个念头是,109号已经人去楼空。可西帕提亚和普拉克西丝正在草坪上玩耍。确切地说,西帕提亚给花草画素描,普拉克西丝坐在一个小水洼里。站起来的时候,湿淋淋的内裤又是泥又是尿,一直滑落到膝盖。

"你妈呢?"他问。
"哭呢。"普拉克西丝说。
"嘘,"西帕提亚说,"你这个傻丫头!"
"她是在哭,"普拉克西丝回答道,"傻丫头,你才是!"

西帕提亚深深地叹了一口气,扬了扬细细的眉毛。她下巴向里,龅牙,还有点黄。面带菜色,褐色头发没有光泽,像团乱麻。但她好像根本没有意识到自己的这些缺欠,也没有因此受到任何影响,看起来她总是那样的高傲。

"你爸爸呢?"
"他走了。"普拉克西丝答道。
"他这会儿出去了。"西帕提亚更正道。

亨利趁这个机会敲了敲门。平日里他可没这么大胆,可是这天,他似乎对生活完全绝望。旅游旺季虽然已经开始,可是对于他毫无意义。他每天看到的还是那些伸长脖子、咧嘴微笑、傻乎乎充满渴望等他拍照的脸。他们一年四季,无论工作的时候还是休闲娱乐的时候,都被自己的同类欺骗、嘲弄。他们本来应该对这一切有更多的了解。他心里很不舒服。

"杜维恩太太?"他问道,"你还记得我吗?海滩摄影师?我来问问你有没有收到相片。"

他心里想,还从来没有见过短短几个月变化这么大的人。她看上去就像个小老太太。头发用发卡拢到脑后,手按住紧紧裹在身上的和服式长袍的对襟,手指甲没有一个是干净的。

她若有所思地摇摇头,随后又点点头。
"你什么时候需要相框就告诉我一声。我经常说,照片装在相框里效果大不一样。我这里有存货,价格也很合理。"

她根本不想要相框,但是让他走进落满灰尘的客厅,看了看摆在壁炉台上那张照片。

"你这房子好大啊,"他很亲切地说,"我得说,一个人住也太难了吧?"

听到这话,泪水一下子涌了出来。她这辈子完蛋了,也就这样了。本杰明走了,她只是为了两个女儿才挣扎着活下去,除此之外什么都没有。

就这样,他在这幢房子里租了一个房间。她留了个男房客。她,一个单身女人,别人怎么议论又有什么关系呢?实际上,周围的人对她知之甚少,不会有什么流言蜚语。倘若他们对她有更多的了解,毫无疑问也会善待她。但是人们怀着善意——或者缺乏善意——看待自己时,则会在外界引起反响。露西不能原谅自己。都是她的错。解体的婚姻,失败的爱情,两个私生子,落满灰尘的家,她对这条冷酷的大街的指责,对这座无情的飞短流长的城市的非难……都是她的错。现在,又开始新的堕落。这个脏兮兮的房客、骗子摄影师,吃早餐的时候,坐桌子旁边,牛奶从胡子上滴答下来。可她心里舒服了许多。

露西给头发做了发卷,也开始熨衣服。她清除了车道上的杂草,给西帕提亚和普拉克西丝换上了浅粉色的衣服——她们莫名其妙地失去了穿白衣服的权利。她给巴特父子律师事务所——杜维恩家的律师写了信,要求他们支付雇一位仆人的费用。因为不管怎么说,两个女孩儿是大卫王的后裔,这笔钱由男方出才合理。巴特律师事务所起初不同意,后来做出让步。

本杰明的妈妈又来看了她们一次,这一次看到的情景让她放下心来。(亨利暂且躲进厨房。)老太太给两个孙女留下一张她们父亲的照片,照片上还有父亲的签名。普拉克西丝似乎已经不记得爸爸的模样了。对她来说,爸爸只是个目光闪闪、鼻子很大的陌生人。西帕提亚拿走那张照片,睡觉时也把它放在枕头底下。普拉克西丝看到后,气得叫喊起来。亨利打了她一巴掌,她立刻不叫了。

露西很快就在使唤亨利的过程中找到了乐趣。他像一只宠物狗,跟在她的屁股后面。她骂他,责备他,很快又让他给自己拎包、拿书、拿外套。她开始为自己重新营造一个小小的世界了。天气暖和的时候甚至去海滩散步。

两个小姑娘看她们的房客拍照片,假装压根儿就不认识他。露西告诉她们,没关系,他不就是一个街头摄影师嘛!不太诚实,肺不好,有点口臭。她还告诉她们,她们的妈妈是医生的女儿。而她们是大卫王的后裔。这样一说,她们终于可以骄傲了。她们压根儿就没有犹太人的概念,更别说"大屠杀"和"逾越节"了,露西自己对这些也是稀里糊涂。

西帕提亚和普拉克西丝去上学了,在那里她们和十字架上的耶稣一起受苦,还有美得令人窒息的圣母玛利亚。她们的灵魂被灌注了羔羊血,如果偷窃或者说谎就被扇耳光。她们还听说她们是夏娃的女儿,应该对男人走向罪恶、丢失伊甸园负责,并且永远做出补偿。普拉克西丝用给亨利擦鞋的方式来赎罪。西帕提亚跟亨利学习冲印照片。现在,他不再骗人,拍完照片之后无一例外都给人家洗印出来。露西负责邮寄照片。他的牙齿从来就没有白过,可是随着时间的流逝,他似乎不再因此而沮丧了。露西骂他不解风情,渐渐地他开始做出反应。除了在伊普尔①前线看到被炮火撕成碎片、挂在铁丝网上的血肉之躯,除了在他的照相机前面舒腰展背、搔首弄姿、面带微笑的游客,现在通过她,他对人有了更深刻的理解。这个世界有时候真像个停尸房,像个生产人类的农场,用疯狂繁殖的方式来欺骗死神。

不久,他们就睡在一张大铜床上了。她是一个嘴牢却很敏感的女人,辗转反侧,梦中都会想到灾难。他整夜不停地咳着、唾沫四溅,似乎总想摆脱什么。他们俩都因为对方的德行多多少少愈合了心灵的创伤,可两人又都比过去老多了。

普拉克西丝和西帕提亚睡得很香,但是她们醒来时又都很焦虑。一醒来就会睁大眼睛四处看,总担心会有什么不好的事情降临。因为从来没有人给她们解释过本杰明是从哪里来的?

---

① 伊普尔:比利时西弗兰德省一城市。

又去了哪里？亨利是谁？他为什么来？妈妈为什么没有明显的原因动不动就哭、骂或者笑？那个坐着劳斯莱斯轿车来她们家的女人是谁？如果一切都没有来由，那就什么事情都有可能发生。

焦虑使他们的灵魂越发坚强。

普拉克西丝认为西帕提亚比她大两岁半，应该比她知道得多一点。但是即使西帕提亚真的知道什么，她也避而不谈。她总是把自己包裹得严严实实，冷漠淡定得像一只猫。普拉克西丝则更像一只笨手笨脚的小狗，抬起沾着泥巴的爪子，热情而可笑地上蹿下跳。

四

我现在还没有尿床,至少还算不上是尿床,但是离这样的日子恐怕不远了。为此,我整天焦虑。我可不想变成一个坐在椅子上、穿着尿不湿、被"社会中坚"们伺候的老太婆。许多事情看起来很不公平。露西和本杰明的事根本说明不了什么。他们被一种显然和常识或者对幸福的追求都没有关系的力量驱使着,年复一年地在那张并非婚床的大床上滚来滚去,直到显然完成了使命,才在巴特父子律师事务所律师的调停下分道扬镳。

我宁肯死也不愿变成一个不能自理的老太太。今天我觉得胳膊肘一直在疼,脚指头也肿了,估计离死的日子不远了。每逢星期四我都去社会保障局,在那里排长队领取刚够花一个星期的钱。当然也可以请他们每星期给我寄一张汇票,然后自己再去当地邮局去取钱,但是我不喜欢提要求。因为我是个有前科的人,已经习惯于少给政府找麻烦,更不要说去向当局奢求什么人权。

政府部门工作的人,至少在我曾经坐过的那个阴沉灰暗的监狱里工作的人,他们的生计间接地靠刑事罪犯,财务渎职、过失犯罪的人,或者像我这种情况——发了疯,认为自己正确、社会错误的人来维持。监狱里,因果关系清清楚楚,真可谓立竿见影。狗屁不懂的家伙管理一群高智商的人,每一个弯腰曲背的犯人都得用瘦弱的肩膀挑起一百个达官贵人——从监狱社会工作者到内务部大臣——压在他们身上的重担。可我以为我是谁呀?我,不就是普拉克西丝·杜维恩!

我说,我发疯了。今天看,当然好像真的疯了。下雨了,雨水从门下渗进来,我却没有力气取来那些廉价的、鲜艳的、不怎么吸水的毛巾把渗进来的水吸走。整个石头地板都浸在水里。一种凄凉的感觉就像那黑色的水渍渐渐漫过我的心灵,淹没我整个人。对于这种感觉,我平时总是百般设防。我心灵的那一部分,每天都会生出快乐、兴奋和对上帝(或者随你怎么说)的感激。因为那个遥远的世界还存在,充满了乐趣和各种可能性。我心灵的那一部分,不管错对,还是和儿时的普拉克西丝联系在一起。那时候,我穿着鞋袜,向海浪跑去,想看看会发生什么事情。结果被海浪拍打一两下,第二天照样去玩,一点儿也不害怕。

那时的普拉克西丝一直在父母的呵护下成长,她过着天堂般的生活,可这样的生活很快就一去不复返了。

孩子们如果小时候被伤害,长大了就会伤害别人。这一点我知道,但是知道也没有办法。当着孩子们的面,我大喊,尖叫,想杀人,或者假装自杀。在她们惊恐的凝视下,暴露出自己的色情本色,全然不顾在她们脚下裂开一道悬崖。我保护她们不被狗身上的跳蚤叮咬,不要看那些令人作呕的图片,满怀爱心地给她们梳洗打扮。是的,我做了。你也做了,把妈妈给予你的爱还给了她们。

我清楚地记得最早那种恐惧和忧伤的感觉。后来所有这些感觉都化成影子。我将这种极度的恐惧和担心传给了她们。这是日后判断她们自己精神创伤唯一的标准。如果不知道这个标准,虽生犹死。所以要永远努力去获得它。随着岁月流逝,一代又一代人的呼喊声不是小了,而是大了。

我很惭愧,为我曾经做过的一切感到羞愧。我不明白那时候,自己为什么被迫去做那些事。我不得不承认,家里始终吵吵闹闹,让孩子变得忧心忡忡。

或许我正在死去,难道这是对我的惩罚?相信自己还活着,就像西方工业化社会中的一个老妇人那样活着?不会有比这更要命的惩罚。除非像东方年轻妇女一样生活:眼巴巴看着你的孩子饿死,或者更糟糕的是,眼巴巴看着他们得了完全可以治愈的疾病,却因为无钱医治,成了瘸子、矮人,留下终生痛苦的残疾。

我摸了摸我的胳膊肘,看看是不是还活着。我还活着。

五

"我想上学。"普拉克西丝七岁的时候就曾用试探的口吻跟西帕提亚说。她只说了这么几个字。她想知道这样一问是否会影响这件事的进展。

西帕提亚答道:"你总是异想天开,没门儿!"

"为什么?"

"安静点儿!"西帕提亚说,她担心她们的对话会被妈妈听到,因为她知道这些日子妈妈总在为她们能否上学而焦虑、失眠,"快去擦鼻涕,都要流下来了。"

生活中的西帕提亚是个十分谨慎的人,走路的时候她甚至担心脚步会惊扰了正往地下钻的昆虫。她觉得普拉克西丝是一个无忧无虑、胸无大志,对什么事都满不在乎的人。

西帕提亚在屋里跟妈妈一起做针线活、学习刺绣,普拉克西丝却总在花园门口晃悠。她边晃悠边看霍尔顿大街尽头公立学校里进进出出、吵吵闹闹、懵懵懂懂、傻乎乎的学生们,心里暗暗地跟自己做着比较:他们衬衫皱皱巴巴,领带歪歪斜斜,书包破破烂烂,鞋子脏了吧唧,边走边扔着糖纸。他们相互追赶、打闹,摔倒了又爬起来继续跑。

"平民的孩子,"露西·杜维恩说,"走吧。"

露西一点儿一点儿地在家里教女儿读书,写字,算术,洗衣服,熨衣服,刺绣,做针线活儿。还教她们煮羊肉,告诉她们怎样才能不让白汤凝结,教她们怎么炖白菜,怎么做葡萄干布丁。

亨利从他的照片冲洗室里走了出来。所谓冲洗室其实是用楼梯下边的碗柜改造而成的。他的生意日渐兴隆,积蓄足够他在海滨开一个摄影工作室了。不仅如此,他这些天的呼吸也顺畅了许多。他开始去酒吧了,而且在酒吧里结交了一两个好朋友。尽管如此,他并没有把这些事儿告诉露西。因为露西害怕流言蜚语,害怕那些喜欢刨根问底的人,所以不可能心平气静地对待朋友。

露西一直为孩子上学的事儿心烦,这让她几乎失去理智。她应该找些琐碎的事情来分散自己的注意力,而这些琐事又能让她更好地集中精力。一想到亨利缺乏教养,不能在女儿出生证明这个问题上帮她出出主意,她就焦急、愤怒,觉得不公平。因为不管什么时候,只要两个女儿报名上学,就得出示出生证明。

只要认真查看她们的出生证明,学校就会发现这两个孩子都是非婚生子女。因为出生证上登记的两个孩子的姓名分别是西帕提亚·帕克,普拉克西丝·帕克,母亲一栏填写的是露西·

帕克,未婚。虽然父亲一栏不会写上"不明"两个字,让她丢人现眼,而是写着"本杰明·杜维恩,绅士",但这种耻辱也足以让她们母女远近闻名。

"我想上学。"普拉克西丝对露西说。

"跟那些平民孩子一起上学?你想变成他们那样的孩子,是吗?"露西脸扭曲着,恶狠狠地回答道,没有一点儿母亲的温柔。打那以后,女儿再也不愿意跟她提任何要求,更不要说撒娇耍脾气。生怕她们会滚下"悬崖",陷入疯狂和绝望。

"杜维恩太太,"亨利说,"这个国家的法律要求孩子们必须上学。尽管这法律对我来说,除了逼我参加战争、毁坏了我的健康之外没有起到任何作用。但不管怎么说,这法律是有的,孩子必须上学。"

"对于一个绅士而言,为国捐躯要比健康重要得多,"露西意味深长地补充道,"我应该想到。"

"我不是绅士,"亨利说,"我想这一点你很清楚。"

"那好啊,如果这样,你以后最好跟朱迪思一起在厨房用餐。"露西回答道。

"没问题,我一定会这么做的。"亨利令露西沮丧地说。

他回到楼梯下,弓着腰继续洗印照片。他曾提出把他的小卧室改成暗房,可露西不同意,她觉得在那间屋子里冲洗照片太奢侈了,把楼梯下面的橱柜改造一下完全可以派上用场。她开始享受藐视亨利的乐趣。

晚餐照旧是咖喱肉汤、炖白果（星期三），还有苹果派。和往常一样亨利又出现了，露西说："我以为你会去厨房吃饭呢。"亨利听了这话端着盘子就走了。这以后，他没有再与露西同床，他想让她知道，她不来请他回去吃饭，他就不会跟她睡在一起。露西也不示弱，她脱下鞋子让亨利拿去擦，亨利也像先前一样照擦不误。

普拉克西丝对这一切似乎浑然不知。早晨她照旧在紧挨西帕提亚的床上醒来，开始在这座沉闷的房子里，度过无聊乏味的一天。亨利还是出出进进，西帕提亚还是情绪不高，朱迪思绷着脸到儿童阅览室看书（和谁也不说话，好像谁教给她似的，然后匆匆回家）。与此同时，这里仿佛还隐藏着另外一个充满暴力、憎恨、尖叫、斗殴、恐惧、疾病、死亡的陷阱。露西有时候又会让普拉克西丝看到她的另一面：一张恶魔般凶狠而又备受折磨的女巫脸。西帕提亚偶尔也会学她的样子，做个鬼脸。"看看咱们谁能做出更丑的鬼脸。"她说。后来索性戴上一个鬼面具，吓得普拉克西丝哇哇直哭。"宝贝儿。"西帕提亚嘲笑妹妹，心里很惬意。普拉克西丝不得不用毯子蒙着头睡觉，生怕第二天早晨醒来时，西帕提亚还戴着那个可怕的面具。

西帕提亚想让普拉克西丝受点儿伤害，普拉克西丝也就认了。有时候她也会变得很温和。小姐俩靠在车库的墙上玩"憋七":扔,跳,抓;扔,跳,跳,抓;扔,跳,转,抓;扔,跳,跳,拍,抓。她们能玩上整整一个下午,或者直到朱迪思尖叫着跑过来说,如果她们不马上停下,她就辞职不干了。

朱迪思是当地女人,快三十岁了,未婚,因她肺不好,呼吸困难,没有人愿意雇她。她黑头发,黑眉毛,黑下颏,大脸盘儿,体态肥硕,双手粗糙,口齿不清,爱生闷气。至少露西是这么看她的。露西本人杨柳细腰,白白净净。朱迪思每周都会从巴特父子律师事务所那里收到十五先令劳务费。她假装特别不喜欢男人,可是看起来又很容易招来"性暴力"。工人向她求欢,陌生人想调戏她,她好像早已习惯不熟悉的、啪嗒啪嗒的脚步声跟在身后,而且总是拎着个沉重的手提包。倘若有一只手或者一条胳膊出现在眼前的时候,她会颇为技巧地抡起包打过去。

起初,亨利和朱迪思一起在厨房里吃饭的时候,很不得劲儿,两人也很少说话。但是厨房里的食物实际上要比端到餐厅里的食物好,朱迪思总是先从汤罐子里给他和自个儿的深底盘子舀汤,而且盛得满满的,然后小心翼翼地把盘子放到炉子上保温,再把两个果酱瓶子灌满,准备带回去给家人享用。办完这两件事情之后,端着盖碗来到水龙头下面,加满水后送到餐厅。整个过程亨利都看在眼里却什么都没告诉露西,为什么呢?因为他现在开始倾心朱迪思了,他现在住在楼下而不是楼上。

教区牧师来调查两个女孩为什么不去上学的事了。露西看见他从汽车道走来,把他视为对手,冷冷地问候了他几句,递给他一杯雪莉酒。他很年轻,一望而知属于中下阶层。可是,教区牧师一般来说都是乡绅的儿子。不是她想象的那样。

"孩子还太小啊,"她用悦耳的声音说,虽然怒目圆睁,却故作淑女状,"还有好多文书工作要做。"她补充道,说话的声音显得更加理智,但是作为一个足够精明的小伙子,他还是从中发现了一些蛛丝马迹。牧师说:"文书工作是很烦人,特别是对您这样一个没有丈夫的人更是如此。"他是高尔夫球俱乐部的成员,因为周日不能去打高尔夫球,所以球场会给他特别的优惠。他也是为数不多的、对露西的情况略知一二的人之一。因为以前,她带孩子们上主日学校。他一直以为,本杰明抛弃了妻子,可是现在看来,他离开的是一个情妇。既然这样,谁知道这两个孩子是谁的?因为一个没结婚就和男人住在一起的女人,完全有可能去和另外一个男人睡觉。

不过,牧师奥尔布赖特,一个虔诚的基督徒,倒是给露西出了个摆脱困境的好主意。他说,因为她是寡妇了,所以欢迎她回到社区教徒的行列,参加"母亲联合会"。她的孩子虽然不太幸运,但不会被嘲笑,这也是一种进步。

牧师说:"如果你愿意,可以把孩子的出生证明交给我,我带她们去学校注册,你是想让她们姓杜维恩?"

"当然了。"她脸色苍白。他还知道些什么呀?

"有时候寡妇都愿意用她们结婚前的姓,"他随口瞎编道,"好像这样又可以得到娘家的庇护。但是,你好像更愿意用你丈夫的姓,我明白了。你是个勇敢的小女人,杜维恩太太,我钦佩你,我会按照你的意思去做。"

他说了这样一番话,事情也就这么定了,尽管他为什么这样做,不得而知。他的妻子玛戈特,是个开朗、高贵而又简单的女人,就连他们的性生活也是温文尔雅、简单直接的。每周一次,大都在周五夜里。周六夜里,他们都心照不宣,不便做爱。因为周日牧师奥尔布赖特要布道。如果头天晚上过性生活,第二天他肯定会很累,当然这是指身体疲惫,和精神无关。牧师和奥尔布赖特夫人将这二者严格地分开。他们认为肉体是为了磨练意志而存在的。因为只有他喜欢声色口腹之乐——也许他不该有这种嗜好——而她则是出于仁慈以及习俗忍受着。他们这种灵肉分离的看法可能是正确的。他的体力和意志力都受到伤害。当他屈服于性冲动时,生命的精髓渐渐枯竭。而妻子还没能从那两个截然不同的形象的强烈对比中走出来。跟她结婚的这个男人是一位身穿白色硬立领、黑色长袍的牧师,上了床却变成粉红色的血肉之躯。就这件事情而言,他似乎也不甚了了。不过既然上帝安排好了,让他们通过这种方式繁衍后代、巩固婚誓,就按上帝说的做吧。

玛戈特·奥尔布赖特也不得不这样欺骗自己。因为害怕怀第五个孩子,她把一块在醋里浸泡过的海绵塞进了阴道。欺骗自己,也欺骗了上帝和丈夫。不过她懒得想这事儿。性真的就那么重要吗?

这会儿,牧师奥尔布赖特看到露西那张棱角分明的小脸突然变得柔和,一双清澈明亮的眼睛里充满感激。他在那流盼的目光中捕捉其他可能性:能不能施展性能力?能不能弄明白,她是情场老手还是虐待狂?可否体验一下与他已经习惯了的性生活全然不同的另外一种感觉?那种情感交织与肉体缠绵的感觉?有一霎,他甚至胡思乱想,想走过去拥抱一下这位不幸的教区居民,看看接下来还会发生什么事情……

但是他没有付诸行动。那一刻稍纵即逝。

"希望很快就能在教堂里见到你,"牧师奥尔布赖特说,"我知道你丈夫是犹太教徒,但我相信你肯定希望你的女儿信仰基督?"

"当然。"露西回答道。为了能有体面的社会地位,她已经做好充分准备,抛弃"大卫王"。

牧师在距教堂最近、离家大约两英里的一所教会学校给两个孩子办理了注册手续,而没有选择马路那头那所世俗学校。

露西带着女儿去了教堂,又看着她们去主日学校上学。她还加入"母亲联合会",并且为开除一名年轻农民的妻子———一位三个孩子的母亲投了赞成票。因为有人发现这个女人遗弃丈夫、嫁了别人,尽管她当时并没有意识到这样做是犯了重婚罪。毫无疑问,这是一个可以证明无罪的案例,但是还不足以因此而消除犯罪。有的罪过,特别是和性有关的犯罪,常常是在无意识之中犯下的。你不得不小心谨慎。窗帘必须紧闭,以免天鹅绒垫子被阳光晒褪了色;食物必须淡而无味,以免刺激感官、引起冲动;胃口不能太好,以免暴饮暴食。因为这是不可饶恕的罪过,会腐蚀人们的精神。不能给仆人太多的钱,否则他们会找不到自己的位置,忘记自己是谁。不能招人来家里作客,以免他们发现你的秘密。

发现什么秘密?露西自个儿也不清楚。她,一个体面的寡妇,有家庭律师替她料理与自己利益有关的一切事务,不可能有令她内疚的秘密。真的是这样吗?不,她一定自我感觉太良好了,对别人缺乏应有的尊敬。她并不虚伪。本杰明曾经这样说过。

"亨利,擦玻璃去。"她嚷嚷着。他就去擦玻璃。然后她就去检查擦没擦干净,一边检查一边抱怨。他就会再去擦一遍。亨利是哪儿的人?她开始让自己相信他是个穷亲戚,在战争中受了伤,现在出于善心,她来照顾他。他是个摄影爱好者,在海边有自己的小店。不,那不是做生意,是一种嗜好。

亨利的生意挺火,就用挣回来的钱支付家用。他偶尔会和朱迪思一起睡。这不仅仅是因为他或者她克制不住自己的欲望,更多的是他们都想报复露西。

"我不是仆人,不是,不是,不是!"他像个淘气的孩子在大街上玩击掌游戏,节奏鲜明地在朱迪思身体里抽插,或者马马虎虎就算在里面抽插,或者至少是在她身上瞎鼓捣。"她以为她是谁啊?"朱迪思说,凝望着趴在身上的他,一动不动,"她甩脸子给谁看呢?她什么都不是,就是一堆垃圾!"

她像一块木头,他想,木头也应该在春天变得枝繁叶茂啊!可她没有。她总是那么麻木。不过她温和、安静的一面却让他感到安心。性生活上她缺少回应,他倒可以因此而肆意妄为。即使在他疲软或者兴奋不起来的时候,她也不会介意。他喜欢在她身上摩擦并且获得他想要的满足。他的兴奋,像她一样,是被对露西的愤怒而激起的,而非来自朱迪思滚烫却又冷漠的身体。他害怕女人主动,他曾经跟一个法国女孩一起度假。那女孩像男人一样"爆发",吓坏了他。战壕里有炸弹爆炸,会把人炸死,或者炸残废。脑袋和生殖器"爆炸",后果也大同小异。

"不管怎么说,她是犹太人,"朱迪思说,"肮脏的犹太人简直就是万恶之源。"

这是一种普遍的情绪,尽管人们很少用这么激烈的言辞来表达。所有的社会问题几乎都与犹太人有关。失业、低工资、劣质房屋、经济萧条——不管是国家层面还是个人层面——都是因为犹太人的存在所致。其实很少有人真正和犹太人打过交道。都是道听途说而已。

本杰明去世的消息让露西松了一口气。巴特父子律师事务所用了她受洗时所取的名字更让她感到欣慰。

"爸爸怎么去世的?"普拉克西丝问西帕提亚。

"你问妈妈去啊。"西帕提亚回答道。这件事这么多天一直保密,普拉克西丝不可能知道,她也不知道。

普拉克西丝喜欢上学。教学楼是维多利亚时代的一幢哥特式建筑,里面散发着卷心菜味、尿骚味,还有孩子们身上散发的气味。她喜欢玩,喜欢咯咯地笑,也喜欢参加比赛。老师很善良,也总表扬她。在这里,人与人之间坦诚相待,所有的事情毫无隐瞒。学校门口设有男生入口和女生入口,操场也分为男生操场和女生操场,但他们上课时坐在一起,而且已经习惯了男生靠门这边坐,女生靠墙那边坐。和普拉克西丝相比,西帕提亚不怎么喜欢学校,她好像受妈妈的影响更多些。妈妈认为她们家比普通人家更高贵。虽然现在不太提到"大卫王",但露西也为自己的家族背景骄傲。她发现他们家也出过几个人物。她的叔祖母是个有头衔的女人,舅太爷发明了蒸汽涡轮机。露西提笔给母亲写了封信,但是却一直没有得到母亲的回复。为什么?她是不是去世了?出走了?还是搬家了?露西不得而知。她觉得自己是个孤儿,而且一直是。"可怜的妈妈,"她常常叨叨,"可怜的已经死去的妈妈。"

普拉克西丝的头上长了虱子。露西气得要命。她把普拉克西丝的头发剪得很短,上学的时候给她围条围巾,和另外六七个孩子一起走。都是些脏孩子!露西给巴特父子律师事务所写信,问他们能不能送孩子上私立学校。"巴特父子"回复说,不行。似乎刚刚意识到他们对杜维恩家的财产负有责任。现在杜维恩家的经济也陷入困顿,大部分钱财都用于帮助亲戚们逃离希特勒统治下的德国。

露西接着又给巴特父子律师事务所写了一封信,询问孩子上中学的费用是否还可以由父亲一方来支付?
不能。老巴特回答道。孩子妈妈难道不清楚孩子到了十六岁,所有的补贴和生活费都会停发吗?与此同时,她为什么不考虑让两个女孩儿念公立学校,接受点家政服务方面的培训呢?女孩儿应该自己养活自己。现在仆人很抢手,受过这种培训的女孩子很容易就能找到工作。

这封信以及所有来自巴特父子律师事务所的信上都写着"帕克小姐收"。"因为我是个寡妇,"她向邮递员解释道,"他们不想让我难堪。"她相信这一点,可他不信。
露西没有意识到有朝一日,生活费会被停发。她以为会这样一直给下去。她请亨利回到餐厅用餐,他接受了她的邀请,朱迪思崩溃了。她在厨房摔盆打碗,搞得砰砰作响。露西则根本不明白这到底是为什么。

西帕提亚在文法学校赢得了奖学金。露西得知这一消息后欣喜若狂,她马上提笔给巴特父子律师事务所写信,告诉他们这一好消息。还说,能否将这个好消息转告杜维恩家?

"但愿她别是又来找麻烦的。"老巴特对儿子小巴特说,他拿着这封散发着香味且字迹潦草的信,调整着它与自己之间的距离以便能看得清楚。其实,露西为了这封信合乎语法、拼写正确、表达准确,已经精心推敲写了七遍。

"你上封信,"小巴特说,"扯得太远了。我跟你说过,她这个人不怕打压,地地道道的刺儿头。她想让小本杰明落入陷阱,跟她结婚,没有达到目的,就想设法敲诈他那个倒霉的家。"

"可她毕竟给他们家生下两个孩子。"老巴特反驳道。
"那就是她的事儿了,"小巴特说,"只有天知道那是谁的孩子。"

不过老巴特还是给露西写了回信,信中说得知西帕提亚得了奖学金,他非常高兴,希望普拉克西丝向姐姐学习。还补充说房租、津贴、生活费等都可以延期到普拉克西丝十八岁生日,没准还能更长些。

这下,露西有底气了,就让亨利又回厨房吃饭去了。他难看的鼻毛,还有那双苍白的、不停颤抖的手都令她生厌。他走了以后她很开心。

女子文法学校开学第一天,女班主任照例点名,孩子们低声答"到"。

"希尔达·杜维恩。"她叫道。

没人回答。

"我叫到你的名字时,希尔达,"班主任对西帕提亚说,"你回答:'到。'再来一遍?希尔达·杜维恩?"

"到。"西帕提亚说。这是妈妈的主意。露西向来不喜欢两个女儿的名字。牧师奥尔布赖特就按照她的意思和文法学校女校长讲好改名字的事。而作为"当事人"的西帕提亚直到此刻还不知道。就是这么回事儿。当轮到普拉克西丝来文法学校上学时,她的名字改成了帕特丽夏。

六

  人不可能总是那么坚强,我一直这样安慰自己。我们不可能一辈子坚持原则,只做该做的事,只为事业奋斗。在为理想拼搏的过程中,无论成功与否,我们都毫无疑问地要做好被后人替代的准备。将道德之心的重担交给年轻一代以及那些经历不如我们丰富却又很少受到挫折的人。之后,我们就算完成了这辈子的任务,就可以再回归到自私与冷漠。因为,我们的正义感早在身体衰弱之前,就被消耗殆尽了。

  我该为那个在公共汽车上踩了我脚趾的女孩而欣喜。为她的美丽、自由、高贵和自尊而高兴。然而,我不能,也不会那样做,因为她的的确确踩痛了我。我老眼昏花,只能顾及眼前这点事了。我该感到欣慰的是,她永远不会再像我的母亲一样,被关进耻辱和虚伪的监狱。可怜的妈妈,她当然应该抗争。我父亲在德国的亲人也应当抗争。但是她没有,他们也没有。我们按照老师教给我们的方式去看待世界,而不是去感受世界到底是个什么样子。我们的视野已经被拓宽。当然,她只能将这些痛苦隐藏在内心深处,而不能随便讲给她的孩子听。有一段时间,我为她的软弱而恨她,直到我有了孩子,并且通过自己的努力为她们奋争时才原谅了她。

此刻我不再坚强,如果一个社工来我家敲门,我肯定会让她进来,可我已经不能一瘸一拐地走到炉子旁边给她烧水沏茶。更糟糕的是我已经走不到装止疼片的抽屉旁边,给自己取一片止疼片。我是普拉克西丝还是帕特丽夏?毫无疑问,帕特丽夏。如果为了简短、方便,就叫帕特。一个好拼又中性的名字。这名字好的一面是能给人带来愉悦,糟的一面是不会让人听了浮想联翩、激起性欲。别人都觉得这个名字不错。因为人家生下来就叫这个名字,不是后改的。可我不然,我认为这名字带有报复性。假如实际一点,妈妈应该为一个比较懂事理的孩子取这个名字,这样更便于发号施令:帕特,给我拿包来!把桌子清理一下!除一下花园里的草。帕特,做作业去,找找希尔达的发卡。可怜又可恨的希尔达。

在霍洛威监狱里,我称自己为帕特。社工也管我叫帕特。她觉得她应该跟我搞得很熟。她不把我当成罪犯。其实我宁愿她把我视为罪犯。她把我归类到"半疯"之列,没有能力为自己进行她所说的"特别辩护"。因为可怜我,她管我叫帕特。她的秉性和受过的训练都不允许她指责我有罪。我接受了她的这种态度,便做出些没有原则的事。并非因为那是权宜之计。我会直言不讳提出一些问题和看法。她也会坦率地说,太忙,没有时间考虑。

我希望她来,她可以自己动手泡茶。她的名字叫迈拉·琼斯,年龄是我的一半。她的眼里闪烁着善良、热情的光芒,永远不会像我一样冷漠地、咬牙切齿地去杀人。她总是积极向上,通情达理。她会把智障的孩子送到收容所。如果这个收容所与她想象中的心智不全的人们的避难之地不一样的话,她就帮人家收拾。她能用小勺喂成年病人流食,或者为他们清洗尿布吗?是的,她会。如果不得不去做,她肯定会。但她会首先去训练那些轻度智障的残疾人去做这些事情。我在精神病院、避难所、收容院——无论给这些见证人类不幸的场所冠以怎样一个时髦的最新名字——见过那些轻度智障的人如何报复命运对他们的不公。他们作弄、嘲笑那些说话含糊不清、不停抽搐、不能自理的人,就像他们自己在外面的世界被嘲笑、受屈辱一样。大卫王播下的种子,无论怎样被扭曲、掺假,都不会改变人性之恶。或许只有消灭是最好的办法。

我还记得迈拉·琼斯上次给我打电话的情形。我没让她进家。我不想让她多管闲事。我身上有妈妈的禀赋。

父亲丢下妈妈后,妈妈特别痛苦,有一段时间和亨利·怀特查佩尔一同过夜。或者这事儿是亨利后来对我说的,但我没有理由不相信他。

问她这事儿当然毫无意义。无论做过还是没做过,她都不会承认。她生活的那个时代,女人的本能和社会道德观念相悖,所以有些事情要是干脆能忘到脑后也好。不过这一段小插曲是不是性格使然?还是因为母亲从三十岁到七十岁过的一直是她不喜欢的生活?我相信是后者。我同意牧师奥尔布赖特和小巴特的说法。他们认为一个女人如果跟婚姻之外的一个男人睡过,她肯定也会和别的男人睡。我有一些结婚时是处女的朋友,一生只和丈夫做爱,从没有非分之想。她们看起来对自己的命运很满足,也很幸福。我希望妈妈不是他们说的那种情形,但事实就是这样。妈妈也想"从一而终",只和一个男人享受性的快乐。但是命运多舛,她已经被"污染"。

失去贞洁绝对不像在公共汽车上被人踩了一下脚趾,无关紧要。它对一个人未来性生活方式的确立影响巨大。有时候我甚至想,那个保守、虚伪的社会是正确的。西帕提亚和我或许压根儿就不该活在这个世界。也许我们一出生就该被遗弃。

迈拉·琼斯,你在哪儿?我希望没有把你赶走,我现在需要你。我,帕特丽夏·弗莱彻,一个卑微的女杀人犯。我甚至不想为自己到底该姓什么和你争辩,只需要一杯茶和一片止疼片。

我,普拉克西丝·杜维恩。如果我能有一座坟墓,就在墓碑上刻这个名字。在我的骨灰盒上也刻这个名字。它是我生命开始时使用的名字。从那以后,我多次改过这个名字,但没有一个名字比这个更好。

七

希尔达和帕特丽夏·杜维恩。帕特丽夏坠入了情网。她身着深蓝色体操衫,外罩白色蝙蝠衫,腰系棕色腰带,脚穿黑色长筒袜和棕色鞋子。她爱上的那个女孩儿和她穿得几乎一模一样。与她不同的是,这个女孩佩戴一条很漂亮的级长[①]才能佩戴的黄色绶带,胸前别着一个黑色胸牌,胸牌上挂着一排金属徽章,上面刻有浮雕图案,告诉大家这是一个学习成绩优秀的姑娘。路易斯·盖娜——帕特丽夏的情人,体育、拉丁文、英语和法语都让她获得金牌。她十六岁,帕特丽夏十二岁。

帕特丽夏不能和路易斯说话。她把激情埋藏在心底。而这种激情因为无法付诸实施更加强烈。她凝视着她,迷上了她。路易斯的一颦一笑、一举一动都让她心旌荡漾。路易斯呢,也觉察到了帕特丽夏总看她,有时候她会假装不经意地笑着朝她扬扬眉毛,但是不说话。因为学校不准不同年龄段的女孩子说话。当然,姐妹之间或者所谓世交之间例外。学校对那种"不正常的友谊"格外担心,严加看管。事实上又防不胜防。

---

① 级长:英国私立中学高年级优秀学生,协助老师维持学校纪律。

路易斯在唱诗班里领唱。她有一副悦耳动听的女高音金嗓子。帕特丽夏也是唱诗班的成员,她们每周二午饭时间排练一次。她好期待星期二的到来。这一天虽然雾气蒙蒙,但却被点点亮光划破。

"走吧,仙女、牧羊人,

让我们一起运动,一起游戏……"

"你一定是迷上什么人了?"新学期刚开始,伊莱恩就一本正经地对帕特丽夏说。伊莱恩个儿不高,但很壮实,干什么都名列前茅。她总是护着帕特丽夏。帕特丽夏在班上排第四第五,偶尔会排第二第三。这就意味着她们俩有可能成为竞争对手。但班里排位只是为了比赛而非制造对手,伊莱恩对这事儿也很能想得开。

伊莱恩的父亲在街角开了个杂货店。露西对她俩的友谊颇有微词。

"你太过分了。"学期末伊莱恩抱怨道。在她们班里,帕特丽夏已经成了同学们羡慕、嫉妒、恨的对象。她对那个女孩儿的迷恋其实也别无新意。没有什么动"真格的"事情发生。脸色苍白,双手颤抖,头昏眼花,梦里抚摸、微笑。在走廊里徘徊,凝视着一扇扇门,这都是为什么呢?什么都不为,只为自己爱的人能关注她。而这种关注只能让她觉得更糟,而不是更好。不可能有任何结果。没有抚摸,没有亲吻,没有表白。

有一天,帕特丽夏出血了。深红色的血从她的腿上流下来,是擦破了还是划伤了?都不是,因为是从两腿中间流出来的。她从来没看过,也没摸过那儿。像是从隐藏着的、可怕的、内部伤口流出的。帕特丽夏哭着跑去找姐姐。

"我也不知道这是什么东西,"希尔达说,从正看着的法语动词规则上抬起头,"不管怎么说,这是肮脏的东西,咱们去跟妈妈说吧。"

"也许它一会儿就不流了。"帕特丽夏说,希望如此,可它一直在流。

帕特丽夏只好找妈妈去了。

"我真不敢相信,"妈妈吃惊地说,"通常十五岁才会来啊,如果是希尔达……"露西边说边向衣柜走去,从里面挑了些破旧的床单,撕成十块整齐的布条,往里面穿上一条白色的带子,找了两个安全别针交给了帕特丽夏。

帕特丽夏哭了一整夜。五千二百零八天已经从她的生命中悄然溜走,不知道怎么回事自己就变成女人了。

"当然,男人不知道你是什么时候变得不干净的,"希尔达说,"《圣经》里是这样说的。这就是为什么把月经称为'祸根'[①]的原因。那是上帝对女人的惩罚。"

"为什么要惩罚?"

---

① 英文 the curse 有"月经"之意。而 curse 的本意是"诅咒""祸端",故有此说。

"我想,大概是因为给亚当吃苹果。"

"他不是必须得吃的。"

"对,可他吃了。如果有人给你东西吃,你接受当然是合乎礼仪的。你为什么总是喜欢争论呢?"

对德战争打响了,帕特丽夏却几乎没有注意到。她一直忙着想自己的事情,很少关注外面的世界。海滩被带刺的铁丝网围了起来,即使每四周中除了来月经的那几天,其余二十三天想去游泳,也做不到了。

为了迷惑德国间谍,道路指示牌被调转过来去指示错误的方向,露西不再维护希特勒,也不再支持他对犹太人的态度。

亨利的摄影棚关闭了,度假的人不再蜂拥而至,来海滩上散步。卖棉花糖的人走了,广告招贴撤了,驴子也不见了。家家户户百叶窗紧闭,海滨一片荒凉。海滩上布满铁丝网和混凝土浇筑而成的"石块"。美丽的雪浪花在铁丝网和石块间涌来,再退去。谁都说不清那些玩意儿能派什么用场。夜里实行灯火管制,黑暗笼罩的大街上,影影绰绰,呼吸声、叹息声不绝于耳,分不清是人还是别的什么在那里走动。

亨利很幸运地在当地征募新兵中心找到一份工作——为新兵照相。工作时间比平日短,收入却高于以前。为冲洗部队的照片他买了一套新器材。露西又让他回到餐厅吃饭了,而且开始把他看作"堂兄"而非"房客"。如果汤不合他的胃口,他就会朝朱迪思大喊。尽管战争时期供给短缺,但他们的生活水平却有了很大的提高。

朱迪思情绪低落,经常怒目而视,但也没有辞职。谁也不会对个中缘由感兴趣。

亨利变得好像是两个孩子的爸爸:孩子们上学前他会检查她们的指甲是不是脏的,头发是不是纠结在一起,好像她们是不能照顾自己的小孩子。

希尔达的气色渐渐地好起来了,她性感迷人、身材苗条、热情开朗,总是眼帘低垂。这一切都源于她的希腊血统。

最近,露西对女儿们的行为和表现漠不关心。她变得很神秘、做事偷偷摸摸的,不知道为什么把内衣、装食物的盘子都藏了起来。随着亨利回到楼上,她变得开朗活泼,甚至偶尔会出去参加桥牌聚会。周六下午还会带孩子们去电影院。她变得生机勃勃,常常向在军营外徘徊、涂着口红的女孩子们大喊大叫,开她们的玩笑。

也许亨利夜里去过她的房间,也许没有。即使去过,她也会在早晨将夜里发生的事情从脑海里一扫而光。或许亨利会爬到阁楼上朱迪思的硬板床上,也许没有。

希尔达和帕特丽夏被告知放学要直接回家,因为担心那些放肆的军人会对她们非礼。

露西开始囤积食物。地下室里装满变了味儿的黄油、发霉的面粉、生锈的罐头和许多别的东西。没有人知道她为什么或者怎么会这样做。

"勇敢的小女人，"牧师说，"很多女人现在都成留守妇女了。"他说的没错。那些在和平年代希望得到男人保护的女人，在战争年代只好自己挑起生活的重担。她们就是这样做的。

"朱迪思的体型很滑稽，"帕特丽夏对妈妈说，"就像佩吉怀小猫时那样，只不过她直着身子走罢了。"

朱迪思送来三明治和茶的时候，露西盯着她看了一会儿，然后起身跟她去了厨房。

帕特丽夏听到她们说话的声调在提高。过了几分钟，露西回来了并让帕特丽夏去找牧师。

女仆把帕特丽夏领到教区牧师的书房。奥尔布赖特的夫人去世了。孩子们被送到寄宿学校，家里显得很冷清。尽管外面阳光刺眼，牧师的书房却很昏暗——始终挂着窗帘。牧师坐在桌子前，显得很茫然。

"您能去我们家一趟吗？妈妈找您有事。"帕特丽夏说。

"什么事？"

"我也不知道。"

"没有人需要我。"牧师一边说一边解开裤子前面的纽扣,好像很惊讶地看着裤裆里的阴茎勃起,直指苍天。那神情仿佛他不知道怎么会发生这种事儿。帕特丽夏当然更不知道怎么回事儿。因为刚才一路小跑,她依然上气不接下气。家里发生什么可怕的事情了,这儿也在发生什么可怕的事情。就在他们俩都看那个怪模怪样的肉棒时,那玩意儿开始收缩、变小、发蔫。牧师的眼里噙着泪水。

"我真的想她,"他对帕特丽夏说,一副推心置腹的样子,"你不懂。"他系上了裤扣。

"天哪!"他朝帕特丽夏挤挤眼说,"我都忘了旁边有人。"

"寄生虫,"他们一起往霍尔顿大街走着,谈到朱迪思的时候,牧师说,"寄生虫。"

纳粹的飞机轰炸完袭击目标后,会把没用完的炮弹投到英吉利海岸上的城市。有时候也会用剩下的子弹向街道、操场扫射。高射炮发射炮弹的声音震耳欲聋。

朱迪思被解雇了,亨利也走了。露西在房子里走来走去。她很少睡觉。帕特丽夏觉得现实生活中许多事情都让人难以相信,命运的安排离奇古怪。

好像只有她对路易斯的爱是真实可信的,因为这爱让她心痛。

帕特丽夏把她在牧师书房里看到的一切告诉了伊莱恩。

"那是阴茎,"伊莱恩说,"我小弟弟就自己玩,后来感染了,肿得老大,真不如把它割了呢!"

梅西埃小姐,一位举止优雅、长着龅牙的法国女教师从这里经过,正好撞见她们俩头对头地低声耳语。

"不准交头接耳。"梅西埃小姐说,用涂着红指甲的手把她们俩拨拉开,眼里闪着凶狠的光。她的家乡被德国人占领之后,她就流落到这块野蛮之地,成天和这些脸像发面馒头、矮胖、不学无术的英国女孩儿待在一起。"不准交头接耳!"弗劳莱恩·贝克特,她唯一的朋友,被送到马恩岛①集中营。没有人反抗,甚至没有人注意这事儿。

她自己也许就是下一个被带走的人。没有人能说清楚,法国人是英勇的同盟者还是卑鄙的叛徒。

"不准交头接耳。"梅西埃小姐一边说,一边野蛮地将帕特丽夏和伊莱恩分开。就像有一次她拎起一桶凉水,浇到两只正在交配、看起来根本无法分开的狗身上。两个女孩儿非常惊讶。

帕特丽夏变得能争好辩。

"我真不明白朱迪思为什么一定得走?"帕特丽夏对希尔达说,"家里有个小孩儿多好啊!"

"不能是那种小孩,"希尔达说,"不能是私生子。"

"又不是孩子的错。"

---

① 马恩岛:英格兰与爱尔兰间的海上岛屿,是英国的皇家属地。此岛的自治政府历史久远,他们在公元十世纪就已经有自己的国会,首府为道格拉斯。

"所有的人都没有错,但这不是问题的关键,就像作为犹太人、盲人、聋哑人,或者私生子,那只是你出生的方式不同而已。"

"或者是一个这样的女人。"帕特丽夏说。为了不扬起灰尘,她先把茶根儿洒到地上,再去扫地。朱迪思离开以后,两个孩子分担了所有的家务,因为露西好像没有做家务的能力。

"你什么意思?"

"如果我是个男孩,他们肯定不会让我先去扫地,一定会让我先做功课。"

牧师奥尔布赖特请求露西把朱迪思请回来继续帮她们做家务,日子很艰难,战争在继续,巴特父子律师事务所寄来的那点钱已经很难维持生计了。

一个星期后牧师又来了,他带来怀特查佩尔先生与朱迪思结婚的消息,是他说服他这么做的。

"对于我们来说,这个世界上最幸福的事就是去做我们应该做的事,而不是去做我们要做的事。"奥尔布赖特说。

露西一天到晚待在床上。她好像很害怕,坚持让希尔达紧锁房门,无论白天,还是晚上。她不想去看医生,也不让任何人走进这幢房子的大门。没有钱去买食物,希尔达只好从地下室拿先前储藏的那些东西。早餐、晚餐都吃沙丁鱼罐头和炼乳。因为没钱在学校吃午饭,下课后,帕特丽夏和希尔达只好匆匆忙忙回家。她们一起往家走,但彼此很少交谈。路上,她们不时回头看看,生怕被坏人跟上。有时候突然听见一阵响动,两个人都吓一跳。妈妈的房间里散发着像马厩一般的臭味儿,也不让她们打扫。

帕特丽夏开始写日记了,部分是真事,部分是想象的。她把牧师自我暴露性器官演绎成强奸,把梅西埃小姐塑造成德国间谍,还详细描述了校园音乐会后路易斯·盖娜如何在自行车棚后面亲吻她。

希尔达仔细查看了妈妈的文件,之后给巴特父子律师事务所写了一封信,说明了她的处境并请求资助。事务所很快同意给她增加津贴,并且立即通过邮局寄来三十先令,让她们先买些吃的。

"我觉得妈妈疯了。"一天帕特丽夏对希尔达说。屋子里很冷,她们从海滩上捡了些漂木,堆在一起生火取暖。但是,"危险——地雷!"的警示牌最近在海滩上比比皆是,和爆炸相比,寒冷当然更容易忍受。

"永远不许这么说!"希尔达用露西式的刺耳的怪声大叫,俯下身来狠狠地给了帕特丽夏一记耳光。帕特丽夏觉得自己被双倍地出卖了,她有时觉得在妈妈和姐姐之间,自己可以选择的余地太小了。

然而,突然有一天露西起床了,她还把房间打扫得干干净净。第二天她又在屋子里出现了。帕特丽夏和希尔达放学回家时她正在厨房里煮茶。她点上火,还做了沙丁鱼三明治。她为才看到帕特丽夏运动衣上的扣子掉了而自责。露西太瘦了,肋巴骨仿佛能穿透连衣裙,腿细得好像都支不住整个人,但是她笑了,而且那么活泼,好像又回到从前。帕特丽夏不再写日记了。现在,已经结束了,她向伊莱恩描述着这一切。

"你为什么不告诉我?"

"因为太可怕了,我不想说。有些事情确实说不出口。"

英语教师伦纳德小姐邀请帕特丽夏和伊莱恩去喝茶,还给她们拿来烤饼抹黄油(黄油是伊莱恩的父亲给的),她们一起谈论爱情,谈论伦纳德的未婚夫如何在第一次世界大战中被杀害,以及战争有多么残酷。"爱情太重要了。"她说。帕特丽夏一听就哭了,因为什么自个儿也说不清楚。

"怎么啦?"伦纳德小姐问,有点沮丧。她皮肤娇嫩,圆脸,灰颜色的秀发做成大卷,殷红的嘴唇。帕特丽夏一个劲地摇头。

露西看了帕特丽夏的日记。帕特丽夏回家后发现妈妈已经不是从前的妈妈了。她目光呆滞、怒不可遏,好像一个发了疯的陌生人。家里还来了一个上了年纪的警察。她那本日记摊开放在桌上。妈妈站在远处轻蔑地骂着她,好像害怕走近她就会被污染。

"说到底是个小犹太人,狡猾的小同性恋者,小荡妇,猥琐肮脏的家伙,下流的烂货,小杂种。"警察想调解,但是没成功,只好作罢,扬长而去。战争还在继续。

露西只通过希尔达跟帕特丽夏说话。

"希尔达,告诉你妹妹,我明天去见校长,她再撒谎也没用,一切都将败露。"

"一切什么啊?"帕特丽夏哀求妈妈,"一切什么啊?"

"别跟我说话,"露西说,"你就是贫民窟出来的贱货,成天在肮脏的烂泥里滚。"

那天夜里露西做了一件奇怪的事:她用床单在楼梯顶部搭了一个"帐篷",把茶壶放进了煤窖里。希尔达让帕特丽夏睡在她的床上,她们并排躺着、默默无语、夜不能寐。探照灯在窗帘上照出移动的图案。

"今夜让我死去吧,"帕特丽夏平生第一次但不是最后一次这样祈祷着,"让我现在就睡着,再也不要醒来。"但她知道她们不会让她死去的。她听到妈妈在大声唱。就那么几句反复地唱,不成调。一边唱,一边打开前门的锁,再锁上,再打开。一会儿咔嗒一声向这边拧,一会儿咔嗒一声向那边拧。

"我们怎么办啊?"帕特丽夏问希尔达。

"什么怎么办?"希尔达冷冷地问。

第二天早晨他们发现露西睡在客厅的地板上。

帕特丽夏和希尔达把她抬到沙发上。她很轻,她俩谁都能单独把她抱到沙发上。帕特丽夏第一次意识到她爱她的母亲。这是一种带着怜悯、焦虑和恐惧的复杂的爱,但毕竟是爱。她给妈妈盖上毯子,她摊开的日记本还在那里扔着。她把日记放进厨房的炉子里,关上了炉门。希尔达静静地注视着。过了一会儿,她们一起穿着深蓝色体操服、夹克衫,戴上蓝色呢帽上学去了,在到处都是炮弹皮、子弹壳的大街上择路而行。那是驻扎在悬崖上的防空部队夜里对空射击后落在市里的炮弹残片。

"真希望德国人能来。"帕特丽夏说。

"说一千道一万,"希尔达说,"你就是个叛徒。"

帕特丽夏被叫到了校长室,在校长的办公桌上看见她那虽被烧焦却仍然能读的日记本。妈妈站在那儿,眼望窗外,路易斯·盖娜双眼盯着自己的指尖。

"你还有什么好说的吗?小姐?"女校长态度还算友好。

"我的日记不是让别人看的,"帕特丽夏说,"那都是我瞎编的。"

"不管怎么说你写了,写这么不健康、荒谬的东西说明你的小脑袋瓜儿不正常。我对你母亲如此心烦、焦躁并不感到惊讶。路易斯已经向我保证过了,她压根儿就没跟你说过话。对吗,路易斯?"

"对。"路易斯看着她的指尖答道。

"我相信你,路易斯,我对我们这样优秀的学生当然非常相信,丝毫不怀疑你的人品。"

"可我不相信她,"露西说,"我相信写在这个本子上的那些东西。你们这个学校里有一股可怕、肮脏的暗流。帕特丽夏堕落、性变态。她是魔鬼的女儿。我从她眼睛里就看得出。"

校长把路易斯和帕特丽夏送回到班里。

"你写那些干什么?"路易斯在楼道里,用温柔并带有轻微鼻音的声音问。七个字。

"我也不知道。"帕特丽夏含糊不清地说。路易斯朝楼道那面瞥了一眼,然后用食指抬起帕特丽夏的脸蛋,轻轻地吻了吻她的唇。

"好了,现在不再是谎话了,"她说,"你也不必再觉得那么委屈了。"

帕特丽夏回到教室。她在心里找寻爱情,找寻母亲、希尔达、伊莱恩,寻找着路易斯。但是,除了那些无关紧要、使人难堪的事情之外,她什么也没有寻找到。所有的事情都大同小异,她把钢笔尖使劲往手上压,但她没觉得疼,也并不感到惊讶。

放学后,她发现希尔达在等她,希尔达通常走在前面。

"他们已经把妈妈送进医院了。"希尔达说。

"她怎么啦?"

"没太大事。"

"她要在医院住多长时间?"

"住到她感觉好些。"

"什么医院?"

"就是一个医院。"

"她疯了,是不是?"

希尔达转过身来用冷淡、憎恨的目光看着帕特丽夏,就像前不久妈妈看着她的样子。

"永远不许这么说,永远!"

"我们怎么办?"回家后,帕特丽夏问姐姐。

"我差不多十八岁了,你十五岁。他们要派儿童福利干事来照顾你。与此同时,我们还住在这儿。我对他们说了,我能管理这个家,我可以负责。"

还烧着的火炭曾经在厨房扔过来扔过去,好多年过去了,油毡上烧焦的痕迹依然清晰可见。仿佛纪念那个特别的日子。帕特丽夏纳闷,妈妈是否在别的世界、别的地方曾经快乐地生活?在母亲的卧室,她发现了她自己早年在海滩上拍的照片。那张照片已经被撕碎,可怜巴巴地扔在地板上。不,从没有那样的快乐。

她们那幢房子死一样寂静,夜晚很可怕。

八

　　那就这么说好了。曾经经历过,而且又一次经历了。是童年造就了我们吗?三十岁以前我就没想过过去的事。别人问起来,我总说我的童年很幸福。碰到喜欢刨根问底的人,我就给她们讲战前的布赖顿。干净的沙砾海滩,阳光明媚的、漫长的夏日,还有棉花糖。照片。再逼问得紧了,就会想起撕碎扔在地板上的照片。整个事情变成一个笑话。

　　是的,我是个私生子,犹太人,父亲遗弃了我,妈妈疯了,有一段时间我还是个同性恋者,哈哈。
　　快乐的笑声。
　　所有的盘问,很少有真正让我想起美好往事的问题。我必须背负着我的过去前行,就像背着一个看得见、摸得着的包袱。为什么期待有人来帮我分担这个重负?他们还想让我分担他们过去的忧伤呢。

　　人到中年之后,我白天写广告,夜晚举办宴会。那时候,我打算相信——怎么会相信呢?——要想医治这个世界的痼疾,必须先让自己健康。现在,我认为,只有先让这个世界健康起来,自己才能健康。然而,这是一个不可能完成的任务,我被它压弯了腰。

这个世界忘恩负义。看看我是多么孤独!连蹒跚着走到火炉旁边的力气都没有。或许我只能骂这个世界,就像妈妈骂我一样。用骂我自己的话,骂这个世界。冷酷无情、忘恩负义。

私生子、犹太女人、荡妇。

我比妈妈或者姐姐做得好,至少我能把那些愉快的回忆串联起来。别以为我不能,我学会了怎么把它们拼成一床保护幸福的被子来挡住现实中的冷风。我学会了如何应对。即使在这儿,在这间可怕的屋子里,饥饿、疼痛、绝望。在这个被世人,尤其是社工忽视掉的地方,我也能找到喜悦、幸福和快乐。我改变了这个世界,虽然只有一点点——让它稍稍偏离了轴心。我,普拉克西丝·杜维恩。

精神病院,疯人院,弱智者的避难所……过去几年里,都留下我的足迹。我说过,时代在进步。近年来,医疗师、辅助医疗师、社工、营养师、研究人员的数量超过了病人的总数。每一个疯狂的行为都被一个完美的由官僚机构、评论员、观察家,以及哲学家构成的体系支撑着。

起初,妈妈身着约束衣[1],被那些粗俗、愚蠢又卑鄙的家伙

---

[1] 约束衣:用来束缚精神病患者的特别的衣服。

看管着。那些家伙除了在疯人院能找到一碗饭,到哪儿都没人要。妈妈全身唯一可以活动的地方就是她的脸。那张脸充满对这个世界,尤其是对我的憎恨。她的脸上从来没有流露过一丝得意的表情,从来没有。

我不恨她,从来没有恨过她。我唯一的希望就是她能允许我爱她、帮助她、照顾她,把她从不幸的生活中解救出来。我更为她的痛苦,而不是自己的痛苦难过。自从知道妈妈被他们以这样的方式监禁后,我就再也没有快乐可言了。

"约束衣"时期结束之后,妈妈被锁了起来。门里门外两道门闩。我可以去看望她。她经过长长的、铺着瓷砖、散发着消毒剂气味和煮熟的卷心菜气味的走廊向我走来。

有时候她能认出我,有时候不能。我在脑海里一遍又一遍地重放这些镜头:把她退回到楼道尽头,看她向我走来,有时候能认出我,有时候不能。

妈妈!

后来,药物代替了锁和铁窗,病人便被"囚禁"在他或她的精神世界里(多数是她)。而精神之外的身躯则是自由的。住所条件比从前好了,有了休息室,也有了一个人睡的小隔间;卷心菜换成了冻豌豆,还有修整完好的花园。男女隔离结束,有了更加专业的诊断和治疗,所谓"病人权利和责任"提到议事日程,甚至偶尔可以去看精神病专家,尽管时间很短。妈妈的情况也得到相当的改善,她看上去高兴了一点,也允许她外出了。有一次还让她回家看了看。

她一直就疯,还是被这个假正经的、虚伪丑陋的世界逼疯的？还是因为她的好恶使社会成了这个样子:装正经、虚伪、无情？还是父亲的遗弃使她变疯？或是因为她病了,所以父亲离开了她？到底什么算是疯？在厨房里乱扔正在燃烧的煤块;记恨自个儿的一个孩子;和担心牧师强奸相比,更担心两个女孩子接吻;就喜欢赖在床上,不愿意起床？我在想,如果她是高高兴兴,甚至是在醉醺醺的状态下做了这些事情,也不会有人认为她是个疯子,必须把她锁起来。

但事实就是这样。她痛苦,焦虑,而且将这样的心情在行动中表现出来,便被人家送进疯人院。

痛苦是从哪里来的呢？女人给了私生子生命,然后被情人抛弃了,还得大笑着把孩子拉扯大,把日子过下去。妈妈不能,为什么不能？看在我的面子上,她应该能。

九

那是儿童福利干事造访前几个月。他现在忙得不可开交。从周边地区疏散到布赖顿的儿童越来越多。很快就要和当地的儿童一起疏散到别的地方。德国人的炮弹越过海峡,落到沿海岸的城市。布赖顿也不再是安全之地。

"我们能去看看妈妈吗?"帕特丽夏问希尔达。

"这是战争时期,"希尔达说,"不许探视。"周日下午她离开家,但不告诉帕特丽夏她要上哪儿去。

"妈妈好些了吗?"希尔达收到官方或者其他地方的来信时,帕特丽夏总是迫不及待地问。希尔达,比她大三岁,书来信往都归她管,而且她像妈妈一样,嘴很牢。

"当然。"

"她什么时候能回家?"

"等她好一点以后。"

放学后,除了做家庭作业几乎没有什么别的事情可做。那个学期,帕特丽夏和希尔达都得了四个带浮雕的徽章。希尔达一共得了五个。在屋子里走动的时候,胸前的金属棒叮当作响。

两个姑娘回家后也不换下校服。因为换校服对她们来说毫无意义。在她们眼里,学校才是真实的生活,而家则像是阴冷的地狱。她们把屋子打扫得很干净,然后关好门,爬上冰冷、黑暗的楼梯,在各自的卧室睡觉。其他时间就待在厨房。那儿虽然不像客厅,是个交际的好地方,但比较舒服。

希尔达对帕特丽夏只是尽姐姐的责任,并不喜欢她。

这一点显而易见。

有一个星期日下午,帕特丽夏问希尔达是不是又要出去,希尔达说:"医院被疏散了。"

"疏散到哪儿去了?"

"这是秘密,以防纳粹分子发现。"

"妈妈为什么不给我们写封信?"

"因为纸张短缺。"

希尔达回答帕特丽夏提出的所有问题,但常常答非所问。

"我想希尔达也快疯了。"帕特丽夏对伊莱恩说,焦急终于让她不再沉默。但是,伊莱恩正在看一本美国《国家地理》杂志,好像没听见帕特丽夏在说什么。杂志中有几张土著女孩袒胸露背的照片吸引了她。

"他们从不登白人女孩的照片,"伊莱恩说,"只登黑鬼的。有什么用? 她们也许和我们不一样。"

自从战事吃紧,海滩关闭,就不再有机会去欣赏穿泳装的人们美丽的身姿了。也没有机会去研究时装、垫肩上衣以及能让乳房隆起、现出乳沟的胸罩了。霍尔顿大街109号也没有能照出整个身体的穿衣镜——露西以各种借口把它们砸碎了。即使还有,帕特丽夏也不会从镜子里看自己的身体。她认为,血肉之躯只是生命的载体,她无法将身体与感情联系起来。

帕特丽夏把对希尔达的怀疑深藏在心里。发疯是件丢人的事,最好不要提起。就像癌症无法治愈,发疯也没有希望,而且疯病还不如癌症,那是一种遗传疾病却非传染病。说它有什么用呢?只能被人鄙视。太可怕了!你能做的就是装作什么都没有发生。

与此同时,伊莱恩的父母开始为他们女儿的身心健康担心。如果帕特丽夏的妈妈被送进疯人院,帕特丽夏恐怕难辞其咎。她自个儿随时会变得下流、危险。现在,轮到他们家阻止这两个女孩的友谊延续与发展了。

帕特丽夏发现了亨利·怀特查佩尔的住所。她在终点站等从征募新兵中心方向开来的公共汽车,然后尾随着他,来到他的住处。他穿着一件浅黄褐色旧雨衣,似乎比她想象中的那个男人年轻。他对她是如此的熟悉,又是如此的陌生。论社会地位,他当然在她之下。

帕特丽夏悄悄地跟在亨利后面。她认为,人的优点缺点可以像在学校里考试那样打分。

男人,加三分;租房者减两分;普通股民减三分;长得漂亮加三分;有钱加六分;等等。你只要走进一个房间,与某个人谈上一两分钟,做一下这道社会"算术题",就可以在与他的关系中正确定位。

她认为自己的"分值"很高。她能感觉到这一点。可是因为妈妈的疯病,她至少减了三分。但是她加起来的分数仍然比伊莱恩,甚至比希尔达高。虽然她也不明白为什么同一个家庭的两个孩子会得出如此不同的分数。

亨利的房子是坐落在半山坡上的半独立式别墅,从前面可以清楚地看到挂在屋后绳子上的衣服。减三分!但是前面的墙上爬满了玫瑰,赏心悦目,可以加上半分。

遗憾的是,朱迪思打开房门看到帕特丽夏时,对于"贵客"临门,一点儿都不领情。她抱着一个很壮实的男婴,小家伙正在她怀里往上蹿,脑袋碰到妈妈胸口。

"有什么事吗?"
是的,她来找人家能有什么事呢?或许她希望亨利能搬回去住,缓和一下家里那让人窒息的气氛。
"我只是来看看你和孩子。"
"那就慢慢看吧。"

"我妈病了。"

"嗯,我听说了,她本来就是个疯疯癫癫的人。"

"她可不是。"

"我倒希望她是。要不然就没有借口了。"

"什么借口?"

"她对待我的态度呀。当然,那不是你的错。坐下,抱着孩子,我去弄点茶。亨利在兵营里干活儿,能多配给我们点口粮。"

帕特丽夏抱着孩子,发现小家伙壮得出奇。她一直认为婴儿柔弱无力,可这个家伙简直是个"宇宙之王"。

"小家伙真可爱!"

"还没长大呢,可爱不可爱很难说。"

"小帕蒂!"亨利叫道,他的笑容温暖而熟悉,"你居然找到了我!谁能想到呢?听我说,我喜欢你们原先的名字,普拉克西丝、西帕提亚。现在的名字太时尚了,帕特丽夏和希尔达!我对你妈妈说别改,可她就是不听。我对她说,我们根本没有必要学别人,但是她主意已定。可怜的人!"

"可怜的人!"朱迪思嘲笑道。

"现在家里就剩我们姐儿俩了,"帕特丽夏说,"希尔达和我。妈妈住的医院已经被疏散了。"

"地方医院?谁说的?"他似乎吃了一惊。他把孩子放在膝盖上,像以前一样,他的手被洗相药水弄得脏兮兮的。他们好像都老了,可怜巴巴,不再是拉扯孩子的年纪了,但还是为能有这样一个小宝贝感谢上苍。

"希尔达说的。"

"那就是希尔达说谎。她总是这么说谎。"

"我相信她没说谎。"帕特丽夏无法相信自己的耳朵。

"她跟她妈一个样,"朱迪思说,"满嘴跑火车,什么谎话都说得出来。听着!我料想那些'枕边风'听起来最顺耳,特别是两个人情意缠绵的时候。可是,天一亮,就变脸。你是谁呀,先生?你那沾满泥巴的靴子把我的地毯弄脏了。把我的包拿来,到厨房去,那儿才是你待的地方。"

帕特丽夏觉得头晕眼花,快昏过去了。

"得了,朱迪思,"亨利说道,"说这些有什么意思?"

"当然有意思。事实就是事实。看看她怎样扭曲了两个可怜的孩子的灵魂。她以为她是谁呀,她凭什么瞧不起我们?她哪儿比别人强呀!没结婚就跟那个男人住在一起,把孩子带到世上却连个名分也没有。被人家遗弃之后,真就把自己当成寡妇。我遇到一点儿小麻烦时,她又像圣母玛利亚一样。说我们玷污了她的女儿。我真想知道,是谁玷污的?我真想知道。"

"别说了,朱迪思!别听她的,帕蒂。"

"帕蒂!好亲热呀!你喜欢她,对吗?她挺像她妈妈,是吗?这小姑娘比她妈还漂亮,她至少还有一对漂亮的乳房,不像露西胸脯扁得像块搓衣板!"

· 67 ·

朱迪思戛然而止,她的话就像抛出来的球在半空中被人接住。"对不起,"她冷冰冰地说,"对不起,你认为你不介意,其实你很介意。那些年,她一边和你干那事儿,一边嫌你脏。这当然不是帕蒂的错。但愿我没有泄露太多的秘密。"

朱迪思待在家想自己的心事时,亨利送帕蒂去有轨电车站。帕蒂、朱迪思、亨利其实半斤八两,除了帕蒂有个疯妈妈,还是个私生子外,一切都是大同小异的。虽然四个徽章在她年轻而美丽的胸前闪烁跳跃,但无论怎样也不能抵消曾经经历过的一切。

"你去哪儿了?"帕特丽夏到家后希尔达问她,"都快灯火管制了。我领了奶酪,还有威尔士干酪吐司。我们可以再加上面粉、水。食品部门发放的传单告诉你怎么做。"

希尔达的心情不错,她有时这样,但很少这样。不过这回,帕特丽夏破坏了她的好心情。

"我去看亨利和朱迪思了。"
"你怎么知道他们住的地方?"
"我看到他从新兵营开来的有轨电车上下来,然后就跟在他后面。"
"妈妈不喜欢这样做。他们是下等人,什么都不是。你为什么要和他们打交道呢?她是个荡妇。你知道她都干了些什么!就在我们家。"

"荡妇？在我看来她就是皮肤黑点儿，汗毛重点儿，没有什么特别之处呀。"帕特丽夏可怜巴巴地说。

"但愿你没跟他们说什么，"希尔达生气地说，"我不想让别人打听我们家的事。"

"谁会对我们感兴趣呀！人家想自己的事儿还来不及呢！"

她不打算对希尔达讲自己已经知道的那些事情。还不到时候，或许永远都不会讲。对付希尔达的办法只能是，她无论说什么你都随声附和，但不必当真。不做任何有可能激怒她的事。帕特丽夏并没有真的怕过妈妈，但她怕希尔达。露西的精神病使她缺失了母爱，而希尔达所做的一切加剧了姊妹之间的恨。那天夜里，帕蒂锁上房门，想起许多往事。她在黑暗的窗前坐着，熬到很晚。探照灯光在窗玻璃上晃来晃去，在空中交汇后把道道光影投到海面之上。

帕蒂到邮局查阅地区医院名录，发现了妈妈的去向。她按查到的电话依次给医院打电话，直到最后有一家承认他们那里住着一位名叫露西·杜维恩的女士。

接下来的星期天，她去了普尔收容院。她生怕门卫不让她进去，抹了点口红，好让自己看起来更像大人。

门卫打开门，让她进来，一双双空洞无物的眼睛一直看着她。女人们在楼道里面的长凳上坐着，相互之间离得挺远。她们看起来好像年纪都不轻,都穿着厚厚的莱尔线———一种细麻纱——织的长袜。袜子皱皱巴巴滑落在拖鞋上,好像都不知道使用吊袜带。帕蒂吓了一跳,这是什么样的生活啊?

一名男护士带着她向一个小隔间走去,手里拿着一串钥匙叮当作响。帕蒂看到了露西。她穿着"约束衣"。
"妈妈!"帕蒂尖叫了一声。
"安静,安静,"护士说,"在这种情形下,她们的感觉和我们的感觉不一样。"

露西看起来很安静,可是看到帕蒂,她便开始挣扎,脸都变得扭曲了。

"你打搅她了,"护士说,"快走吧。"
被护士带出去的路上,帕蒂心里十分痛苦。看见她,露西被愤怒、痛恨而不是爱和绝望刺激了。然而这毕竟是对妈妈的安慰,虽然对她不一定是件好事。
这也是一种生活方式,已经持续很长时间了。凡是对露西好的事情,对帕蒂就是坏的事情,反之亦然。

露西被囚禁了,帕蒂自由了。

"我去看妈妈了。"她大着胆子对希尔达说。
"你不该去,只能让你心烦意乱。"

"是的。"

"我去看她已经很糟糕了,虽然她喜欢我。她恨你,见到你只能更受刺激。当然这是病的缘故。医生说你不能去看她,我真不知道他们为什么会放你进去。"

"我想,没有人知道我是谁。而且不管怎么说,他们没有那么多时间去想这些事儿。"

"他们都是特别好的人,不要说他们的不是。妈妈被送到那儿是因为你。这一点你该知道吧?"

"为什么?"

"因为你曾经性变态,难道不是吗?你让她心烦,不安。"

"我没有性变态。"

"别装了,你够讨厌、下流、狡猾的了。"

希尔达早早地就上床了。上楼的时候,她穿一双棕色系带烤花皮鞋,肩上披着级长的黄色绶带,深蓝色褶皱束腰外衣勒得像个袋子。她十九岁了,脸上的菜色已经消失,代之以青春的靓丽。她腰很细,下巴往回收,好像总在噘嘴生气。一双眼睛清澈明亮,目光坚定、不乏挑剔。她似乎完全生活在女人的世界里,好几个星期,只能和女人说话。就连电车上的售票员也是女人。男人们穿着军装大声嚷嚷着从身边走过,粗俗不堪,口香糖纸和啤酒瓶子扔得到处都是。希尔达拿到了奖学金,很快就要上大学了。生活将在她面前打开新天地。人们都这样告诉她。

希尔达不知道该如何安排帕特丽夏。但是她有一种预感,家里会突然发生什么大事,也许是好事,也许是坏事。坏事的可能性更大些。所以不愿意多想,想也没用。

希尔达听了精神病院医生的建议,不再去看望妈妈。刚被关起来那段日子,露西的怒气和轻蔑主要是冲帕特丽夏的。后来,矛头直指希尔达。尽管先天的秉性和后天的教育为这个大女儿打造出一个保护自己的壳,还是被妈妈的态度搞得很不自在。

帕蒂去看望奥尔布赖特牧师。她不像以前那样从前门进去,而是敲后门进他家,不过也很正常和自然。她发现他和刚娶的年轻妻子正在厨房做葡萄酒。那幢房子像他的生活一样温馨、甜美。他娶了他那个教区一个姑娘为妻。那个姑娘是个虔诚的教徒,嘴唇红润,性感十足,一双杏眼,总是眼帘低垂。她常常一丝不挂跪在婚床上祈祷,直到他心神荡漾,把持不住,扑过去,把她掀翻,压到身下。他觉得上帝肯定会理解他。奥尔布赖特牧师宣称,上帝无处不在。他每个星期日讲道的时候,与上帝同在。夜里飞过的轰炸机(只要是盟军的)、海里游弋的潜水艇(同样如果是盟军的)、童子军的大厅(自从教堂被炸,他们就在那儿做礼拜)或者这张婚床上,上帝都与你同在。教友们朝轰炸机横行的天空挥舞着愤怒的拳头。爱恨情仇把他们团结在一起。出生率直线上升。

"他们让我母亲穿约束衣。"帕蒂对奥尔布赖特说。他们让她坐下,帮他们做酒。她也开始撕蒲公英花瓣,手指被染成黄绿色。这玩意儿很难洗掉,打肥皂也没用,只能假以时日,慢慢磨掉。所以,帕蒂现在是个"黄手指帕蒂"。

"为了她自身的安全,"奥尔布赖特神父说,"也为了别人的安全,她只能穿那玩意儿。"

"可她不能永远穿约束衣呀,穿上那玩意儿怎么活呢?"

奥尔布赖特神父心里想,精神病院的办事员和这事儿有没有关系呢?当然有。

"可怜的人儿,"奥尔布赖特神父的新太太插嘴说,年轻人对老年人的怜悯溢于言表,"我丈夫……"她很骄傲地说出这三个对她而言还不太习惯的字,"经常去看她。不过这种访问只能打搅她。医院里的人说,最好不要去探视。"

奥尔布赖特夫妇都赤裸着胳膊。奥尔布赖特太太搅动泡在热水里的蒲公英花瓣,奥尔布赖特先生为了好玩儿,把手抬得老高,往里倒金黄色的糖浆。他们俩看起来都目光闪闪,这个家显得其乐融融。

奥尔布赖特和前妻生的孩子住在寄宿学校。考虑到孩子们和刚过门儿的妻子的感受,牧师走了这一步。奥尔布赖特的大女儿比这位新太太小不了几岁。当着她的面儿,和小妻子卿卿我我很不自在。

"我们必须遵从医院的决定,"奥尔布赖特先生说,"人家毕竟是专家。"

"我认为,他们是怕麻烦才给她穿约束衣的。"帕蒂说。

"基督徒可不能说人家的坏话,帕特丽夏。"奥尔布赖特先生说。

奥尔布赖特太太笑了起来。"她是犹太人,干吗让人家说基督教徒的话呢?你真好笑,斯蒂芬。"

"住嘴。"奥尔布赖特先生说。

"对不起,我是不是什么话也不能说呀?"

她满脸通红,不高兴地搅着热乎乎的糖浆。他很生气。她的活儿干得越来越差了。

"我不懂,为什么不能说实话,"她坚持说,"对于帕蒂,这话也不是第一次听了吧?"

帕蒂摇了摇头,尽管这种话她确实是第一次听到。

"不管怎么说,"奥尔布赖特太太说,"身为犹太人也没什么错。我替他们难过。和耶稣基督比,耶和华是那样凶猛的神,我一点儿也不小看他们。我知道你也不小看,斯蒂芬。你总是希望高尔夫球俱乐部能有几个犹太人。你认为健康的户外活动对他们的身体有好处。尽管我不知道对那个犹太人是不是真的有什么好处。就是那个带着女服务生跑了的人。"

"住嘴!"奥尔布赖特先生连忙说,"不管怎么说,自从军队在高尔夫球场安营扎寨,坦克压坏草坪,什么都谈不上了。"

没用。谁也不听。

奥尔布赖特太太把她好看的、染黄了的手放到嘴边。

"我的父亲,"帕蒂冷冷地说,"你的意思是,我父亲是犹太人,带着女服务生跑了?"

"傻瓜。"奥尔布赖特先生对奥尔布赖特太太说。在未来的岁月里,他会把这话挂在嘴边儿。她呢,渐渐地会信他的话没错儿,而且毫不介意。可是这次,泪水一个劲儿地在眼窝里打转转。奥尔布赖特看了大吃一惊。第一任妻子从来不哭,也用不着哭。她很年轻就死了。一滴眼泪掉进蒲公英酒里。他担心,这滴眼泪里的盐分会破坏酒的发酵过程。"他按照宗教和国家的法律娶她为妻,虽然离开你妈妈和你,但还养活你们。"

帕蒂拂袖而去。

"她要面包,你给了她块石头。"奥尔布赖特太太满脸通红,一双红红的眼睛凝视着丈夫。他把剩下的金黄色糖浆倒在她身上,逗她高兴。他们俩黏糊糊地"黏"在一起,那是他们婚姻快乐的源泉。奥尔布赖特神父觉得童年的幸福与快乐又回到身边。这种欢乐起初似乎并不多么浓烈,可是现在变成一种狂喜,纯洁和惊喜。他仿佛怀着一种懊悔,从她身上每一个"缝隙"吸吮掉那黏黏的"糖浆"——不仅仅是为了干净和对她的抚慰。

"我想,你不可能照顾到这个世界上的每一个人。"奥尔布赖特太太宽宏大量地说。她一丝不挂,两腿分开躺在地板上,沐浴在一片金辉中。"何况一个从来不去教堂的半疯子、半个犹太人、半大的教区居民。"他十分惊讶,不等她再说出什么恶毒的话,使得她的灵魂陷入危险,便捂住她的嘴。

这种行为真是难以想象,可是已然发生。而且只要有第一次,就会有第二次。只要家里有金黄色的糖浆,就会再泼洒到她年轻的胴体之上。蒲公英葡萄酒非常棒,甜丝丝的,香味扑鼻。虽然奥尔布赖特太太的泪水偶然会掉进去,也不影响质量。教区里男女老少都很喜欢。

帕蒂没有把自己发现的事情告诉希尔达。也许希尔达早就知道了。她把厨房里最锋利的刀都藏了起来,不让希尔达看到。究竟怕什么,她也说不清。

她现在认为,大家都说妈妈疯了,是因为她说了真话。这真的是疯吗?如果一位妈妈尖叫着骂自己的女儿是犹太人、杂种、性变态,而这一切本来是真的,你只能谴责她是个狠心的母亲,不能说她是疯子。

夜里,帕蒂躺在床上,想到亲吻:母亲的吻,父亲的吻,路易斯·盖娜的吻,任何别人的吻。她两手交叉放在肚子上,静静地躺在那儿。她皮肤白皙娇嫩,心里想,将来谁会娶我呢?谁想要我呢?犹太人、杂种、性变态。妈妈是个疯子,血液里流淌着精神病的基因。从希尔达的眼睛里、她自己的眼睛里,仿佛就看得见那种异样的光芒,而这光芒又从奥尔布赖特的眼睛里反射出来。

美国兵来到了布赖顿。小城里的姑娘们来海滨跟他们约会。他们喝酒,哈哈大笑,接吻拥抱。霍尔顿路109号那边的小树林,花园和酒吧街相连的地方,更是他们的好去处。篱笆的栏杆早已腐烂,根本经不起大兵们靴子的踩踏。帕蒂从窗口望过去,看见她们松开短裤,大兵的手伸进去。然后,脱下裤子,打情骂俏,吃吃吃、咯咯咯地笑,气喘吁吁,翻云覆雨。有时候还能看见交接钱的手,有时候互留地址。性!宇宙万物核心的力量。它看起来,似乎没有那么珍贵。

十

直到九月,儿童福利干事罗宾逊先生才敲响了前门。门环因为生锈,用起来很不灵光——很少有人造访。年轻的露西头脑清醒时,很喜欢门上的黄铜饰件,可是自从朱迪思走后就再也没人擦拭过。门上的油漆和灰泥都已经掉皮,剥落。台阶角落,去年的落叶早已腐烂。小虫子在罗宾逊先生棕黄色靴子的践踏下,四散而逃。

和那个时候大多数年轻人一样,希尔达和帕蒂只注意表面上的卫生,很少去把犄角旮旯打扫干净。她们会把杯子洗干净,但根本不管放杯子的架子上尘土有多厚。她们也会铺床叠被,甚至洗洗床单,但是从来不懂得翻晒一下褥垫,或者抖一抖毯子。她们对要腐败的油脂或者垃圾,看也不看。只是埋头看书,做作业,或者天马行空般胡思乱想。她们习惯了为躲避寒冷或者空袭警报和炮弹爆炸声从破烂的窗户跑进来的猫的气味;习惯了花瓶里臭水的气味——去年秋天插在那瓶中的菊花早已枯萎;习惯了木蛀虫以及腐烂了的垃圾的气味。

眼前的情景和刺鼻的气味都是罗宾逊先生不曾想到的。学校和牧师关于帕克姐妹俩的报告已经有一大堆,都说她们日子过得不错,他信以为真,一直拖到现在才来。

"这两个姑娘,"女校长写道,"虽然没有父母照顾,但比父母双全的孩子们表现还好。帕特丽夏文静,干净,行为良好,可以以很好的成绩毕业。希尔达当然是我们学校最出色的'级长',其他学生对她非常尊重。"

校长说的没错。小学生们一看见希尔达就立刻鸦雀无声。她目光闪闪,很少微笑,胸前挂满因为成绩优秀获得的各种奖章,一直别到腰间。她的头衔是级长、学生社长。学习成绩门门优秀,依次为:曲棍球、拉丁文、英语、法语、地理、宗教知识、操行。希尔达似乎无所不能。她喜欢随心所欲地惩罚别人。同样的错误,她可以让你念二十行诗作为惩罚,也可以让你念两千行。她还发明了许多新的罪名。她在衣帽间门左边又钉了一个挂钩,可是又不准同学们在那个挂钩上挂帽子或者外套。如果有人挂了,就要受到惩罚。有一次她还强迫一位三年级小学生奥德丽·丹佛在操场上倒立,直到小姑娘晕了过去。仅仅因为她黑鞋系了棕色鞋带。放学后,她把三年级的同学都留下不准回家,直到有人承认干了"这件事情"。可是究竟让人家承认干了什么事情,谁也说不清楚。所以没人承认。后来,希尔达不等惩罚结束,自个儿先回家了。校务处似乎没有察觉到这位"级长"的偏执。恰恰相反,女校长很欣赏她"维持秩序"的能力。她认为,自从任命希尔达为级长以来,孩子们干的傻事儿少了许多。在希尔达看来,这些正在成长的女孩子们系领带、戴蝴蝶结、身穿颜色鲜艳的运动衣、头戴硬草帽,都无法容忍。而战争时期,学生们在院墙坍塌的校园里读经典著作,在被炮弹炸得坑坑洼洼的操场上打篮球,她也觉得不合情理。

自从当了级长,希尔达就脸色苍白,一双亮闪闪的黑眼睛总让人觉得心事重重。但她变得更爱说话,也更容易相信别人。她会整夜和帕蒂谈论三年级那些女孩子,说她们像一群小老鼠,窜来窜去,身上带着病菌,偷偷地看着希尔达,叽叽喳喳说她的坏话。希尔达翻来覆去就说这点事儿,就像留声机上放的唱片卡了壳。说多了,帕蒂几乎相信了她的话。奥德丽·丹佛长了一张尖尖的小脸,因为患慢性结膜炎(她说的),一双眼睛总是红红的。希尔达认为,她一根黑鞋带,一根棕鞋带,一定是她和同伙互相联系的暗号。让她脑袋朝下倒立,会打乱这支"老鼠大军"的阵脚,以免发生更糟糕的事情。

帕蒂越想越觉得希尔达的话也许有道理,什么事情都可能发生。

此刻,罗宾逊先生真真切切站在眼前。他穿着哥哥的棕黄色靴子,叔叔的条纹西装,头戴已故父亲的呢帽。这顶帽子帽檐儿磨得起了毛,还被妻子养的狗咬了好几个洞,他没舍得扔掉。由于政府实行布匹配给,人们的衣着已经无法再张扬个性了。他们成了过去与现在、家人和朋友的"混合体"。人们被强制随身携带的身份证就像可以让国家放心一样,也让自己放心。这就是我。

罗宾逊先生很快就安排帕特丽夏在学校寄宿,希尔达先在家里住,直到她到牛津上大学。她已经获得萨默维尔学院的奖学金。同学们为她鼓掌,鼓掌,热烈鼓掌。可是希尔达听了特别沮丧。因为她听到的仿佛是一百万只老鼠跺脚、乱窜、跳舞发出的响声。希尔达是一个很谨慎的人,她不让那些"小老鼠"看到她获得奖学金的文章。写关于那些文章的东西可以使它更具感染力,总是把这些文章挂在嘴边儿却会减少它的魅力。帕蒂去看露西,告诉了她希尔达的成功。露西面无表情。现在她那个病房里有三个女人,都穿着约束衣,就像摆在壁炉台上三个昏昏欲睡的瓷娃娃。屋子里尿骚味儿让人连气都喘不过来。

"你是我的孙女,对吗?"露西对帕蒂说,"我已经成了老太太了。"

她那张脸现在几乎不去刻意"打理",所以看起来更像娃娃脸。也许她的状态越来越好了?

希尔达的情况好了许多。

希尔达把帕蒂的东西放到一个潮湿的硬纸箱子里。还特意到药店买了一包耗子药,作为告别礼物。

"她们非常狡猾,"她说,"要当心。"

希尔达的脸色又变得红润。她现在睡眠很好。不管睡得早晚,脑袋一挨枕头就进入梦乡,尖尖的小牙不再咬啮她的心灵。她现在对送给妹妹的临别礼物也有点迷惑不解。她还送给她一磅熟透了的黑莓。黑莓是从自家花园里摘的。(巴特父子律师事务所已经把这幢房子挂到市场上卖,但是直到此刻为止,还无人问津。）

　　就这样，十月份，帕蒂离开霍尔顿路 109 号，来到海滨。儿童福利中心为她安排了一个更适合她居住的、温馨的家。她一只手拎着一个纸箱子，另外一只手拎着一包黑莓。她留着短发，有点卷曲，圆脸，相貌平平，与其说满脸天真还不如说面无表情。她总是面带微笑，既可以将别人的攻击"拒之门外"，又可以给自己留出一个思考的空间。她看起来教养良好，成长健康。这正是露西的心愿。可是事实上，她并没有得到父母的关照与教育。她已经十六岁了，穿着露西的旧花呢外套。不过她剪短了一点，只剩下四分之三长。（帕蒂有所不知的是，这件外套正是当年露西跟着本杰明私奔时穿的那件。她只知道这件外套在衣帽间挂了好多年。一碰就会飞起一团蛾子。希尔达看了特别不安，似乎那是'老鼠计划'的一部分。希尔达用剪刀剪了好几个口子。帕蒂只好把被她剪成锯齿状的边儿再剪齐，大针小线地缝好，当件衣服穿。）外套下面，她穿着校服。帕蒂很少穿别的衣服，只穿校服：白衬衫、条纹领带、深蓝色体操衫。每个星期都用海绵擦拭得干干净净、压得平平整整。直到一件件衣服磨得像层纸，哔叽斜纹闪着光。她穿着黑色长袜，结实的棕色鞋子。长袜上面缝补过的窟窿清晰可见。箱子里装着她上学用的书，卷子，一条红白相间的裙子，几件用安全别针别在一起的内衣，一件挺厚的法兰绒睡衣，三双挺秀气的棕红两色相间的鞋。那是儿童福利机构捐赠的、女人打高尔夫球穿的运动鞋。

　　这好像足够了。甚至在很小的时候，帕蒂就知道，不管到哪儿,只需"带"着你自个儿就够了。其他东西都是多余之物,这个世界会,或者应该给你。这或许是一种自信、自以为是的观点——如果她是一个自私自利的人的话。希尔达恰恰相反,她似乎总想拥有。她喜欢被那些能反映出她的自我、她的心境的东西包围。无论那些东西多么杂乱无章、任性无羁。她最近开始收集东西:羽毛刚干的小鸟的鸟窝、奇形怪状的石头、破布片、从海滩上捡来的被扭曲了的漂浮物——这个世界不停地冲刷到她脚边的、没有什么意义的东西。帕蒂看不出那些玩意儿好在哪里,不由得撇撇嘴,希尔达就嘲笑她太庸俗。

"你看这形状,帕蒂。如果你有眼光就看看这形状。如果你懂艺术,这就是艺术。当然你不懂。你怎么能看出它的妙处呢?"

希尔达敏感,帕蒂漂亮。露西很早以前就下过这样的结论。

现在帕蒂拐了个弯儿向海滨走去,把希尔达甩在后面,顿觉精神昂扬。

"一切都是天意,"她想,"一切都是命运的安排。苦难都是对我的惩罚。那一切终于过去了。"

一股强劲的风卷起海滨大道那边的海浪,苦涩的泡沫打在她的脸上,刺疼她的嘴唇,好像否认她的观点。希尔达当然认为强风掀起的浪花就是这个意思。

伦纳德小姐在帕蒂念书的那所学校教英语。她一个人住在一家家具店上面。这家店以前人来人往很受欢迎,现在空空荡荡。家具被一排排各式各样的门和火车卧铺车厢里那种上下铺代替。伦纳德小姐一个人住在上面,虽然孤单但很舒服。有关部门想依据战时紧急状态法把她撵出去,但她拒不执行。她认为那是男人的事情。她还站出来反对征用令,和为部队安排宿营前来洽谈的军官争论不休。直到终于被罗宾逊先生说服,同意在这里安排一个没有母亲、无家可归的女孩儿。

"是帕蒂·杜维恩呀!"伦纳德小姐打开门,不高兴地说,"我认识你。你英语考了第四名,尽管关于济慈①的文章写得不怎么样。我认为要来的是个名叫普拉克西丝·帕克的小姑娘。"

伦纳德小姐看起来很失望,事实上就是很失望。到目前为止,战争除了带来麻烦、不便,没有任何新奇玩意儿。装希尔达送的黑莓的纸袋破了。熟透了的黑莓掉出来,沿铺白地毯的楼梯滚落下来,弄脏了地毯。普拉克西丝哭了起来。她认识到,希尔达的影响将伴随她一生,她的过去永远不会被忘记,永远不会成为过去。到死,她也只能是普拉克西丝和帕蒂。

---

① 济慈(John Keats,1795—1821):英国杰出的诗人之一,浪漫派的主要代表人物。

她无精打采地站在楼梯口哭了起来,身后水壶里的水烧开了,咕嘟咕嘟响着,一只金丝雀在歌唱。伦纳德小姐仿佛看到挑战,高兴起来。几个月里,她一会儿把帕蒂推到这儿,一会儿把她拉到那儿。拍肩打膀,似乎对她很宠爱。她让她把床底下扫干净,而不只是在周围划拉两下了事。她给她把外套下摆重新缝好,让她把作业写得整整齐齐,教她削土豆的时候,不要总是盯着土豆看,似乎一点一点地排解她心中的忧伤。

"耶稣还是个私生子呢,"伦纳德小姐对普拉克西丝说,"别总说拿破仑和尼尔森。不利条件既可以造就你,也可以打垮你。要明白,你的命运就掌握在自己手里。"

"如果没有可以爱的男孩儿,爱上个女孩子也算不上性变态,"伦纳德小姐说,"弗洛伊德说,不管怎么说,同性恋是通往成熟的性爱很正常的一步。"

"犹太人也不是耻辱,"伦纳德小姐说,"恰恰相反。再说,光父亲是犹太人不算数。妈妈是犹太人儿女才是犹太人。对不起。"

"你妈妈不是想害你,她是想救你,"伦纳德小姐说,"可怜的人儿。"

"是的,我完全有理由相信你姐姐疯了,"伦纳德小姐说,

"尽管从来没有这样想过。我们不习惯把小孩子想成疯子。不过你没疯,普拉克西丝。你拿那些耗子药干什么呢?"

伦纳德小姐把那包耗子药倒到抽水马桶里,冲了好几次。

"听着,"她补充道,"我知道她对三年级同学们的看法。她们确实喜欢鬼鬼祟祟跑来跑去,说悄悄话,打探消息,亮闪闪的眼睛滴溜乱转,好像充满邪恶。"

她一边说,一边笑了起来。这天,她切掉三明治外面那层壳,作为特别优待。这种行为可是食品主管部门反对的事情。她在三明治里抹了一层来自南非的罐装西瓜酱,而不是里面尽是木头渣子、染成胭脂红、冒充红莓酱的萝卜泥。

"你长成一个很漂亮的姑娘了,普拉克西丝。"伦纳德小姐说。普拉克西丝脸上不再总是挂着微笑,但是表情更加丰富了。

"我想……"伦纳德小姐说,似乎有点把握不准,"也许穿'约束衣'没有那么痛苦。特别是如果还有别人也穿着那玩意儿陪伴着她。人们通常和自个儿的'同类'待在一起,心里就踏实。让人心里难过的常常是和比你强或者比你差的人打交道。"

伦纳德小姐还给巴特父子律师事务所写信。"你们客户的孩子居然被这样疏忽,真是太不像话了,"她说,"如果你们能把这位父亲的地址告诉我,我会亲自去找他。他的恶行已经把孩子们的母亲逼疯,她完全有资格通过第三方对他提起诉讼,要求法院判令赔偿。如果资金不能及时到位,把她转送到一个私人机构,我将毫不犹豫作为第三方替她打这场官司。"

伦纳德小姐收到从邮局寄来的支票。

"要做个食肉动物,"伦纳德小姐说,她正在做早餐——小心翼翼地煮每星期配给的一个鸡蛋,"不能做食草动物。"她穿一条大红花裙子、指甲染得血红,稍稍有点突出的眼睛目光温柔但很锐利。

"什么意思?"

"食肉动物吃食草动物,"伦纳德小姐说,"食肉动物和食草动物的比例是五十比一。我就是个食草动物。我们安安静静地吃着草,看起来好像很聪明,直到突然之间被食肉动物叼走,然后就完蛋了。"伦纳德小姐度过一个痛苦的星期六的夜晚。

伦纳德小姐在第一次世界大战中失去她唯一的真爱。她和他睡过一次,然后就永远失去了他。她认为那是对自己犯下的罪过的惩罚。那年她十七岁。

"儿子在战争中为国捐躯,是我们的荣耀。"她那位"真爱"的母亲高昂着头说。陆军部发来的电报在壁炉台上摞得越来越高,与之相伴的是邀请她参加打败德国人的宴会的邀请函。他是他们家在战争中牺牲的第三个儿子。

"如果只有这样才能减少你心中的痛苦,"伦纳德小姐的母亲说,"你就把他的牺牲当作一种荣耀,这种事儿随便怎么说都可以。我管它叫悲剧,可怕的浪费。我的女儿们能为自己的丈夫做什么呀?"

是的。伦纳德小姐没有丈夫,也不觉得需要丈夫。她独自一个人过得很快乐。她到教师培训学院读了几年书,从那以后把时间都花在往正在成长的女孩儿头脑里灌输罗曼蒂克思想上。济慈、华兹华斯①、鲁伯特·布鲁克②的诗歌都是她推崇备至的作品。

"如果我死了,只需这样想我——"③

可是,不,还有许多东西要想!她现在认为战争改变了人们的思想。现在,丈夫们又走向战场,又在死亡,可是这一次却没有那样心甘情愿。看到这一点,伦纳德小姐心里挺高兴。至于性,现在男人放浪,女人随便,干起来就像坐车一样便当,全然没有当年她想得那样崇高、圣洁。

---

① 华兹华斯(William Wordsworth,1770—1850):英国浪漫主义诗人。其诗歌理论动摇了英国古典主义诗学的统治,有力地推动了英国诗歌的革新和浪漫主义运动的发展。
② 鲁伯特·布鲁克(Rupert Brooke,1887—1915):英国诗人,1914 年参加海军,在去达达尼尔海峡的途中死于血液中毒。所著以战争为主题的十四行诗组诗《一九一四年》(1915)使他声名大振,被英国人民视为民族英雄。
③ 鲁伯特·布鲁克的著名诗篇《一九一四年》开头的一句,后面是:"在异乡田野上的一角有一处,永远是英国的土地。"

最近,星期六晚上,普拉克西丝早早地上床睡觉之后,伦纳德小姐就穿上黑色网眼长筒袜、高跟鞋、黄缎子宽松上衣、黑色双绉紧身裙,拎一个白色小包,漫无目的地在街上溜达。直到有个男人走过来跟她搭讪,她才突然清醒过来,拔腿就往家里跑。

那个星期六晚上,伦纳德小姐回家的时候,发现灯还亮着,估计普拉克西丝醒了,正干什么呢。她怕被她看见这副打扮,就又到街上溜达。这次碰到一个彬彬有礼的男人,听口音像个很有文化的人。她没有吓得往家跑,而是和他并肩走了起来,他说他的妻子在考文垂大轰炸中被敌人的飞机炸死。现在和儿子一起过。她和那个男人在房子后面一间狭窄的卧室里上了床。屋子里只有一个煤气炉,噼噼啪啪响个不停,散发着一股煤气味儿。床吱吱嘎嘎响着。

伦纳德小姐的双臂早已不熟悉这种搂搂抱抱的动作。此刻她抱住的则是一个男人细细的四肢和瘦弱的胸脯。她本来以为那会是一个更重也更结实的男人。但那已经是很早以前的事情了。她那时候是不是搞错了?她感觉到的不是爱情,而只是淫欲?这些年,她以为已经失去并且为之懊恼的东西是不是根本就没有失去,而是可以在任何一个男人身上得到?或者是不是某种难得的、不同寻常的机缘给她带来那些由温柔组成的叫作爱情的东西?伦纳德小姐进入高潮,喊了起来。

"小声点。"他说,有几分尴尬。"小声点。"她很害羞。她觉得这个男人素质还不错——比如,聪明、受过良好的教育、温柔。可是她在他眼里,只是一个手里拎着手提包晃来晃去的老妓女。别的他还能看到什么呢?他从床上爬起来,走进浴室。伦纳德小姐想,等他回来,我得告诉他我的真实身份。我根本不是妓女。我是受人尊敬、爱戴的教师。我照顾别人,也被别人照顾着。一直这样。他会相信我,原谅我。她胡思乱想起来,把自己想象成他的妻子,重新给这间不无凄凉之感的屋子糊了壁纸,摆满鲜花。这也许是只有战争年月才会有的奇特的婚姻,但是很幸福。那是从灾难、暴力、废墟里诞生的幸福。他的妻子,在敌人炸弹炸毁的楼房下变成尘埃。伦纳德小姐的恋人,她的真爱,尸体挂在铁丝网上,任凭乌鸦啄食……而美丽的鲜花,在那浸透鲜血的土地上绽开。

他从浴室回来,又趴到她身上。她吃了一惊。这无疑是爱意缠绵的时刻。可是她发现这个身体很重,他的动作也很大,把她弄得很疼。她突然意识到,这是他的儿子,挣扎着,叫了起来。

"我是不是把你吓着了?"他一边说,一边继续干,"他没和你说,他操完轮我?别着急,我再给你一份儿钱。你怎么了?这对你有什么不同吗?"

他干完之后,在床头柜上又扔了一英镑。
"你自个儿走吧,"他说,"别着急。"

伦纳德小姐听见灯一盏盏关掉,楼上楼下一片寂静。她穿好衣服,走了出去,在寒夜中颤抖。她觉得自己还能派上用场,但是已经是"二等货",需要好好地洗一洗。就像放在食品橱后面带缺口的旧碟子。用用还凑合,但上不了台面儿。哦,正如一个人对自己做出评价一样,也被别人评价。早晨,必须告诉普拉克西丝这一点。

回家的路上,她又被一个喝醉了的美国大兵挡住。那个家伙给了她十个先令,让她靠墙站着,撩起短裙,褪下短裤,把一个又长又细、冰凉煞白、硬邦邦的东西插了进去。那玩意儿就像美国大兵的手,和英国人绷得很紧、有点弯曲的手大不一样,常常让她感到惊讶。她还是处于被动的状态。那个家伙似乎压根儿没有注意。干完就走,就像上厕所撒了一泡尿。

难道这就是性?伦纳德小姐想。如此简单的一种冲动?

伦纳德回家之后,洗完澡,上床睡觉,早晨起来煮鸡蛋,告诫普拉克西丝要做食肉动物,而不是食草动物。

"在任何情况下,你都应该保持自我,"她说,"你似乎总是处于大家注意的中心。一种催化剂。你知道什么是催化剂吗?"

"不知道。"

"他们当然至少要教女孩儿学点科学,装装门面也好呀。"伦纳德小姐说。

"女人学不了科学。"

"居里夫人还是女人呢。"这种回答纯属套话,没什么说服力。

没过多久,伦纳德小姐就领普拉克西丝到海景疗养院去探望母亲。这是一家私人疗养院,很干净,很舒适。露西身披花披肩,坐在秋天落日的余晖之下,眺望远处铁丝网环绕的炮台和起起落落的潮水。她两条胳膊紧贴身体两侧放着,好像早已习惯了被禁锢的生活。但和女儿谈话的时候和颜悦色,宛如是与邂逅相逢的陌生人谈论季节的变化。她不再沮丧或者让别人沮丧。

"别人呢?"普拉克西丝问伦纳德小姐。
"什么别人?"
"那些还穿约束衣的人。"

伦纳德小姐凝望着普拉克西丝没有说话。

"别对我说,"她说,"你是那种关心别人、在乎别人的人。"话虽这样说,但看得出她心里其实挺高兴。

伦纳德小姐两个月没来月经。她觉得是到了更年期,在寒风中把自己包裹得严严实实。有时候她觉得恶心,心里想一定是"荷尔蒙变化"的结果。腰带系不上的时候,她就想,体重增加了。发现普拉克西丝没有收拾餐桌,她就大声嚷嚷;学生们没做作业,她气得直哭。每逢这时,她就安慰自己是因为"世事艰难"、压力太大的缘故。直到体形变得连她自己也无法否认,怀孕了!

"不,我不知道父亲是谁,"伦纳德小姐对医生说,"是被人强奸了。"

"你没有报警?"

"没有。"

"为什么不报警?"

"我觉得太恶心了,和谁都不想提这事儿。"她撒了个谎。平日里,她那么诚实,那么值得人尊敬。"求你帮帮我。"

"我什么忙也帮不了。即使被人强奸怀孕,堕胎也是犯罪。"

"可我已经四十五岁了。"

"那又怎么样呢?"

"我从来没有生过孩子。这不是很危险吗?"

"如果关系到你和孩子的生命,有时候允许保大人不保孩子。当然,如果你是罗马天主教徒就另当别论了。那种情况下,新生命有优先权。"

"你的意思是,他们会把我弄死?"

"不会直接弄死,但他们会救孩子。"

"你是罗马天主教徒吗?"

他是个老人,面带微笑摇了摇头,压根儿就不相信那个被人强奸的故事。

"我不是。但我遇到这种事儿的时候,知道上帝让我怎么办。恐怕你这次怀孕是上帝对你的惩罚。相信我,在这个世界上,为自己的罪恶受罚其实是一种福分。"

伦纳德小姐去找别的医生,但是没有一个人肯帮助她。许多人指着房门让她立刻就走。他们非常气愤,她居然想让他们和她共谋杀人。还有的人倒是表现出一点同情,但是不能也不敢为了她去冒坐牢的风险。

伦纳德小姐把自己的难处毫无保留地告诉了普拉克西丝。

普拉克西丝花了将近一个星期的时间才"理顺"了伦纳德小姐这件事情。从震惊到无法相信,从无法相信到不敢苟同,从不敢苟同到终于接受。她说:"这个世界的事儿真让人无法理解。男人们在战场上相互残杀,死的人高达百万,可是对一个还没有出生的胎儿却大发善心。"

伦纳德小姐虽然一天到晚心烦意乱,但觉得和普拉克西丝相处很好。普拉克西丝加入了"保卫和平联盟"。现在,她是和平主义者。这可不是顺应潮流之举。可是现在她已然从内心深处的痛苦中解脱,就觉得自己有足够的力量去应对生活中的艰难。

"如果男人不肯帮忙,"普拉克西丝说,"也许女人愿意。"

普拉克西丝去找奥尔布赖特太太,那个温柔贤淑、蜜色头发的女人。

"告诉你的朋友,"奥尔布赖特太太说,"堕胎是罪恶,违背上帝的原则和人类的法律。不,我当然不知道谁愿意做这种手术。你的朋友应该做的是,把孩子生下来,然后送到孤儿院,或者找人领养。慈善机构会在孩子出生六个星期后,把孩子接走,以后的事情就由他们去办了。"

"这对母亲不是太难了吗?还得等六个星期!为什么不能一生下就接走呢?"

"帕蒂,我们总得给母亲一个改变主意的机会呀!她必须清楚地意识到她干了些什么,她抛弃的又是什么。仅仅把这些事情藏着掖着没用。倘若那样,整个社会就会坠入不道德的深渊。只有害怕怀孕,女孩子们才不至于做出伤风败俗的事。"

年轻的奥尔布赖特太太还没生孩子。她极力讨好丈夫(越来越爱生气)、取悦上帝(越来越难理解)。她想采用第一任奥尔布赖特太太的观点,似乎这样就可以像她的"前任"那样"多产"。此外,奥尔布赖特先生对女儿会有怎么样的感觉也常常让她担心。那孩子十五岁,这个年纪的女孩儿对拥抱、爱抚、接吻似乎越来越感兴趣了。她看得出,性欲是一把双刃剑。肉体的快乐必须以焦虑的方式由心灵偿还。天上不会掉馅儿饼。

"但愿这个姑娘不是你的闺蜜,帕蒂,"奥尔布赖特太太说,"我知道,因为希特勒先生的缘故,现在是鱼龙混杂。圣人和坏人都搅和在一起。这也许不是坏事,但你可要当心,千万不要和那些坏人混在一起。我希望伦纳德小姐能对你严加管束。希尔达有什么消息吗?"

希尔达已经在萨默维尔读大学二年级了。她的学习成绩一直名列前茅。普拉克西丝知道的也就这些。

"女孩子太聪明也不一定是好事,"奥尔布赖特太太叹了一口气说,"很难找到合适的丈夫。"

普拉克西丝又去找朱迪思。朱迪思现在已经有三个孩子了。这三个孩子都皮肤黝黑,乌亮的眼睛滴溜乱转。丈夫因为胃疼住医院了。朱迪思写了个地址,交给普拉克西丝。

"这么说,你惹上麻烦了,"她说,"真是有其母必有其女。"

朱迪思的三个孩子都是男孩儿。

"不是我,"普拉克西丝不高兴地说,"是我的一个朋友。"
"谁都这么说,"朱迪思说,"你可真像你妈妈。伪君子。算你走运,我这个人不爱记仇。拿好这个地址。得花五英镑。"
"安全吗?"

"我做了好几次,这不还好好地活着吗?"

"疼吗?"

"那还用问吗？当然疼。"

伦纳德小姐和普拉克西丝按照那个地址找到那家人,敲了敲门,但是没人回答。尘封已久的窗户上挂着脏兮兮的窗帘。几条野狗扒拉着垃圾桶。小路上布满生活垃圾。

"你们来得太晚了。"一个年纪挺大的邻居说。她满头鬈发围着围巾,嘴角叼着一支香烟。"她干了五年。终于死了一个。那以前没出事儿,真是奇迹。脏死了！你们要是看见就好了。至于垃圾桶里面,就更别提了。真是太无知了！好心,可无知！"

伦纳德小姐不得不继续怀着肚里的孩子。等终于找到一个可以帮她堕胎的人,肚子已经大得瞒不过别人的眼睛了。结果工作丢了,胎儿也已经长得很大,无法平安引产了。

"都是你的错儿,"她对普拉克西丝说,"那天晚上你要是不开着灯在屋子里晃来晃去,什么事儿也不会发生。"

那些天,伦纳德变得像个孩子,一天到晚眼泪汪汪。反倒是普拉克西丝更冷静,总是安慰她。

儿童福利干事罗宾逊先生来了,他想看看普拉克西丝是不是陷入了道德危机。看了之后,得出一个结论:现在着急也没用了。霍尔顿路109号卖不出去。伦纳德小姐挺着个大肚子,行动迟缓,坐在那儿织毛衣。普拉克西丝学习,做功课,还得做饭。希尔达从萨默维尔回来看了看。正在考试期间,她的压力很大,脸色苍白、黑眼圈儿。她断定伦纳德小姐肚子里的孩子是敌基督灵魂的无玷始胎。她给巴特父子律师事务所写信,请求他们撤销普拉克西丝和露西的津贴。她坚持认为,她们所有的麻烦都可以追溯到那些被玷污的钱。普拉克西丝设法把那封信取出来,只寄出一个空信封。希尔达不知内情,扬长而去。

"她倒不是真的想毁了我,"普拉克西丝对伦纳德小姐说,"但是毁了她在我心目中的形象。"

"有些事情,"伦纳德小姐说,"我们得大度宽容。"

伦纳德小姐常常坐在那儿,摸着大肚子。现在她已经越来越喜欢肚子里这个孩子,下定决心把他留下来。她对未来充满希望。这个孩子出生的时候,这个世界会变得更好。希特勒在撤退。新的耶路撒冷的种子已经播撒在经过炮火洗礼的古老的英格兰的土地,等待自由的阳光照耀,平等的雨露滋润。

"不知道这个孩子是谁的,"她常常说,"是那个父亲的,还是儿子的,还是那个美国大兵的?我希望是那个美国人的。他个子那么高,那么干净,那么豁达,好像什么都不在乎。我想有个什么都不在乎的孩子,自得其乐,我行我素。"

伦纳德小姐生孩子那天正赶上普拉克西丝参加高中毕业考试。考英语。早晨到学校的时候,她很担心,舍不得把伦纳德小姐一个人留在家里。可是她必须去参加考试。和伦纳德小姐眼下的难处相比,自己的前途更重要。

伦纳德小姐在等待救护车到来的时候死了。一次以伦敦为目标的空袭,把炸弹都投到了英吉利海峡。他们来得不是时候,不是按照预定计划投到海里,而是投到了内陆。空袭中,伦纳德小姐被炸死,但是她也创造了一个不好不坏的奇迹:她的躯干被炸,但肚子里的孩子获救。这件事情足以上报纸的头版头条——勇猛顽强,九死一生。一个过路的女人用牙齿把脐带咬断,她刚从已经死去的伦纳德小姐身上抱走小孩儿,卧室、伦纳德小姐、金丝雀、壶和屋子里的东西就都埋到弹坑里了。那个救出小孩儿的女人也被震得倒了下去。就在这时,救护车飞驶而来。普拉克西丝从学校回来的时候,那里已经是一片废墟。一扇扇倒下来的门好像棺材盖子。

"我跟你说过,"希尔达说,"反基督徒。女性反基督徒。反基督徒都是女性。帕蒂,你不管到哪儿都惹麻烦。"

帕蒂觉得也许这样吧。她好不容易考完剩下的几门课,可是脑子里一片空白,什么都忘了。不过她考得还可以,被雷丁大学录取。她一遍又一遍地看手里的录取通知书,仿佛那只是一张白纸。她觉得自己脸上现出一种恼怒、厌恶的表情。这种表情是姐姐希尔达特有的。

　　奥尔布赖特太太接走那个孩子,给她施洗礼,取名为玛丽。有一段时间还叫她帕蒂。她觉得,倘若第一任奥尔布赖特太太活着,能做到的恐怕也不过如此罢了。
　　她很快就怀孕了。
　　她十分高兴地说,好心必有好报。

十一

　　这里多少是杜撰的,多少是真实的呢?我们的记忆也许缺乏客观真实,所以试图去寻找这二者之间的差别,毫无意义。我们就是自己过去的总和,这话没错儿。我们就是由往事的回忆组成的。但是回忆也有其不确定性。你所经历的事情会根据当时的心情、碰巧与你相伴的人的不同,将那些粗糙的或者精细的东西过滤掉。我们会从某些事件中退缩,或者张开双臂拥抱它们。

　　妈妈身上的约束衣真是看得见、摸得着、粗帆布制作而成的吗?还是我想象出来的?是不是我在现实生活中约束了她,就如她在心灵里"约束"了自己?环境和秉性阻止她舒展自己的灵魂,而用无条件的爱拥抱西帕提亚和我?西帕提亚让奥黛丽·丹佛倒立,是不是真的想把她脑袋里那些坏思想倒出来?当然不是。但她总是让我头朝下——我这样说只是一种比喻——直到我怀疑自己看到的东西是否真实。

　　现在一切都成为过去,而过去的一切都留在我脑海里。死的死,走的走。就如母亲和西帕提亚。我担心,如果身体每况愈下,那也将是我的结局。我的脚都肿了。如果仔细看,就能看到大拇指指甲外侧红红的皮肤上有一个刺破的伤口。一定是这个地方感染了。应该找人帮忙。会有人帮忙的,我对自己说。伦纳德小姐就帮过我。可是她落了那样一个悲惨的下场。

你要记住,帮助年轻人比帮助老年人更快乐。年轻人也许会拄一段时间的拐杖,可是用不了多久就会扔掉,勇敢地往前走。给老年人一副拐杖,他们就会一直拄下去,而且会时不时抱怨拐杖的质量不好。

但这并不是我犹豫的原因。我为什么会继续坐在这儿,又痛又害怕,而不是爬出门外,爬到大街上,向路人求助,求他们发发善心,帮帮我。

不。

在我看来,我在现实生活中,和他们之间有一堵无法逾越的高墙。这堵墙阻挡了任何一张微笑的脸和热情打招呼的手,更不要说有人会从高墙那边和你握手言欢,治愈你心灵的创伤。当然也不会有人为你叫一辆救护车。别人的现实生活对于你并不存在,仿佛一触摸就会消失。就像我的过去,在想象中飘忽而去。我的思想跳跃着,想去实实在在做些事情。我的身体似乎更清楚眼下的处境,只是停留在这里,等待那个结果——死亡。确实如此。

我独自一人封闭在为自己创造的现实之中。心灵里,想象着老年、疾病、忧伤,并且紧抱着这些想法不放。活该如此。

十二

"不管走到哪里,"希尔达压低嗓门儿对普拉克西丝说,把一块叠得四四方方的黑颜色的东西塞到她手里,"都记着你是谁。"

普拉克西丝打开那个方方正正的东西,原来是一块黑色薄丝巾,叠过的折痕磨成灰色。从前露西没病的时候常常戴这块围巾。普拉克西丝到雷丁大学读政治学的时候,布赖顿车站聚集了几位前来送行的人。普拉克西丝觉得希尔达疯疯癫癫的样子和眼下的气氛很不和谐。而她轻声耳语和她送的这份礼物,更让她觉得希尔达不怀好意。

你以为你离开这里就万事大吉了,可你错了。你永远不会自由。童年永远不会成为过去。哦,谢谢你,希尔达,你这个坏仙女。谢谢你的礼物。

别人一个接一个走上前来,和她道别。她们都是"仙女教母",冲淡了她的恶意。

"希望你过得愉快!"奥尔布赖特太太说,"相信这是你应该得到的。"她的腰已经变粗,一双眼睛闪烁着满意的光。她的

"前任"留下的大女儿回寄宿学校去了,丈夫又恢复了"常态",生活变得温馨安谧。奥尔布赖特先生肯定会因为他们即将出生的孩子精神焕发,再现青春。站台那边,小宝宝玛丽·伦纳德躺在婴儿车里哭。"快去抱抱她。"普拉克西丝焦急地说。"用不着,"奥尔布赖特太太说,"小孩子从小就得学会遵守纪律。这可是一个人良好道德的根基。"普拉克西丝去雷丁大学念书,奥尔布赖特太太一方面有点舍不得,因为她能帮她干点家务活儿;另一方面又庆幸她远走高飞,因为普拉克西丝总爱抱小玛丽。她凝视着小家伙那双表情严肃的大眼睛,仿佛在那里寻找上帝,或者魔鬼,或者至少找到某些重大事件留下的蛛丝马迹,结果就惯坏了小玛丽。

"别站错队,"奥尔布赖特先生说,"加入'学生基督教运动'。你会在那儿遇到好小伙子。"他头发上白花花地落着白灰和石膏粉,开裂了的指甲上粘着泥土。他是直接从建筑工地到火车站的。他和教区居民正在用自己的双手重建被敌人炸毁的教堂。"我会好好学习的。"普拉克西丝说,心里明白谁也不会相信她的话。其实自己也是勉勉强强相信而已。

"当心那些退役军人,"伊莱恩说,"或者压根儿就别在意他们。谁喜欢那些家伙呢!"伊莱恩考到秘书学院。开学前,在父亲的店里帮忙。为了和普拉克西丝告别,她把父亲送面包的小货车停在站台那边的货场。父母亲不让她上大学,担心她在那个环境失去贞操。这种担心或许不无道理。

"别担心你妈妈,"朱迪思说,"我会去看望她的。"她身边站着那两个没有合法父名的、皮肤黝黑的孩子。她正为丈夫服丧,仿佛随着他的去世,她和杜维恩家的恩怨也烟消云散了。

"如果有什么事儿,你一定要给我写信,好吗?如果她看起来不快活,你一定要告诉我,好吗?"火车开动时,普拉克西丝用哀求的口吻说。

"她就是不开心,你也没办法,"朱迪思对着已经开动的火车大声说,"你得过自己的生活,而不是她的生活。"

这似乎是最好的祝福。希尔达满脸阴郁、茫然若失地站在越来越远的站台上。普拉克西丝把头探到车窗外面,不停地招手。她把那块丝巾围在头上,压住乱发,可是风把围巾吹走,消失在一块菜地里。

看起来这是一个好兆头,是对希尔达恶意"祝福"的破解。

希尔达也住在奥尔布赖特家。大家都说他们慷慨、善良。可是普拉克西丝总觉得住在他们家不得劲儿。她特别注意不和奥尔布赖特先生单独待在一起。他说话的时候还挺正常,但眼神总是怪怪的。奥尔布赖特先生的大女儿是个乳房高耸、精神饱满的姑娘。吃完晚饭,奥尔布赖特太太弹钢琴,她和希尔达洗锅刷碗,她就坐在爸爸腿上,凑到他耳朵旁边说悄悄话。其实还有许多家务活儿要干。小宝宝玛丽得有人照顾,她的尿布、衣服都得及时洗。现在,奥尔布赖特太太自己怀了孩子,没有力气也没有兴趣再做这些事情。除此而外,她似乎认为,即使小孩儿也分得清对和错,无私和自私。所以该惩罚的时候,就要惩罚。她想哭,就让她哭去吧!

希尔达迷上了天上的星星。普拉克西丝半夜醒来,经常发现姐姐满脸忧伤,凝望着窗外的星空。也许她还想看到划过天空的探照灯,看到从天而降的炸弹,和炸弹爆炸的场景。现在,战争已经结束,天空恢复了先前的宁静。可她依然高谈阔论。

"战争永远不会结束。"希尔达说。说大话是她的长项,总体上看意味深长,可是仔细推敲又没有什么意思。然而,正是这种才能使她在日后的工作与生活中得到很多好处。

"伦纳德小姐是那颗星星,在那儿。"她一边说,一边指着天空。

"那颗红色的、一闪一闪的星。她一定在那里受苦。"

"那是猎户座一等星,"普拉克西丝说,"一颗红矮星。"普拉克西丝读过不少天文学科普读物。

"一颗红矮星?有时候我觉得你真是疯了,"希尔达说,"星星是在地狱里燃烧的灵魂。所以他们不停地闪烁。"

小宝宝玛丽和她们在一个屋里睡觉。她哭叫的时候,希尔达总是第一个醒来,跑到婴儿床跟前,看怎么回事儿。而普拉克西丝还在睡梦里挣扎。她会抱着小玛丽走到窗口,一边晃着怀里的小宝宝,一边指着天上的星星。希特勒,墨索里尼,她自己的父亲,伦纳德小姐……银河里一块块黑色的空地,等待新人的到来。小宝宝吮着大拇指,凝望着,凝望着,心满意足地躺下来,进入梦乡。

　　普拉克西丝知道,用不了多久,她就得去营救宝宝玛丽,而且深信自己一定会这样。

　　普拉克西丝住在大学女生公寓,离校园有半英里远。她和一个五大三粗、红头发的姑娘住一个房间。那女孩儿的头发很硬,很乱,虽然卷曲但和"满头秀发"绝对无缘。脸上不但生着雀斑,还不乏点点疵斑。可对自己这些"缺陷",她毫不在乎。每天晚上她都跪在床上,感谢上帝给她带来的幸福和快乐。她穿着白色睡袍,晚上睡觉前用石碳酸皂在脸上擦抹。味儿虽然很重,但并不难闻。她很友好,说话声音很大,学德语,曲棍球打得很棒,饭量很大,把大学生活看作校园生活的继续。她名叫考琳。"叫我科里就是了。"

　　普拉克西丝对她这种"平庸",半是轻蔑,半是嫉妒。她认为人就像容易破裂的壳,活在这个世界,倘若你柔弱、漂亮就被人家看重,如果不是天生丽质,就应该讲求实际、自得其乐。普拉克西丝第一次听见考琳半夜里哭,很是惊讶。后来,她渐渐习惯了这嘤嘤啜泣的声音。过了几年,她才开始思索其中的缘由。

　　普拉克西丝端详着镜子里的自己(她经常这样照镜子),没看到造物主在哪个地方特别垂青于她。两只眼睛,一个鼻子,一张嘴,普通得不能再普通。皮肤晒得黝黑,个子不高,鬈发,脸颊比她希望的还要红,不过至少眉清目秀。脖颈白皙,肌肉结实。普拉克西丝担心自己这张脸没有什么特点。可是从另一方面讲,也许她只是太注意自己镜子里的映像了。至于身材,别人的衣服她穿着似乎都合适,由此可见她的身材还不错。普拉克西丝靠每年一百二十英镑的政府奖学金维持生活。其中一百零五英镑交女生公寓,所剩无几,只能到二手店去买旧衣服穿。

普拉克西丝衣柜里最好的一件衣服是伦纳德小姐留下的豹皮外套。炸弹爆炸之后,这件衣服被气浪卷到大街上。普拉克西丝还"抢救"出伦纳德小姐经常戴的那串金属珠子。这串珠子是救援人员从死者身上拿下来放到一个帆布袋子里的。那袋子里还装着家人闲暇时候可以拿出来看看的小玩意儿。"不浪费,不愁缺,俭以防匮。"这是战争年代的格言。此外,普拉克西丝相信,她拿了这些东西,伦纳德小姐不会介意。她还拿了露西两条连衣裙,三条短裙。这三条短裙一条是黑色羊毛的,一条是棕色人造丝的,另外一条是绿色丝绸的。这几件衣服是她从家里衣柜后面找到的。虽然一股卫生球味儿,但大小还算合适。希尔达给了她两件宽松的上衣,一件带蓝色小点,一件白色。太大了点。奥尔布赖特太太还给了她第一任太太留下的好几件内衣——很结实的白麻纱短裤、乳罩、羊毛背心、长袜。她把这些衣服洗净晾干熨烫,花了好长时间。普拉克西丝脚穿一双船形高跟鞋。这双鞋是朱迪思参加丈夫葬礼时买的,可是因为心里难受,判断失误,买得太小了。普拉克西丝穿上非常合适。

普拉克西丝觉得自己这副模样确实有点怪。隔壁住着一位名叫艾玛·亨利的姑娘,她的存在使她这种感觉越发强烈。艾玛去洗澡的时候,总是懒洋洋、慢吞吞。而别人如果穿得很少,总是快步走进浴室。她披一块薄如蝉翼的绸子,乳房甚至奶头的形状看得一清二楚。她没有父母,只有一个监护人。在苏塞克斯郡有几个远亲。她在罗丁女校上过学,说话都是那种"特权阶层"人的味儿。她把指甲染得血红,学法语。别的姑娘等待服务员送面糊烤香肠的时候,她在餐厅外面的电话亭里打长途电话。等她那份儿面糊烤香肠送到面前时,她就把面糊——这份食物的精华——推到一边,一脸不屑地吃那根香肠。她长得很漂亮,眼窝凹陷,脾气不好。可是她和普拉克西丝成了朋友,尽管她朝她那条白麻纱内裤直摇头。

艾玛在普拉克西丝面前穿衣服,脱衣服,从来不避讳。普拉克西丝看见别的女孩子从大腿根开始也长着一片呈三角形的毛,放下心来。她对自己的身体像以往一样,有一种神秘感。她一个月出一次血,很有规律,虽然不知道其中的原委,但是听其自然,不再惊奇。她不摸也不探究两腿之间的神秘之地,当然也从来没有拿镜子照过。她觉得那地方那么柔软、私密,登不得"大雅之堂",最好还是别管它。艾玛却没有这么多的禁忌。

艾玛喜欢参加每周一次的学生舞会,让普拉克西丝和她一起去。考琳劝她别去。

"那些退役军人会去跳舞。"考琳说。

"他们就像一群动物,"考琳说,"他们是男人,不再是男孩儿。他们看见过也做过许多可怕的事情。他们跳舞只是为了勾引好女孩儿。"

"他们不会做什么坏事害你吧,"普拉克西丝说,"能把你怎么样呢?"

"他们去过外国,"考琳说,"炎热的天气、辛辣的食物点燃他们的激情。你懂吗,普拉克西丝?这种男人不会控制自己。他们就像动物。你要是和他们跳舞,会惹上麻烦的。"

"如果你对男孩儿感兴趣,"考琳说,"'学生基督教运动'的社交活动也很多。那儿咖啡、蛋糕免费。"

可是普拉克西丝还是跟艾玛一起跳舞去了。没有什么人能阻止她。她穿着露西那件樱桃色丝绸长裙,希望没有人注意裙子褶边不太平整。她还在裙子外面套上那件豹皮上衣。"你最好穿普通衣服去。"艾玛说。可是普拉克西丝不听。艾玛在门口丢下她,拂袖而去。

艾玛穿一件领口开得很低的黑毛线衣、粉红色短裙,把头发梳在后面,扎了个马尾辫。那时候在西方这种发型还不多见。艾玛一晚上都在跳舞,舞伴换了一个又一个。她目光闪闪、乳房高耸,不停地笑。

"小娘们儿。"有的人对着她的耳朵悄悄说,自然不怀好意。艾玛以前常听他们说这种话,所以不以为意。

普拉克西丝跳了一曲之后,舞伴就把她带到酒吧。她上中学的时候就学过跳舞,但现在和那时的感觉不一样。他给她喝杜松子酒和酸橙汁。她没喝过酒。

"你这套衣服挺好玩儿,"他说,"很时髦,对吗?"她不怎么喜欢这个舞伴,对他的评论也不在乎。他个子不比她高,没系领带,头发需要剪剪,胡子需要刮刮。脸扁扁的,从不同角度闪光,就像一块刻花玻璃。厚厚的眼镜片后面一双小眼睛闪闪发光。他胳膊上汗毛很重,袖口磨得毛茸茸的,脚上穿一双军用皮靴。搭在她胳膊上的手神经质地颤抖着。他叫威利,读政治学和经济学。

"我也是。"普拉克西丝说。

"这可是男人喜欢选的专业。"他惊讶地说。

"他们以为我是男的,"普拉克西丝说,"我的名字挺怪。可是一旦录取了,他们就没法儿不要我了。他们倒是想不要我呢,但我给他们写了一封信。"

他压根儿就没听她说什么。一双眼睛只是直勾勾地盯着她的乳房。她那条裙子上没襻儿,靠鲸鱼骨胸针别着。现在胸针松开,几乎扎到肉里。

也许裙子穿在她身上太大了。她意识到,比她个儿高的人都能看到不该看到的地方。

还算走运,这位威利个子不高,而且她觉得,他对她衣着打扮的评论也就是顺嘴一说,并不当真。他又给她倒了一杯,她没有拒绝,然后又喝了一杯。她似乎更愿意喝酒,而不是跳舞。她不喜欢他的胳膊搂着她腰的感觉。那种感觉并不陌生,上中学时,女孩子们常常搂着女孩子的腰跳舞。

"你看起来怪怪的,为什么呢?"他问道,"你是一贯如此,还是偶然为之?我看起来怪怪的,因为我本来就想让人觉得怪。我做什么都是有原因的。比方说,我不喜欢洗脸,因为我觉得总是洗洗涮涮会破坏皮肤对疾病的抵抗力,而且没有必要花钱买肥皂。我得警告你,我这个人很卑劣。你瞧,今天晚上,我就是从后门溜进来的。很容易,大大方方走进来就是了。没人拦你。"

他的眼睛若有所思地往下瞅。她注意到他的裤子用一根带子系着。

"明明一根带子就能解决问题为什么非要系腰带呢?"他说,"想想看,买皮带还得花钱呢!"

"你不在乎别人怎么看?"她问道。

"那得看这个别人是什么人,"他说,"我看到过许多人死亡。诺曼底登陆那天我就在前线。我不想浪费我的时间、金钱和生命。我和你一起坐在这儿是不是浪费我的时间?或者我的金钱?"

她搞不清楚他说这话是什么意思。他的呼吸甜丝丝的,有一股淡淡的酿造花蜜的味儿。

她摇了摇头。

他又给她买了两杯杜松子酒和柠檬酸橙汁,很仔细地数着找回来的钱。

他的朋友来找他。小伙子个子高,眼睛大,长得清秀,说话声音很柔和。他的皮肤就像小宝宝玛丽的皮肤一样娇嫩,头发也是黄里闪着银光。他也像威利那样,若有所思地凝望着她,红润的嘴唇棱角分明。普拉克西丝立刻就爱上了他。他叫菲利普,喝了好多啤酒,但衬衣还是一尘不染,领带端端正正。

"她这套衣服下面身材一定不错吧?"他问道。

"我想是吧,"威利说,"你喝多了。"

"从来都不会多,"菲利普说,跟跟跄跄,"她乐意吗?"

"当然乐意。"威利说。

"你怎么知道?"

"我对这种事儿天生敏感。除此而外,她也在我们系。这或许会让事情复杂一点。"

"不是学理科的?"

"不是。"

"我还以为她是学理科的呢!"菲利普说,"理科生那么容易迷失方向。"

他又买来些酒。不一会儿,三个人就都喝醉了。普拉克西丝把妈妈的手提包、钱、梳子和口红都丢了,但是一点儿也不在乎。

"这个学期一定错不了,"菲利普说,"我能从骨子里感觉到。好年头,能派上用场的女孩儿一定少不了。"他脱下鞋。威利脱掉靴子。他没穿袜子,脚趾很脏。

"你要是爱我,"威利悲悲戚戚地说,"就给我洗洗脚趾。"

普拉克西丝不肯。菲利普说,不管怎么说,都不能给他洗。如果威利连肥皂都舍不得买,那就得自己承担后果了。不能让普拉克西丝去代替肥皂。
"那她能派什么用场呢?"威利问。
菲利普若有所思地打量着普拉克西丝。
"她穿得严严实实,看不出来。"菲利普说。

他们好像举行什么仪式,脱掉她的裙子,两个人分别举起她的两条胳膊,去看鲸鱼骨胸针留下的印迹。

"我想,"威利说,"这是个工程技术问题。"
"我在坑道里,"菲利普说,"对我,什么都不是。"
他伸出手指去摸普拉克西丝凝脂软玉上胸针的印痕,还顺手摸了摸她的乳房。
"把你的手拿开,"威利说,"她只是我们一个实物教学的案例,不是一个姑娘的身体。"

· 115 ·

"她不穿衣服更好看,"菲利普说,"她的脸没那么天真无邪。"他往后退了退,把他正喝的啤酒瓶子送到普拉克西丝嘴边,灌了她一大口。普拉克西丝开始觉得恶心。菲利普"卖"给威利酒,一大口一先令。威利讨价还价,六便士喝两大口。

菲利普指了指普拉克西丝身上的白色内裤,问她这是什么玩意儿。她告诉他们是第一任奥尔布赖特太太留下的物件儿。他们似乎怀着一种敬畏,听她把话说完。

"可怜的太太,"菲利普说,"这儿可不是一位已故牧师太太来的地方。"

"一位牧师已故的妻子,"威利说,"赶快脱掉。"普拉克西丝乖乖地脱了下来。

"这可是对基督教的大不敬,"菲利普说,"我的父亲也是牧师。"

菲利普吻了吻松紧带在普拉克西丝腿上留下的印迹。再往下,他发现她吊袜带留下的印迹,就帮她解开吊袜带,脱下长袜。

菲利普用湿润润的嘴唇帮助她"疗伤"的时候,她觉得他非常友善,非常单纯。

可是威利似乎很清醒。

"她会感冒的,"他说,"你喝醉了。我们第一次见她。别闹了,快走吧!"

"可是我爱她,"菲利普说,"要是有个人该走的话,该走的是你！尽管对于我,似乎没有什么必要,可是她很友好呀。瞧!没有什么不让你看的。"

"她不知道她在做什么。"威利说。

"她知道,"菲利普说,"她爱我。"

"是的,我爱你。"普拉克西丝尽可能清晰地说出这句话。

菲利普的嘴巴向上移动,在普拉克西丝觉得很奇妙的、毛茸茸的地方停留下来。他的两条胳膊搂着她的腰,支撑着她——她需要这种支撑。她一直搞不明白,是她自己在晃动,还是大地在晃动,只是觉得很舒服、很暖和。风轻轻地吹,她隐隐约约觉得有点冷,胳膊上起了一层鸡皮疙瘩,她将双臂抱在胸前,保护仅剩的一点点尊严。

菲利普把她放在地上。青草湿漉漉的,冰凉。但他的身体很温暖。他的裤带和纽扣刮擦着她。好像是为了让她舒服,他解开裤带,脱下裤子,俯卧在她的身上,没有察觉到衬衣扣子在她右面的乳房上留下挺深的印迹。他似乎刚抚平一个印迹,又制造出另外一个印迹。他把膝盖放在她两腿中间,强行分开她白皙娇嫩的大腿。

普拉克西丝突然清清楚楚地看见,那天跑到奥尔布赖特神父家,告诉他朱迪思怀孕的消息时,看到的情景——奥尔布赖特的阴茎从他那条牧师穿的裤子里勃发而出,充满活力。现在,那玩意儿"经由"第一任奥尔布赖特太太留下的内裤,就要完成它的使命了。怀孕!这个想法让她吓了一跳。也许她应该穿着内裤,那是保护她的护身符。男人是不是也应该穿点东西呀?为什么他没有?

"我想最好还是走吧,"普拉克西丝吃力地说,"我想我最好还是回去吧。"

她仿佛看见考琳表示坚决反对的脸。

"看在上帝的分上,"威利说,"她喝醉了,你也喝醉了。你要是把她的肚子搞大了怎么办呢?她可是跟我们一个系的同学!"

"我这辈子可从来没看见过她。"菲利普一边说,一边插进那隐秘之地。普拉克西丝来回摇晃着头,看见威利跟跟跄跄走过覆盖着草皮的小山丘。月光皎洁,星空下,威利像一个剪影。那该诅咒的灵魂在燃烧,威利仿佛沉没在一片虚无之中。她听见自己急促的呼吸声和菲利普气喘吁吁的声音。威利不在旁边,她害怕了。现在已经别无选择。菲利普的身体似乎被一种她无法理解的力量裹挟着,占领了她一直认为只属于她自己的空间。而这个空间显然任何一个陌生人都可以不受惩罚地进入。

他大声叫喊着,似乎完成了他正做的事情,然后就失去兴趣,居然躺在她身上睡着了。不一会儿,他就压得她无法忍受。她把他从身上推开。他瘫软无力,那玩意儿从她身体里滑落出来——一个湿乎乎的"外来之物","不经意间"进入了她,现在又物归原位了。他躺在地上,鼾声如雷。她想把他推醒,但他还睡得像头死猪。她在小山丘上走来走去,这儿找到长袜,那儿找到裙子,奥尔布赖特太太的内裤还没有找到。她摇摇晃晃穿好衣服,回到那家酒吧。因为早已过了宵禁的时间,还有几个姑娘待在那儿没走。普拉克西丝松了一口气。后来,她们勾肩搭背,像一堵人墙,回到各自的房间,上床睡觉了。

"我没听见你回来。"早晨,考琳满腹狐疑地说。普拉克西丝只是不停地呻吟。杜松子酒加啤酒让她比大病一场还难受。她在卫生间抽水马桶和洗脸池之间颠颠撞撞,折腾了好几个来回,吐得昏天黑地,真想一死了之。

"活该!"考琳虽然气咻咻地责备她,但还是把她的脏衣服拿走,用热毛巾敷她的脑门儿,打扫干净她吐出来的秽物。

下午,普拉克西丝觉得好点儿。胸脯和大腿上的瘀青似乎让她快乐。她有点感冒,鼻子不通气。

"你哥哥想见你,"考琳说,"他今天早晨就来了,我没让他进来。他看起来不像你哥哥。"

学校规定,男客人来访只能在接待室和女生见面,而且必须是近亲。受欢迎的女孩儿会有许多"哥哥"。如今普拉克西丝也有了一个"哥哥",她觉得很荣幸。她希望这个"哥哥"是菲利普,然而是威利。

"我来向你道歉,"威利说,"菲利普甚至不记得他离开舞会的事了。这真让人难堪。我本来应该把你照顾得更好一些。"

"你的意思是,如果我在大街上碰到他,"普拉克西丝说,"他会把我当成从来没有见过的陌生人吗?"

"我想会是这样。"威利说。昨天他看起来没有刮脸,胡子拉楂。今天看起来干脆就是留着络腮胡子,似乎有一种很特别的风度。因为她躺着,他站着,威利看起来没那么矮。事实上,他并不像她原来想象的那样不起眼。或者只是因为渐渐习惯了他那副模样,才会这样想。

"哦,喝过酒吗?"他问道。

"没喝过,"普拉克西丝说,"以前只是圣诞节喝过一杯雪莉酒。"

他似乎吃了一惊。

"性呢?"他问道,似乎更紧张了。"我想你对这事儿很熟悉吧。"

"没有。"普拉克西丝说。她哭了,不只是沮丧,更多的是伤感,稀里糊涂就失去了她的处女宝。

威利爬上床在她身边躺下,安慰她。他身上很凉,皮肤白皙,胳膊上汗毛很重。他很瘦但结实,肌肉轻轻颤动,就像被她拨动了的琴弦,又像被长久压抑的力量渐渐活跃起来。普拉克西丝感觉到了肉体的快乐。因为醉酒,她和菲利普并没有什么感觉。但是不知道因为什么,威利也让她有几分厌恶。她担心他会对她提出什么要求,穿透她做进一步的探索,在她的体内画出"领土"的边界。然后,从现在起,他就觉得自己有资格占领和保护这块"土地"。他还戴着眼镜,仔细看她脸上的表情,那沉稳冷静和他身体的急不可耐很不相配。他的指甲——没有一个是干净的——掐着她的上臂。明天这里又会留下一片瘀青。她认为,只要皮肤没有破,就不会被病菌感染。

病菌。露西一直害怕病菌。她认为那是罪恶之源。

普拉克西丝,她的身体已经被穿透,觉得自己的思想在自由翱翔。她想也许不应该这样。除此而外,会不会有怀孕的危险?她又想起在伦纳德小姐身上发生的事情。昨天夜里的事情就已经够糟的了。现在危险性又翻了一倍。但是怎样才能既说出自己的担心,又不伤害威利的感情,并且表明她无法被欲望、爱、感激,或者他对她的任何期待牵着鼻子走。

抽插停止了。他还在"挣扎",大声叫喊——一种仿佛受尽折磨的怪异叫喊声。她很惊讶。那叫声仿佛对他意义重大。

"性交中断①,"他老半天才气喘吁吁地说,"对身体有很大的伤害。"他的身体现在变热了,不再那么凉。

"不要担心,"他很温和地说,"我会照顾你的。"

他喜欢照顾人。对此她勉强接受。他在学院外面住,和菲利普一个房间。一间肮脏的地下室。不过她更想见、更想接近

---

① 指体外射精避免怀孕。

的是菲利普,而不是威利。

她给威利做饭的时候——大多数时候是香肠和土豆泥——也给菲利普做。仅此而已。她不给威利洗袜子,因为他压根儿就没袜子,但是给菲利普洗衬衫,尽管他一再表示,自己能洗。她给威利拿来肥皂,教他怎么用。菲利普看了觉得好玩儿。菲利普总是很友好地朝她微笑,没有显示出任何欲望。他绕过她,和威利谈《贝奥武甫》①和康德②。威利说,他已经和伦敦一位医生的女儿订婚。拿到学位后就和她结婚。他只是偶然喝啤酒喝得酩酊大醉,然后就全然忘记自己都干了些什么。

"他为了对得起新娘的贞洁,坚持保持自己的纯洁。"威利说,觉得他这样信誓旦旦、自欺欺人,无法理解。

威利和普拉克西丝常常在课间,溜到威利的地下室上床睡觉。至少他们自己这样描述。实际上,他们很少真的上床。一进门,威利就迫不及待地把她按到地板上、桌子上、椅子上干了起来。不管怎么说,床单也很脏,比落满尘土的地板、零乱的桌子和摇摇晃晃的椅子强不到哪儿去。他喜欢污垢、尘土,总是劝普拉克西丝不要太干净。生活中要做的事情很多,他对她说。菲利普对污垢、尘土也不在意。不过他经常洗澡,身上散发着一

---

① 《贝奥武甫》:公元700—750年间写成的古英语英雄史诗。史诗中的主人公曾先后杀死巨妖和火龙,自己也受了致命伤。
② 康德(Kant,1724—1804):著名德意志哲学家,德国古典哲学创始人,其学说深深影响近代西方哲学,并开启了德国唯心主义和康德主义等诸多流派。

股肥皂味儿,让普拉克西丝不由得想起小宝宝玛丽。她努力不让自己想那些让她不安的事情:宝宝玛丽,希尔达,还有妈妈。威利或多或少帮助了她。

晚上七点差一刻,普拉克西丝回到女生公寓,看见考琳正心烦意乱地擦洗运动鞋,或者擦亮奖牌,或者挤雀斑间长出来的小包。艾玛染脚指甲,刮腿上的汗毛,抱怨男人"掠夺成性",然后去吃晚饭。普拉克西丝不和威利一起吃饭。因为她已经提前交了公寓一年饭费,如果不吃,岂不是浪费。威利让普拉克西丝尽量多吃,否则就不合算了。公寓食堂的主食是用不知道什么油,在低温烤箱烤出来的香肠。还有大白菜。早班的工作人员中午时分放到炉灶上慢慢炖着,晚班的工作人员捞出来胡乱加点佐料端上餐桌,天天就是这一套,吃得普拉克西丝直恶心。

威利给普拉克西丝讲战争的事儿。他十八岁应征入伍,在缅甸服役两年,后来到泰国参加包围日本人的战役。那时候,尸骨堆得像大坝——这是最好的情形;最糟糕的是,尸体像小山一样堵住了河流。他们的任务就是疏通河道。退伍后就又回到农村,过普通人的生活。他在一个秘密的地方藏了四块很贵的手表和五支金笔。他拿出来让普拉克西丝看。普拉克西丝觉得很荣幸。他用手指轻轻抚摸着,骄傲和自豪溢于言表。

"总不能让它们扔在那儿烂掉吧。都是些无名尸体,而且大部分都是残缺不全的肢体。如果是一块美国表,那个死人可能就是日本人。反过来,如果是日本表,那个戴表的可能就是个美国人。我讨厌浪费,真的讨厌浪费。"

普拉克西丝告诉威利关于布赖顿、学校、希尔达、妈妈、伦纳德小姐以及妈妈得精神分裂症的事。他很认真地听着。她觉得,和他聊天儿就像跟伦纳德小姐聊天一样可以释放心底被压抑的情绪。她有时候想到他或许会突然死去。想到这事儿的时候,半是害怕,半是希望。因为倘若他死了,她就可以从那"苦差事"中解脱——有时候一天干六七次。她得很有礼貌地、满怀柔情地对他性的需求做出回应。

"谢谢你。"他常常这样说。他喜欢她,她也喜欢他。他毫不掩饰自己的需要,这让她很感动。但是他和她似乎都不指望女人高潮时会和男人一样兴奋得难以自持。她高潮时从来不叫喊,或者认为应该叫喊。她也不知道,别的女人是不是都会叫喊,为什么要叫喊。

她给威利打字,到图书馆帮他找书。为了早点借到书,不等图书馆开门就去给他排长队。帮威利打印、完成作文后,才开始写自己的文章。她打字很慢,只会用两个手指打。他们俩都认为,这是他们共同劳动成果的最佳分配:他得了 A,她得了 C。

"真是邪了门儿了,"艾玛说,"你可真傻。你应该知道,这也是战争。他们败,你胜;你胜,他们败!你得当心点儿,人文社会科学系那些家伙都这德行。满口仁义道德,一肚子男盗女娼。"

艾玛经常得 A,可总是假装她得了 C。考琳说,乍看上去,你不会觉得艾玛是个很有头脑的人。而这正是她的希望——希望自己大智若愚。艾玛在找丈夫。她想上牛津大学,没有如愿以偿——女孩子上牛津的机会很少。她觉得自己因此而错过了嫁未来首相的机会。现在她认为,能嫁个著名的小说家,或者原子能科学家,或者诺贝尔奖获得者,也凑合。这种苗子,在牛津、剑桥大学以外的大学也能找到。艾玛相信自己能成功。

艾玛的裙子很窄,长及腿肚子。夜晚,她袒露着后背,扭动着屁股,噘起两片朱唇,扭扭捏捏地亲吻,道别,从摸摸索索的手掌中挣脱。

"如果你想在大学浪费时间,"考琳对普拉克西丝说,"那就随你去吧。如果你想堕落,成个'二手货',永远嫁不出去,找不上个好丈夫,那你就这样混下去吧。"话虽这么说,考琳还是把她那件白颜色埃尔特克斯网眼衬衫染成鲜艳的红色,没有任何人陪同,就勇敢地去一周一次的"大学生舞会"跳舞去了。可是没人请她跳。她就再也没去。下一个星期,她在一场曲棍球比赛中,用球棍打坏了卡迪夫大学左边锋的脚脖子,受到惩罚。更倒霉的是,脸上又起了些小包。有时候,普拉克西丝躺在空气不流通、弥漫着考琳体味儿的屋子里,大腿根儿疼得睡不着,就会听见她的朋友嘤嘤啜泣的声音。考琳因为孤独、因为迷惑不解、因为时光流逝,而自己在这个世界仍然微不足道,倍感痛苦。

有一个星期,普拉克西丝的一篇作文得了 A。这篇文章论述了十八世纪美国的政治基础。威利也是写这个内容的文章,只得了个 C。普拉克西丝无法理解,对于这个结果,他为什么那么生气,也不明白,他为什么要伤害她。他声称,其实菲利普并没有忘记那天夜里他对她都做了些什么。连每一个肮脏的细节都记得清清楚楚。但是他觉得她没有吸引力,跟她做爱没有什么感觉。于是他们俩就扔硬币,决定谁要她,并且让她做家务、干秘书的活儿。结果威利赢了,第二天早晨就去女生宿舍找她,做了那番表白。现在想起来真后悔。他说,普拉克西丝不过是个神经过敏、令人讨厌、手艺极差的厨子,是个手很慢的打字员。

听了他突然之间对她做的这番恶毒的表白,甚至是愤怒,普拉克西丝觉得天旋地转。她从来没有想过这个拿她泄欲的人会说出这样一番话来。她十分震惊,欲哭无泪。威利像露西那样凝视着她,目光中充满了鄙视、厌恶。他想要伤害她,和病中的母亲真是何其相似乃尔!普拉克西丝怀着满肚子的疑惑和委屈回到宿舍。

"你对他说了什么?"艾玛问道。

"你没告诉他,他是个侏儒,性欲狂,还浑身臭气?他是个从死人身上发财的坏蛋?"

"当然没有。"

"哦,他就是这么个坏蛋,过去是,现在也依然是!"

"我从来没有当他的面儿说过这样的话。"

"但是你那样想过,一定想过。他说的那些话一定是在他最不开心的时候,说出来的自己平常的想法。我不认为那就是他的本意。其实你心里对他的想法也好不到哪儿去。"

艾玛的心眼儿还不错。普拉克西丝感到一丝宽慰,哭着进入梦乡。

"如果你的行为像妓女,"考琳说,"人家就会像对待妓女一样对待你。你愿意借我的红衬衫吗?"

"不,谢谢。"普拉克西丝的衣服越来越正统了。威利在教会义卖时给她挑衣服。这些衣服非常便宜,而且紧跟时代潮流,尽管有的可能是清洗过的旧衣服。

第二天,威利来给普拉克西丝道歉,还自己掏腰包给她买来些掺柠檬汁的啤酒。普拉克西丝松了一口气。她最担心的其实是,不久之后的某一天,发现威利又到大学生酒吧,拿杜松子酒和柠檬酸橙汁"投资",买下学期的性、慰藉、陪伴和秘书工作。

普拉克西丝确信自己下一篇作文好不了。她给威利打印作文的时候,把自己写得比较好的几段都塞到他的文章里去了。这回威利得了满分 A,她得了个 C-。指导老师在评语里把她数落了一顿。

指导老师认为,她前些日子那个 A 是碰巧了。大学里喜欢招蜂惹蝶的女孩子常常这样,偶然会考个好成绩,然后就像轻轻摇曳的小火苗,很快就被女人那种喜欢做家务、愿意服侍男人的天性熄灭了。校方普遍认为,女学生很少能实现自己的初衷,在学术上有所造就。就像不到季节、没有成熟就掉下来烂在地上的梅子。社会对培养女孩子的教育机构寄予厚望,而且这是一个方兴未艾的事业。但是结果并不尽如人意。他希望这并非真事,可是不得不相信事实确实如此。

对于普拉克西丝,威利的 A 和她自己的 C 是她对威利的保护、威利的兴趣、威利的关心付出的代价。她希望有一个关系稳定的男朋友。

普拉克西丝虽然有威利伴随左右,和她做爱,但是心里喜欢的还是风流潇洒的菲利普。她常常在梦里看见他。他那双充满稚气的眼睛、男孩子一样丰润的嘴唇后面隐藏的男子汉的成熟与稳重。给他那位"贞女"——远方的爱人打电话时声音温柔悦耳。她看见他放下电话听筒时脸上一副怅然若失的表情。过了一会儿才又露出微笑。普拉克西丝知道他那位令人厌烦的未婚妻不知道的事情。她还记得他双手紧紧抓着她的肩膀,眼睛里迸发着野性的光芒,嘴里说着污言秽语。是的,她不曾忘记。

如果她知道如何引诱人,或许也会去勾引。可是她根本就没有那种念头。她仿佛是餐桌上的一片面包、一块黄油,而不是一块够不着的奶油手指蛋糕。可是菲利普还没有饿到只想吃面包和黄油的份儿,或者以为他不想吃。他觉得舔着嘴唇,去想象美味的蛋糕,更容易,更美好。

普拉克西丝不愿意和菲利普单独待在一起。她不知道该对他说什么。她估计,他也不知道该对她说什么。可是,这一切并不能阻止她爱他。好像她总是把爱情和尴尬联系在一起。

圣诞节到了。希尔达来信说她要回霍尔顿路过节。巴特父子律师事务所写信告诉她,他们已经为帕克小姐家争取(完全是白尽义务)到这幢房子的不动产所有权。露西接受了这个"最终结算",被送回到一家国家卫生署下属的医院。这家医院非常好,配备着现代化的设施。霍尔顿路那幢房子的状况却非常糟糕:到处都是虫子蛀的小洞,星光烧焦的印迹(这是什么意思?普拉克西丝看到这儿打了个寒战)。小宝宝玛丽得了肺炎。因为奥尔布赖特太太总是把她丢在夜空之下。普拉克西丝能不能在圣诞节期间回来帮着收拾一下这幢房子?为什么什么活儿都要留给希尔达一个人干呢?

"现代化设备是什么意思?"威利问道。普拉克西丝眼里含着泪水,摇了摇头说不出话来,也不敢多想。

"我估计,大概是一种新式'约束衣'吧,"菲利普漫不经心地说,"在精神病院能拍出'超级巨片'!你觉得他们会让我进去吗？只要摄影机小一点，我可以假装是你的哥哥和你一起去医院探视。然后偷偷拍一部片子，那可是头条新闻！"

菲利普搞了个摄影俱乐部。他还有一部电影摄影机。他似乎满脑子都是拍电影。他常常用两个手的拇指和食指组成一个方框，一会儿对着这边看，一会儿对着那边看。有时候他会对着普拉克西丝，把她"框"在里面。普拉克西丝看了很不自在。现在，他有时候会在课间突然回来，正好撞见威利和普拉克西丝在地板上，或者靠在炉灶上，或者在什么地方做爱。起初，他当然会大吃一惊，可是后来就见怪不怪，一走了之。一想到被他撞见，她的胸口就一阵阵刺痛，而且口干舌燥、眼睛发黑、屁股发紧，身体的中心往后缩，而不是往前冲，仿佛既有一种欲望，又害怕那会是让人身心疲惫的经历。她的身体仿佛表面上接受了威利，可实际上被一种魔法驱使着，在黑暗中伸向菲利普。

但他什么都不是，什么都不是！她心底有一些琐碎的东西，在呼唤他心灵深处同样琐碎的东西。她知道，仅此而已。此刻，听他说话那种悲天悯人的腔调，就好像那是一桶燕麦，要喂给一匹活蹦乱跳的马。他决心骑着这匹马向胜利冲刺，耳边是雷鸣般的掌声和欢呼声。她知道，他并不需要真把自己当回事儿。那是一种直觉，日后的岁月，她将在回忆中重温那种感觉。

威利踢了菲利普一脚。她看见之后心里很是感激。威利至少可以看到别人心中的痛苦，而菲利普视而不见。他仿佛被人从催眠状态中叫醒，一脸迷茫，在短短的几秒钟内走过从童年到成熟的路。

"如果让你不安了,请你原谅,"他很有礼貌地说,"但是只有更多的人愿意把个人的悲伤变成公众关心的事情,这个社会才能更好。电影就是一种很好的宣传方式。照片上的形象记录了流逝的时光。我们必须对着这个世界举起一面镜子,这样它就能照见自己,然后来一场改革。别的都没用。宗教、文学、艺术、战争、民众教育、政治制度。我们需要的是电影。"

照片!

露西曾经把那位海滨摄影师——她的情人撵到楼梯下面的橱柜里洗印照片,还把他从自己的床上赶走。好多年以后,普拉克西丝收拾橱柜的时候,发现一个信封。信封里装着几张裸体照片。照片上的母亲——露西风华正茂,在照相机前面扭怩作态,一只手放在乳房上,另外一只手放在胯部。脑袋朝后仰着,一副诱人的样子。眼白露得太多,显得很不自然。为什么会是这样呢?是因为发疯,肉欲,尴尬,还是绝望?为什么她把西帕提亚和普拉克西丝在海滩拍的那些天真无邪的照片都毁了,而留下这些?这里面难道有别的什么含义吗?这是否是庄重体面与猥亵下流、女人天性与色情之间斗争的写照?而正是这种斗争最终毁了可怜的露西?或者什么也不是,只是突发奇想,偶然为之,脑子里一种错误的酶、错误的遗传基因起了作用。一生中蒙受的损失、经历的苦难、遭受的屈辱全都积累到一起,给了她毁灭性的打击,让她的余生都蜷缩在内心深处那个避难所里,远离现实生活中的苦难。

"谁都不能给我母亲拍照,"普拉克西丝出于本能,勇敢地说,"这对她没有半点儿好处。"

"可是对社会有好处。"菲利普坚持道。他的一双眼睛很大,目光柔和。他对普拉克西丝很少这样直言不讳。

"不管怎么说,"普拉克西丝说,"我不会回家过圣诞节。"

小宝宝玛丽不得不自个儿照顾自个儿了。她只能在星光照耀下受苦了。

普拉克西丝和威利、威利的母亲一起过圣诞节。她在一个多余的房间睡觉,威利只能"埋伏"在餐具室和走廊里伺机而动。威利的母亲是个干净利落、弱不禁风、有点神经质的女人,说话从不拖泥带水,目光藏在比威利的眼镜还厚的镜片后面。她在她那清冷、一尘不染的房子里"踽踽独行",读哲学、政治、经济,或者任何只要是与沉闷无聊的现实生活无关的书籍。有时候,她读书太入神,会摔倒在地,大声叫喊起来,可是又不让人扶她起来。威利十二岁的时候,她的丈夫死于肺癌。在她看来,生活就是一天天循规蹈矩地熬日子,而不是享受。至少威利这样说。

威利来到这个世界只是一个"意外",一个"马后炮",婚姻的副产品。母亲对他彬彬有礼,对他的福祉、进步也很关心,可是对他的存在仍然感到惊讶。威利说。

普拉克西丝看着威利那双眼睛,在厚厚的镜片后面显得很大,充满幽怨。她相信他。

普拉克西丝发现和威利做爱的时候,两条胳膊不由自主地紧紧地搂住他的腰(以前她很少这样)。他们在花房、在浴室交欢。她的屁股贴着冰冷的墙壁,却想方设法温暖他,想弥补他以前不曾得到的爱。

圣诞节很正式的晚餐在没有暖气的餐厅里举行。他们点了两支蜡烛,放在碟子里,怕蜡油流得到处都是。他们吃烤鸡:每人一片,剩下的凉了以后留到节礼日。第二天,吃白斩鸡,第三天鸡架子熬汤。那顿饭仪式感很强,礼仪周全,也很节俭。

威利的妈妈面带微笑,亲了一下普拉克西丝的面颊,和她道别。普拉克西丝回到伦敦之后,到玛丽·斯托普丝诊疗室上了避孕帽。那是一个橡胶帽,放在子宫颈里。威利这下子松了一口气,以前他不愿意花钱买避孕套,又不愿意体外射精。

新学期开始了。这是威利在雷丁读的最后一年,普拉克西丝的第一年。他们俩有几门课程重叠。威利对普拉克西丝的未来做了一个计划。期末考试完,他打算在伦敦搞统计研究。如果他能拿到学位,得到补助,那就一切顺利。否则,就只能靠学校那点奖学金过日子了。但是如果普拉克西丝能出去打工赚钱,日子再过得简朴一些,也可以完成学业。至于结婚,他只字不提,普拉克西丝也不敢奢望。

"你疯了,"艾玛说,"亏你们想得出!"

艾玛暂且委身于一个年轻小伙子,她估计他将来能登上政治舞台,至少成为"后座议员"。他名叫彼得,是年轻的保守党成员。他给她买鲜花、巧克力,她在门口和他吻别。亲吻的时间长短、热烈程度根据他那天晚上送她礼物的价值和对她的关注是否到位。(威利和普拉克西丝很少亲吻,似乎无此必要。)

"你要把握住生活的方向,"艾玛说,"不能什么事情都听之任之。你不能是个男人就和人家过。你知道威利身上一股臭味儿。"

普拉克西丝一个星期没和艾玛说话。即使威利身上有味儿,她早就"见怪不怪"了。

"你得让他娶你。"考琳说。

考琳"与时俱进",生活也发生了改变。她的裙子变得肥大,腰身变粗,肩膀下垂,头发变软。考琳抛弃了体育,开始对性感兴趣。她经常到咖啡馆和玩英式橄榄球的朋友们聚。星期六,咖啡馆关门后,他们就开心地笑着、闹着,结伴到小山丘,给人一种"英雄配美人"的感觉。考琳穿着"周六新面貌"裙子,终于觉得自己是个美人了。她和艾玛的彼得一个月左右做一次爱。当然是偷偷地干。按照彼得的说法,艾玛晚上在门口和他吻别的时候,他蛋蛋都憋得疼,所以只能和考琳干。考琳心里充满歉疚,夜里还会哭,不过原因和过去不同。她担心怀孕。

打赢比赛、喝啤酒使得这些玩英式橄榄球的小伙子们什么也不怕。输了比赛、喝啤酒则让他们招来灾祸。避孕套太贵,舍不得买,要在特别的场合,用在特别的女孩身上才划算。和考琳这种星期六一起出来玩的女孩做爱,用不着动用避孕套。彼得当然总是一副绅士派头。他会很有礼貌地抽身而起,回转身用手帕擦一擦。考琳爱他,艾玛不爱他。这看起来很不公平。

"你跟我不同,"普拉克西丝说,"你有家。所以你无法理解。我什么都没有。只有威利。"

"我真希望自己什么也没有。"考琳闷闷不乐地说。她接到妈妈一封信。她的父亲是行政堂区委员会成员,教堂管理员。好多年以来,他就闹着要离开考琳的母亲,和一位星期天做礼拜时给圣坛摆放鲜花的温柔的老姑娘相好。他和那个女人的私情最终成了人所共知的秘密。考琳的母亲始终表现得乐观坚强,她只希望女儿能在体育方面有出色的表现,能捧回一个个奖杯、奖章,和她结婚前得的纪念品摆放在一起。考琳是妈妈唯一的希望和安慰。母亲把这一点说得很清楚。她在别的方面都是失败者。

"我现在能带回家什么呢？我已经离开运动队了。"考琳呻吟着说。

"带回个小宝宝和性病，"普拉克西丝说，"让她有个念想。这是最好的礼物。"

考琳一个星期没有和普拉克西丝说话。她们都硬着心肠，不肯让步。一种绝望折磨着她们俩。就好像无论走什么路，无论眼前有什么通衢大道，都会越走越窄，都会最终转回来，再次面对自己的天性。

十三

生育年龄的女人很容易怀上孩子。一辈子即使什么也干不成，却总能让另外一个生命诞生。而孩子，至少会在一段时间之内爱她们。

你瞧小宝宝在妈妈怀里看妈妈那副样子，小眼睛像露珠，充满爱意。有史以来，谁这样看过她呢？

我有一只猫。我有过一只猫。白毛满身，名叫汤姆。我被抓走的时候，邻居收养了它。出狱的时候，白毛蓬乱的汤姆变成一只被阉了的肥胖臃肿的猫咪，一双眼睛平和而温顺。邻居忐忑不安地对我说，是兽医建议阉的。不过我认为，她是发现这只猫雄性特征太过赤裸、骚味儿太大才阉的。好了，既然我把猫留给人家养，阉不阉是她的权利。猫还记得我吗？哦，它轻而易举就仰着脖子跟我坐到了一起，分享我的社会保险金，而毫无愧疚之心。它从肮脏的窗口出出进进，是它非它，正如现在的我非彼时的我。

我在屋子里走来走去，不停地嘟囔，哭泣，叫骂，它就躺在那把脏兮兮的安乐椅后面直盯盯地看着我，没有任何"接纳我"的表示。

刚才,它跑到窗户跟前,发现窗子关着,出不去。我想去开窗户放它出去,可是走不了。我试了试,真的走不了。腿不做主。我费尽九牛二虎之力,从椅子上爬下来,在地板上匍匐前进,不知道什么时候失去了知觉。等我意识到我是何人、身处何方的时候,才看见窗台上空空如也。猫已经跑了,也许再也不会回来。换作我,也不会回来——被出卖,被阉割。

这不是它的错,也不是我的错。但我觉得我本应做得更好。

听着,我要死了。我是被公共汽车上一个鲁莽女孩害死的。不过无所谓。留给我的时间不多了。我必须尽力为你做点什么。

看着普拉克西丝。认认真真地看着她。看,听,从她身上学点什么。

然后,就像他们对孩子们说的那样,平平安安地跨过去。

十四

"等到年底再做决定。"普拉克西丝对威利说。那样子似乎她说了算。"那时候,考试成绩公布。如果你真的考了第一名,我就继续读书,拿下学位。"

"我能相信你是真诚的吗?"

"当然能。"普拉克西丝说,她从来说话算数。

"要是我考不了第一呢?你知道考官净是傻瓜。要不是傻瓜,那些家伙还成不了考官呢!"

"那我就辍学,找点活儿干。估计,也赚不了多少钱。我没别的本事,只能给人家擦地板、做饭、看孩子。不过,交房租是足够了。如果再节省一点,凑合着过日子不成问题。一定很好玩儿。那我们就真的在一起了。"这两句话她似乎是后来想到的,而不是自然而然随口一说。和威利一起过日子,供他拿学位,可不会像她想象的那样"一定很好玩儿"。也许就是搭伙过日子。"亲密接触"当然少不了。

"也许只能这样,"他做出让步,"不过,如果能准确地知道下一步发生什么事情,我会更高兴。我讨厌心里没底。"

那学期两个人的小日子过得还好。威利对普拉克西丝格外友善、特别关注,似乎就是为了向她证明,离了他,她没法生活。他同意她打扫公寓,把以前用过的二十个奶瓶子一次都拿出去。他甚至对送奶工公然蔑视。因为那家伙怕弄脏他的车,不愿意把二十个奶瓶子带走。

"按规定,你有义务把瓶子带走,"威利说,"为什么我们要违背自己的意愿,让你们公司的财产堆放在这儿呢?"

"这玩意儿在你这儿堆放的时间太长了!"送奶工人说。不过他还是把那些奶瓶子都带走了。

普拉克西丝把窗玻璃擦干净,昏暗的屋子里透进一缕阳光。
"你呀,普拉克西丝,"威利说,"天生就是当家庭妇女的料。纳税人在你身上可是浪费了钱财。"普拉克西丝自个儿也担心确实如此。有时候,她不去想威利的话,成绩反而好些,会得个 B。有一次得了个 B+ ,还有一次得了个 A− ,不过她都没有声张。

复活节到了,接下去是六个星期的假期。
"普拉克西丝,"威利说,"你在布赖顿有一幢很不错的房子。"
"绝对算不上不错。糟透了!我痛恨那幢房子。离它越近,情绪就越低落。"
"可是在那儿住,你不用掏房租,我也不用。我们可以把这个地下室租出去,赚点钱。现在多赚一便士都是钱。"
"路费呢?"她明白他已经稳操胜券,自己说什么也白搭。

对此,他也心知肚明。

"我们可以想办法搭顺风车。"

"除了你,谁会租这个破地方?"

"如果愿意,你可以把它再打扫得干净点。"

普拉克西丝认认真真打扫了一番。

两个美国交换生租了地下室里的两个房间,租金一周三十七先令六便士,租期六个星期。威利和菲利普每周继续交房东二十五先令。价钱谈妥了,威利和普拉克西丝也跟他们谈过这事儿了。

"你们要打扫得再干净一点。"他们说。

"脏有脏的好处。"威利说。

"那是你们。我们可不行。"

"很好。"威利只好让步。

"我要是能以交换生的身份到美国念书就好了,"普拉克西丝说,"我要不要申请呢?"

"你连第一关也过不去,"威利说,"他们对家庭主妇可不感兴趣。"这时候,她已经戴上橡胶手套,正在铲炉灶下面的老鼠屎。她明白他的意思。

他们搭顺风车去霍尔顿路。威利从教堂义卖市场花两先令六便士买了一双挺漂亮的高跟鞋。她搭车的时候穿这双鞋,而不像平常那样穿系带子的平底鞋。他们来到公路旁边,普拉克西丝坐在帆布背包上面,腿露到膝盖。威利藏在一棵树后面。有汽车停下来的时候,他就从树后面钻出来,汽车司机别无选择,只能把他们俩都拉上。

威利这种伎俩让普拉克西丝心里很不舒服,但又不知道如何表达自己的感受。威利则因为如愿以偿兴奋得两眼放光。他很少有这样的时候,她不想扫他的兴。

希尔达也回家度假了。她目光迷乱,脸色红润,漂亮,健谈。她很瘦,张开双臂搂住威利,吻了吻他,而且立刻就喜欢上了他。

"他会是个很好的'捕鼠器',"她说,"你就像只雪貂。我喜欢雪貂。我叫你'小矮人儿'。你是我们的宠物。"

威利也吻了吻她,对她的胡说八道并不反感。普拉克西丝有点吃醋,觉得很是无聊、乏味。在那些特别的日子里,希尔达把自己当成玛利亚,把普拉克西丝当成马大[①]。

"你介意吗?"后来,普拉克西丝问威利。他们俩躺在那张弹簧都坏了的、潮乎乎的双人床上,盖着厚重的、臭烘烘的毯子。
"介意什么?"
"希尔达疯疯癫癫。"

[①] 马大:玛利亚和拉撒路之姊,见《圣经·新约·路加福音》10:38—42,《圣经·新约·约翰福音》11:1—44。

· 142 ·

威利看起来并不介意。

"只是对现实生活的看法不同罢了,"他说,"你必须学会不被这种事情吓倒。最好和平共处。"

"如果和平共处,"普拉克西丝说,"我就跟她一样了。你没法理解。"

他嘲笑她。他挺欣赏这个家的肮脏和那股浓重的霉味儿。"别折腾了。"他对普拉克西丝说。她正端着肥皂水和刷子刷洗犄角旮旯里的污物。"别折腾了。我们的免疫系统接触的细菌越多越好。"

有一天夜里,希尔达脱光衣服,赤身露体跑到花园里在星光下跳舞。威利也脱了衣服,跳了起来。他皮肤白皙、身体结实、肌肉发达。过来过去的人,如果愿意,可以透过破损的篱笆墙,把里面的情景看得一清二楚。他朝普拉克西丝招呼着,让她也来跟他们一起跳。她不肯,简直吓坏了。

在要跳一段芭蕾双人舞的时候,希尔达不知道为什么突然改变主意,气咻咻地跺着脚,上床睡觉去了。她反锁后门,把威利和普拉克西丝关在外面,两个人不得不在星光照耀下,破窗而入。

威利没有生气。普拉克西丝想,看着希尔达的背影,他心里一定充满遗憾和懊恼。

"她身材很漂亮,"他说,"杨柳细腰,腿也比你长。不过你长得比她漂亮。她没下巴。和她一起过日子一定挺难。"

普拉克西丝又像小时候那样,常常被噩梦折磨。她去政府新开设的那所精神病人疗养院看望妈妈。露西坐在休息室里。和她坐在一起的是一排目光呆滞、一动不动的女人。每一张扶手椅之间的距离大约六英寸。那些女人的年纪大多数都七十多岁,与其说精神有问题,还不如说身体更虚弱。窗帘的色彩倒很明快。海风徐徐地吹。工作人员面带微笑,护士格外友好。普拉克西丝因此少了几分自责。平常,她总觉得妈妈被关在这里,全是她的错。

"普拉克西丝!"露西高兴地叫了起来,立刻站起来挽住女儿的胳膊,"这是普拉克西丝。我的小女儿,普拉克西丝。"她很骄傲地对那几个人说。可是谁也没动,更没人吱声。

只有普拉克西丝,哭了起来。露西看起来有点生气。她觉得普拉克西丝应该是一个漂亮的小姑娘,可是眼前这个女人哭哭啼啼,而且那么臃肿。她的思想又缩回到内心深处那一片空白之中。

"她现在好多了,"护士说,"我们有好多新药。如果以后某一天,你不接她回家,我才感到奇怪呢!"

那种做噩梦的感觉越发强烈了。普拉克西丝去看望奥尔布赖特太太。她看见小宝宝玛丽在花园那边的沙坑里哭,又饿又脏。而奥尔布赖特先生和奥尔布赖特太太在暖暖和和的屋子里逗他们自己那个干干净净、白白胖胖的小宝贝玩。他们和普拉克西丝似乎都无话可说。

普拉克西丝回家的时候,威利正和希尔达玩"脱光你"的纸牌游戏。她或他翻开同一张牌的时候,她就叫喊着"胡扯",脱下一件衣服。现在她已经脱光了上衣,还算丰满的乳房隆起在瘦骨嶙峋的胸脯上,棕色的乳头十分诱人。厨房晾衣架的绳子上吊着十几个鸟巢。"他对我可是派上大用场了,"她对普拉克西丝说,"能让我开心地大笑,真是太美妙了。"

她一丝不挂,脸红扑扑的,津津有味地吃着普拉克西丝准备的晚饭:香肠和土豆泥。

"你不怕感冒?"普拉克西丝有点紧张地喃喃着。

"哦,帕蒂,"希尔达呻吟着,"你怎么感觉这么迟钝?我就是一种艺术形式,难道你看不出来吗?"

那还是一个女孩子不可以随随便便脱掉衣服的时代,也没有人谈论什么"活体艺术形式"。她是疯了吗?或者只是先知先觉?

"随她去吧,"威利说,"让这个可怜的姑娘想干什么就干什么吧。这对她没什么坏处。如果我们能这样陪着她,她很快就会好起来。"

"可是,要不要带她去看医生呢?"

"你妈妈倒是去看医生了,"威利说,"瞧她现在成了什么样子。只要还没有确诊,希尔达就能逃过这一劫。"普拉克西丝觉得他的话不无道理。先前,她认为威利对希尔达不怀好意,想占她的便宜。现在完全打消了顾虑。她不再焦急不安,不再担惊受怕。她觉得她爱他——"小矮人儿"!

第二天,希尔达面如土色,看起来疑虑重重,衣服穿得很多。整整一个早晨,她都眯细一双眼睛看着威利。上午,她一直把自己关在屋子里。

"也许我们应该回雷丁。"普拉克西丝满怀希望说。

"你不能就这样一走了之。"威利说。

"我想走。"普拉克西丝说。

"宝宝玛丽怎么办?"威利问,"或许你妈妈会好。你应该待在这儿。待在布赖顿。"

"你必须面对自己的责任和义务。"威利说。

"统计研究所在布赖顿开设了一个分所,"威利说,"他们愿意招收我。"

"为了你,我可以放弃继续深造拿学位的机会,普拉克西丝,"威利说,"我们可以生活在霍尔顿 109 号。毕竟不用交房租。"

"你可以找个工作,普拉克西丝,"威利说,"照顾你妈妈。如果需要的话,关心一下小玛丽。关心一下希尔达,这当然非常重要。"

"普拉克西丝,"威利说,"你就是拿上学位又能怎么样呢?干点秘书工作?"

"未必,"普拉克西丝喃喃着说,"拿到学位,我或许会找到更好的工作。政府机关和玛莎百货现在都招女大学毕业生呢!"

"人家招的都是最好的学生,"威利说,"瞧瞧你!"她又清洗窗户去了。

普拉克西丝想,当初如果我们不来布赖顿,而是到他妈妈那儿就好了。

"威利,"普拉克西丝小声问,"你是来这儿之前就知道统计研究所在布赖顿开设了一个分所,还是来了之后知道的?"

"之后。"他回答道,底气十足。对于这个问题他反应那么强烈,让她大吃一惊。不过她没有愿望,也没有兴趣深究。他显然稳操胜券。她仿佛和他比赛,被他超过一次、两次、三次,她却浑然不知,还觉得是和他并肩奔跑。但他还是给了她一个胜负各半的机会。这个"小矮人儿",在跑向终点的路上,两条汗毛很重的小腿,在她眼前一闪一闪。

"当然了,"威利说,"倘若我两门功课都考第一,还值得在雷丁继续念下去。你也可以在那儿拿你的学位。"

那个学期,普拉克西丝为了让威利省出时间和精力好好学习,自己承担了全部家务,竭尽全力照顾他的生活。可是期末考试成绩公布之后,大伙都吃了一惊。他的成绩平平,不过幸运的是,不影响统计研究所的招聘。普拉克西丝自然考得一塌糊涂。她根本没有时间复习功课。

"你不能到考试的时候才临阵磨枪,"威利说,"那会把脑子搞坏的。"

"你们这些女孩子呀!"她的辅导老师不无悲哀地说,"你们真是胸无大志,总是把个人生活放到学术生涯之前。"他不止一次看见她上课睡觉,简单地归结于过度的性生活。实际上是因为营养不良和烦躁不安造成的,但是他不知道。威利发现,普拉克西丝在屋子里安安静静坐着的时候,他就能学得更好。公寓开饭的时间不适合他们俩,为了陪他学习,普拉克西丝就经常饿肚子。

威利对那几位愚蠢、无知的教授表示不满之后,对普拉克西丝说:"这么说,我们只能回布赖顿了?"
"是呀。"

"为了把你弄回去,他可真是费尽心机!"艾玛说,"现在如愿以偿了。你难道没有看出来?"

普拉克西丝什么也没看出来,这也很正常。威利性格中的利己主义根深蒂固。他的行为很难说是深思熟虑的结果。威利就是这样一个人。他用不着多想,做就是了。结果,好处都让他得了。也许普拉克西丝得碰到许多许多像他这样的人,才能慢慢成熟起来。

"不管怎么说,"考琳说,"你少不了性生活。"艾玛和彼得分手了,彼得又和考琳掰了。

"他跟我在一块儿,"考琳哭着说,"只是为了聊艾玛。"

现在,艾玛和菲利普搞上了。她觉得他能成为世界上著名的电影制片人,她自己能成为电影明星。她也和他睡觉,非常愉快。菲利普的舌头舔着自己那丰润、诱人、棱角分明的嘴唇。普拉克西丝看了常常不能自持。这是她抵御威利的最后一根稻草。

她情绪低落。

在公寓的时候,走廊里弥漫着一股煮大白菜味儿。回到霍尔顿路那幢房子,又处处散发着一股混合着肥皂水味儿的腐臭气味。那难闻的味道从很少打开的窗户飘逸而出。

母亲,你把我带到了一个怎样的世界?父亲,你为什么把我留在这里?

希尔达,你不知道我是怎样一个人吗?

威利,求求你!

他们搬到霍尔顿路,公开住在一起,脸皮够厚的了!
"真是有其母必有其女。"朱迪思乐呵呵地说。她找了一份工作,在公共汽车上当售票员。她穿上制服显得挺精神,挺健康。头戴鸭舌帽,黑乎乎的唇髭很是触目,乍看像个男人。她上班的时候,孩子们就待在邻居家里。窗台上的花盆箱里,红色的天竺葵开得正火。家里阳光明媚,其乐融融。她找了个男朋友,是个公共汽车司机。"不过,我想他不会像你爹遗弃你妈一样遗弃你。他占的便宜可大了去了!"

人们不停地对她这样说。普拉克西丝觉得难以置信。露西的病好多了。普拉克西丝也觉得难以置信。

"如果你家里方便,"疗养院的护士对普拉克西丝说,"应该把妈妈接回去,和你一块儿生活。当然要坚持服药。"普拉克西丝听了大吃一惊。

露西的体重有十四英石①,一双小眼睛平静地看着这个世界,但是还闪着异样的光。这算是"好多了"吗?

"你是个好姑娘。"护士补充了一句。这也很让她惊讶。

希尔达拿到学位,到伦敦参加公务员行政级别考试去了。这个考试内容之一是周末到一个乡间别墅,由训练有素的评审员考察考生的人品性格和行为举止。

"只要她不脱衣服,不大谈老鼠、行为艺术和星星,"威利说,"她就没有问题。"

希尔达当然没有做出那些荒唐之事。她顺利通过考试,被建筑工程部录用。人们都觉得女人不适合到这个部门工作。可是当时只有这个不受青睐的部门有空缺,希尔达只好勉为其难。不过,她轻轻松松就能应付这个工作,独自一人安安静静地住在很小的公寓里,遇到压力,就给露西住的那家疗养院和奥尔布赖特太太写些耸人听闻的信,因此而心满意足。她在信里对普拉克西丝大加评论,还十分详细地描绘威利的性行为。普拉克西丝觉得,希尔达一定在她和威利做爱的时候躲在门外偷看。威利从来不关房门,更不会上锁。就这么回事儿。

"我把那些信都扔了,"一位病房护士和颜悦色地说,"你姐姐接受过治疗吗?"

---

① 英石:英国重量单位,一英石等于十四磅。

"没有。"

"你不觉得她应该去看看病吗?"

"不知道。"普拉克西丝说,瞥了一眼神情恍惚的妈妈。

"你也许要面对许多困难,忍受许多痛苦。"护士说。普拉克西丝听了有点意外。"我想,还是让我们再照顾你妈妈一段时间吧。"

普拉克西丝松了一口气,心里纳闷,学期末她为什么不这样说呢?

奥尔布赖特太太手里拿着希尔达的信。

"当然,我认为她肯定是添油加醋、夸大其词了。"奥尔布赖特太太说。

"希尔达的想象力太丰富了。她想怎么说就怎么说吧……"

"如果你和一个男人生活在罪恶中,"奥尔布赖特太太说,"我们家可不欢迎你。你明白吗?我必须在社区做道德的楷模。"

威利是男人吗?哦,当然是。但是,奥尔布赖特太太的话还是让她百思不得其解。难道和威利睡一张床、吃一锅饭就是和一个男人生活在罪恶中?他是个"小矮人儿",总在她前面"闪闪烁烁",两条汗毛很重的白腿消失在终点的标杆那边。难道这就是罪恶?

"你可以星期五晚上参加我们为不良少女组织的活动,"奥尔布赖特太太说,"我们有一个非常好的'缝纫蜜蜂会'。不过我觉得不太适合你。"她把胖乎乎的小儿子放到丰满的乳房前面,小家伙咯咯咯地笑了起来。

宝宝玛丽在隔壁房间哭啊,哭啊。

"我去抱抱她好吗?"普拉克西丝问道。

"哭能锻炼肺,"奥尔布赖特太太说,"这个脏孩子真难缠。我越活越明白一个道理,上一代的罪恶会传给下一代。瞧瞧你,帕蒂!什么都没了。真是非常苦的苦果。晚上睡觉前,我和我的丈夫常常为你祈祷。看在我们的分儿上,求求你让那个男人走吧。我敢保证,上帝会原谅你。"

"没那么简单。"普拉克西丝说。

"按上帝说的办,就很简单。"奥尔布赖特太太斩钉截铁地说。奥尔布赖特先生不再像蜜蜂吸吮花蜜一样,吸吮她的"甜蜜"了。哦,他和她太"相敬如宾"了。她是他儿子的母亲,他的圣母玛利亚。只是有时候,夜半时分、黑暗之中,她听见他在另外一张单人床上哼哼唧唧,然后实在忍受不住,爬到她身上,折腾一番,但两个人都没有多大乐趣。她困惑不解,仿佛被传染了什么疾病,或者认为做爱有罪。和他一样,想起刚结婚时两个人翻云覆雨享受的快乐,她都后怕。

这种看法和帕蒂有关,和宝宝玛丽也有关。她们似乎都是在罪恶中孕育,在暴力下诞生。

宝宝玛丽非常瘦,躺在婴儿床上,不停地哭,也没有人管。

"我可以白天把她带走,"普拉克西丝小心翼翼地说,"你一定很忙。"

"除非,"普拉克西丝补充道,"你认为我会让她堕落。"

"她生下来就已经堕落。"奥尔布赖特太太毫不含糊地说。普拉克西丝是开玩笑,奥尔布赖特太太却很认真。

帕蒂把宝宝玛丽放在婴儿车上带回家。小宝宝咯咯咯地笑着,仿佛知道自己交了好运。帕蒂没有把孩子送回去,奥尔布赖特家也没人来接。不久之后,他们把她的出生证明、身份证和供应证都寄了过来,连张"保险单"也没有。

"我想买一本照顾孩子的书。"普拉克西丝试探着问。

"买那玩意儿干什么?"威利问,"你就是出于本能也知道怎样照顾小孩儿。"

"本能也许会出错儿。"

"问题是,本能这玩意儿从来不会出错儿,"威利说,"不过,你要是那么想要,我就到哪儿去给你找一本。"

"我要新的,威利。最新的。"

"为什么?哪个时代的孩子还不一样?"

"是的,可是……"现在普拉克西丝越来越不敢坚持自己的意见。毕竟,花的都是威利的钱。他白天在统计研究所上班,一周赚十七英镑。晚上和周末用研究所的设备学习,为以后的考试做准备。那儿用电、开暖气都不花钱。

他在厨房墙壁上贴了一张时间表,并且严格执行。

威利八点吃早饭,八点半到研究所上班。他骑自行车,碰到下雨天,就穿雨衣。这辆自行车很笨重,是一九二八年的产品,警察专用。普拉克西丝不知道他从哪儿弄来这样一个笨重的家伙,也不知道他怎么能骑得动它,尽管知道他小腿肚子肌肉发达,非常结实。他十二点半回来吃午饭,下午一点一刻再到研究所上班。五点四十五回家,和小玛丽玩,七点吃晚饭。八点钟,他又骑自行车回研究所,在那儿学习三个钟头,十一点半上床睡觉。对于普拉克西丝,生活安静,但很忙碌。威利要求普拉克西丝把饭菜尽快端上餐桌。香肠、茄汁黄豆、土豆泥、橘子还是他最爱吃的主食。

"我们能不能按菜谱变个花样儿?"普拉克西丝问。

"为什么呢?"威利问道,"我们的饭菜营养很平衡呀!"他小腿上有一块溃疡,按照医生的建议,饭菜增加了腌鱼。

"你瞧!"他得意洋洋地对普拉克西丝说。

普拉克西丝看了一眼。

他们星期六去买东西,或者说,是威利去买东西。普拉克西丝手里很少有现金。这个不合法的小家庭靠那么一点点钱,倒也过得衣食无忧。

普拉克西丝认为,威利的积蓄很快会达到几千英镑。他生怕日后遇到困难,攒点钱也在情理之中。普拉克西丝或许会在大雨来临之时浑身湿透,威利却能干干爽爽,毫发无损。

随着时间的推移,事实证明,小玛丽是一个"道德标准"很高的孩子。她无论做什么事情——穿袜子或者脱鞋——都要先和你探讨做这件事情意义何在,是否正确。有时候,给她穿衣服就得花一个小时。那时候,普拉克西丝心里想,自己都做了些什么事情?为什么要做这些事情?

她觉得,毫无疑问,不能永远这样下去。可是事实上一直就是这样。

很少有人来作客。这幢房子似乎命中注定就不会有什么人造访。伊莱恩来了一次,没有再来。她跟她聊火腿的质量和价格。显然觉得这家人太古怪,不对她的胃口。她很可怜普拉克西丝,也不喜欢威利那样的人。他现在留着胡子,衬衫不系纽扣,露着毛乎乎的胸口。普拉克西丝觉得,伊莱恩一定从来没有看见过男人这副赤身露体的样子,除了在夏日的海滩。而且即使阳光明媚的夏天,布赖顿的男人也不会袒胸露背在布满鹅卵石的海滩上走来走去。只有那些吃饱了撑的、无事可干的游客才这副打扮。

"你至少,"伊莱恩临走时说,"有个男人。"在普拉克西丝看来,相互交流的、宽阔的"林荫大道"已经展现在眼前,只是来得太晚了。伊莱恩宽阔的、充满力量的背影已经消失在从大海吹过来的浓雾中。

普拉克西丝安慰自己,用不着一个杂货店老板的女儿怜悯和同情。她把自己包藏起来,就像躲进茧里的蚕。

她每次去看望露西,都发现她比以前胖了点。
"服药的缘故,"护士说,"不过这样省了锁、铁栏杆和钥匙。你瞧,她现在快乐多了。"

希尔达在伦敦过得挺好,看起来心情不错。当然,也许因为没人再费心劳神让普拉克西丝知道她还在写信。

小玛丽牙牙学语,仿佛开始思考宇宙万物和上帝的存在。她总是要别人注意她。
如果普拉克西丝思想溜号,她就像维多利亚时代中篇小说里的小孩子那样,用命令的口吻说:"哦,听见我说什么了吗?"

普拉克西丝心里想,我把日子过成什么样子了!不能再这样继续下去。可是威利不以为然。

"什么事情也没有发生。"普拉克西丝抱怨道。
"那就谢天谢地了。"威利说。
"可我们就永远这样过下去吗?"
"我看不出这样过下去有什么不好。你得到了你想要的。这也正是你想要的。难道你改主意了?"

"没有。也许我们可以出去度假?"

"你的生活就是长长的假期。"威利说。普拉克西丝不得不承认,他的话多多少少有点道理。难道做家务不是工作?看孩子不是工作?不是!那些活儿谁都干得了。"这活儿你可干得挺棒!"他补充了一句,哈哈大笑着,让她靠在那个旧煤气灶上操她。现在这个煤气灶不再油腻腻了,而是有点锈蚀。过后,她大概要花好几天的时间,才能把蹭到屁股上的斑斑锈迹弄掉。威利这些日子似乎把更多的精力投入到工作中,对精神自律比对性行为更感兴趣。她以为自己会因此而高兴,但是发现心里很难过。她特别希望能逃离现实,哪怕只是暂时逃离。他的身体比以前更温暖。她不再觉得他的身体冰凉,或者她只是像习惯了自己的身体一样,习惯了他的身体?或者更糟糕的是,她也变得冰凉?

"你说我那活儿干得棒?"她笑了起来,"你难道认为,威利,我就是干那活儿的料?"

他不想让她总是抱怨,开始带她去看电影。他们每星期六晚上都去看第一场。小玛丽坐在中间。他们坐在前六排侧面的位子上,票价很便宜,九便士一张票。城里的孩子们把座位弄得山响,你不得不伸长脖子,使劲瞅银幕。普拉克西丝很喜欢这个位置——看着银幕上那些有点变形的黑白两色的人物,仿佛看见他们真实的生活。后来,她甚至不习惯坐在远处,从正面看宽阔的银幕。不过,那时候,电影对于她已经失去魅力,她觉得坐在哪儿都无所谓。

"威利,"普拉克西丝说,"我们该做点儿什么事了吧。"

"再过几年,"威利说,"玛丽就可以上学了。你就可以出去找点活儿干。"

"我能干什么活儿?"

"能干的活儿多的是。"

"去当个公共汽车售票员?就像朱迪思那样?"

"为什么不能呢?那也是很重要的工作呀!"

"很遗憾,你没能完成学业,拿到学位,"威利对普拉克西丝说,"所以不能像希尔达一样,找份好工作,赚更多的钱。"

看来他对自己当初的"投资"判断失误。目光短浅,只顾眼前的利益。

希尔达一年能赚一千英镑。一个女人能赚这么多钱简直闻所未闻。在她工作的那个部门里,没有人愿意挡她的道。她解决起问题总是大刀阔斧雷厉风行。假如这些问题是以书面形式而非口头形式提出来的,她就认为没有意义,不予理睬。她可以从从容容、毫不费力地做出决定。如果事实证明她判断失误——这种情况很少——她只是叹口气,耸耸肩,接受人家的指责。她的这种态度让人觉得放心。因为她凡事都尽最大的努力,这就够了。

普拉克西丝不耐烦地咬着手指甲。威利很反对她这样做。"威利,"她说,"你如果晚上非要工作,最好在家里干,别到研究所去。"

"等我考完下一轮考试,"威利说,"我就能赚更多的钱。"

"可是你知道,就算赚了钱,你也不花。"

"我们现在什么都有,干吗要花呢?你还要什么呢?普拉克西丝,该有的你不是都有了吗?"

是呀,还要什么呢?有个男人,有幢房子,还有个孩子。大多数女人不就要这几样东西吗?

她得了支气管炎。医生说屋子太冷。威利买了个煤油炉。

"威利,"普拉克西丝大声说,"我得买几件新衣服。我想自个儿到商场去看看。"

他若有所思地看着她。

"也许你真的想和我结婚,"威利说,"你要是愿意,我一定娶你。"

"我得好好想想这件事情。"普拉克西丝说。威利听了觉得挺受伤害,当然还吃了一惊。

"不要嫁给他,"朱迪思说,"他只是想合法地占有你那幢大房子。那是很大一笔财产呢!"

普拉克西丝知道不是这么回事儿。霍尔顿路 109 号是个负担,而不是什么财产。威利不会花钱修缮这幢破房子。邻居们抱怨,花园里杂草丛生,一副破败的景象。一下雨,顶楼就漏雨。希尔达一直没来看看这里发生了什么事情。没有人,甚至威利,打这幢破房子的主意。伊莱恩看普拉克西丝这个家时脸上惊讶甚至害怕的表情在普拉克西丝脑海里萦绕盘桓。一想起来,她就羞愧得无地自容。

"你要是嫁给威利,"艾玛从伦敦写信说,"别指望我会参加你的婚礼。因为我不会去。他那个小气鬼会往雪莉酒里掺水。你简直疯了,会想到和他结婚。"她说,她已经和菲利普正式订婚。他们举行了一个很大的派对,钱是她在南肯辛顿的监护人出的。那天晚上许多年轻人坐着跑车来,敲门声、欢笑声不绝于耳,惹得邻居老大不高兴。菲利普送给她一枚很大的钻石戒指。

"不要嫁给威利,"考琳从曼彻斯特写信说,"年纪太小就结婚是个错误。因为你人还没有完全成熟,性格也没有定型。我就发现自己总是在变。我过去认为自己是运动员型的,但是我的男朋友哈利——他研究变态心理学——解释说,那只是一种放弃'性'的表现。与此同时,我腿部的肌肉简直发达得要命。"

"我不会嫁给你的。"普拉克西丝说。

"普拉克西丝,"威利说,"从实际出发,你都应该嫁给我。"

"办理结婚证书得花钱,你想过吗?"

"我花呀,求之不得!需要花多少钱,都由我负担。这你应该知道。别不高兴。这是迟早的事儿。小玛丽的事很快就会提到议事日程上。如果我们不结婚,他们就会说,这孩子处于道德危机之中,然后把她带走。"

"我情愿冒这个险。"普拉克西丝说。

星期日,普拉克西丝去看望妈妈,威利一直在家等她,然后一块儿去看电影。

"我在想,"威利说,"你并不是真的不想让你妈回家。你知道他们为什么不放她出来吗?因为你和我一起住在这里。"

"说这些没用,威利。"普拉克西丝悲伤地说。她几乎感觉到他的体温在下降,肌肉仿佛从已然丰满的四肢脱落,又紧张地颤抖起来。她想,他的母亲应该对此负责。

她被一种幻觉缠绕,没有一个人像她这样固执地坚持着。她不会和威利结婚,个中缘由她无法言传,也没有一个人能理解。奇怪的是,这一次,或许只有希尔达能听她倾诉。她怎么能对别人说,有一天,在布赖顿海岸上,猎户星座中的红矮星从夜空落下,告诉她不能嫁给威利。然而这是真的。

有一天晚上,她走到布满鹅卵石的海滩。平常她很少去那里。因为经常有些小混混在那儿打架斗殴,据说还强奸妇女,甚至动刀子杀害无辜路人。威利说,这些流言夸大其词。人们似乎都喜欢危机感,觉得睡在自己床上也不安全。总之,不管怎么说,不能再到布赖顿海滩散步。

普拉克西丝不为所动,径直去海滩散步。月光如水。她心里想,如果真有什么危险来临,她也能看得到。

鹅卵石在她脚下闪着微光。浪花拍打着海岸,也闪着幽幽的光。远处,布赖顿码头把黑色的倒影投在深水里。天空的穹顶辽阔、深邃。普拉克西丝觉得一种快乐的心情油然而生。和那快乐一起从心底升腾的是崇拜的愿望。她和大海、天空、峡谷、高山一起在造物主面前低下头来。感觉到天命,仿佛有人正抚摸她的肩膀。

"我该怎么办?"她问上苍。

猎户星座中的红矮星燃烧着苍白的火,放射着耀眼的光,从天空俯下身来。

"等一等。耐心点儿,什么也不要做。你的时候会到的。"

她毫不怀疑,有一种无形的力量制约着世间万物、芸芸众生,按照既定的设计,无声无息地引领着纷乱的人类社会前进。她自己虽然微不足道,但也是其中的一分子。

星星隐去,天空不再明亮。大海又恢复原来的模样,鹅卵石不再反射造物主的光辉,只是在脚下嘎吱嘎吱响着,走起来平添了几分艰难。我一定是疯了,她想。

但是她知道自己没有疯。她不会嫁给威利。

普拉克西丝的心情平静了许多。

她从奥尔布赖特太太那儿给自己买了几件已经洗褪色的羊毛衣服。她压根儿就不照镜子。她还把自己的旧衣服改小了，给小玛丽穿。小玛丽穿上非常高兴。普拉克西丝现在能干一手很好的针线活儿。

她不怎么读书。威利说，公共图书馆就在街角，离家很近，不利用这份资源，太可惜了。书上的字在她眼前变得模糊，书里的观点也打动不了她。普拉克西丝觉得好像扔掉了自己的脑子。

这种话，希尔达也没少说。她终于来访，穿得很漂亮，看起来平静安详。她开着一辆很小的轿车。不再说老鼠、人体艺术和星星。也不再脱衣服。不知道为什么，玛丽见了希尔达总是怯生生的。普拉克西丝看了倒很高兴。

"她是那个美国兵的孩子，对不对呀？"希尔达说。

"你为什么这样想？"普拉克西丝惊讶地问。希尔达耸了耸肩，没有说为什么。

实际上，玛丽那种平静的、总是充满希望的气质、心智确实属于另外一块大陆，属于未来，而不是过去。她瓜子儿脸，皮肤白皙,头发的颜色虽然浅,但浓密,两条腿很长,牙齿稍微有点不齐。普拉克西丝觉得她非常聪明,三岁的时候就开始认字。

"我三岁也能认字。"威利说,有点嫉妒。

希尔达走了。

普拉克西丝想,如果说过去还可以,并且已经发生,现在不能再这样继续下去了。星期日,她去看望母亲,友善地、可怜巴巴地凝望着眼前一片空白。圣诞节,他们去威利母亲家,吃了节日里才能享用的鸡,结果小玛丽感冒了。威利过了第一轮考试,开始准备下一轮。他现在存了不少钱,花四十三英镑为屋顶买了新瓦。他现在喜欢吃炸鱼条,对香肠不感兴趣,还抱怨尽吃面包,糟蹋了钱。她如果把这些食物端上餐桌,就得"后果自负"。有时候他们变个花样,吃鲱鱼不吃腌鱼。玛丽像普拉克西丝小时候一样,常常在大门口晃来晃去,用羡慕的眼光看别人家的孩子从公立学校放学回家,也嚷嚷着想上学。威利做爱的激情和欲望比以前更强烈了。朱迪思从她那辆公共汽车的踏板上摔下来,踝骨骨折,没有接好,成了瘸子,连饭碗也丢了。关于奥尔布赖特先生,也有绯闻传出。说他和教区唱诗班一个年轻女子有染。好在没闹上法庭。奥尔布赖特太太又生了一对双胞胎女儿。有时候,她让普拉克西丝帮她照看。普拉克西丝觉得这位母亲对两个小女儿不怎么喜欢,只喜欢儿子。她有时候也问问玛丽的情况,但绝不招惹她。

艾玛嫁了菲利普。菲利普在影帝亚瑟·兰克手下谋得一个差事。威利说,电影也是改变社会的一种力量。威利和普拉克西丝去参加婚礼。艾玛身穿白色雪克斯金细呢礼服,普拉克西丝也穿了条新连衣裙。普拉克西丝发现自己还像从前一样爱着菲利普。不过,当然,他娶了艾玛为妻。

考琳在伦敦学习考古。她的下巴汗毛很重,但一双眼睛明亮。她没有男朋友,晚上打网球和曲棍球。小腿肌肉结实,手上常常打着泡,不过看起来很快乐。普拉克西丝强忍着没问她,为什么不买把镊子,拔掉下巴上那恼人的汗毛。她猜想,有的人故意留着这种汗毛,让它们卷曲起来,表示对这个世界的蔑视。

"你为什么要这样忍受着?"考琳问。
"忍受什么?"
"威利呀!你怎么能和他过这种日子?"
"为了玛丽。我还能怎么样?不和他过,我怎么活呢?"
考琳没有回答。话说回来,谁能回答呢?

"要想摆脱眼下进退两难的境地,只有一个办法,"艾玛说,"听天由命,顺其自然。没有别的办法,哦,对不起!"

威利和普拉克西丝坐长途汽车回家的时候,猎户星座中的那颗红矮星在天空闪烁。坐长途汽车要比坐火车省一半钱。可是路途长两倍,而且极不舒服。可是威利无论在哪儿都能看书学习,只要普拉克西丝在他身边。此刻,虽然天色渐暗,车不停地颠簸,但是正复习的功课放在膝盖上,他似乎还能看得进去。然而,在普拉克西丝眼里,那些数字一片模糊。也许,他也看不清楚,只是直盯盯地看着膝盖上的书,免得说话费心劳神。也许他担心总说话把嗓子弄坏,就像留声机上的唱片,用多了声音会失真。

"不能这样下去了!"普拉克西丝大声说。威利没听见,或者假装没听见。

可是已然"这样"下去了。

普拉克西丝写信给希尔达,建议把这幢房子卖了,卖房所得她和露西、希尔达平分。希尔达写信给威利说,这是绝对不可能的事情,还问他怎么看。普拉克西丝挺害怕,对威利说,这又是希尔达发疯后写的那种信。威利似乎信了她的谎话。普拉克西丝的焦虑,或者说决心,随你怎么说,渐渐地化为乌有。

伊莱恩的父亲死了。他是开一辆运货车,突发心脏病,撞到一堵墙上死的。普拉克西丝鼓起勇气去看望伊莱恩,表示慰问,发现她正站在柜台后面切火腿。

"不管你走到哪里,"这位年轻女人说,因为悲伤和决心,满脸通红,"不管你多么努力,最后都得回到原点。"

"路还没走完呢,"普拉克西丝说,"一切刚刚开始。"她壮着胆子说,但是心里明白,这话连自己也不信。

"我想我迟早都得结婚,生孩子,当然也许不会举行什么盛大的结婚典礼。这更像我为人处世的原则。想想看,我们也只是二十岁前风光一阵子。二十岁以后就走下坡路了。"

为了回到妈妈身边,帮她打理杂货铺,她辞掉了在社会安全局的工作。

"为什么应该是我呢?"她抱怨道,"为什么我哥哥不回来?"

"因为他赚的钱是你的两倍。"普拉克西丝说。

"你能来和我聊聊真好,"伊莱恩说,"我父亲过去一提起你就大发雷霆。起初因为你母亲被送进疯人院,后来因为他认为你是个荡妇。我真不知道他希望我成为什么样的人。我想大概就愿意我站在这儿切火腿。不管怎么说,他已经去世,我可以做自己想做的事情了。我母亲快瞎了。耳朵更聋。估计是遗传。"

她变成一个很强壮的女人——像从前的朱迪思,精力旺盛,性格平和。不过谢天谢地,考虑到她成长的环境,人还算聪明。

"唯一的出路,"艾玛说,"听天由命,顺其自然。"

是的,她们只好听天由命,顺其自然。

十五

听着!我没有焦虑。我生气,发怒,怀恨在心,自艾自怜,怕死,但是我没有焦虑。没有被焦急的小虫子折磨。这种虫子会吞噬掉女人做人的基础,让优雅和高贵不复存在。

不要在我的地下室可怜我。不要因为疏忽了我而歉疚。我——一个老太太,让人讨厌的人。我要告诉你,我很好。那虫子没有了。我可能处处让人嫌弃,但我没有焦虑。

我没有焦虑,因为我无人可爱。没有父母,没有配偶,没有孩子。更重要的是,我不会再有孩子了。他们已经长大了。我已经和他们脱离关系。他们也和我脱离了关系。我们井水不犯河水。我为此而骄傲。我们相互之间已经不再需要。

阿拉斯加棕熊到一定时候就厌倦她的小宝宝。它会把宝宝们带到很高的松树顶,然后就把它们扔到那儿不管了。它知道怎么爬下大树,可是宝宝们不知道。等孩子们发现妈妈不在身边,棕熊已经到了大山那边。宝宝们只好自己往下爬。就这样,小宝宝慢慢长大。

她可以安安静静地过自己的日子,不必成天惦记这个,惦记那个。完全摆脱了折磨母性——无论动物还是人——的本能:焦虑。在孩子没有出生的时候,这种焦虑即已开始:他会有胳膊有腿吗?会有脑子吗?会有胎记、会畸形、会是个怪物吗?他该长牙了吧?怎么还不说话?他们为什么会偷东西、会撒谎?他们为什么不会看书?为什么打架?为什么不打架?他们快乐吗?为什么我不能让他们快乐?

你觉得母亲待在疯人院里的时候,我能快乐吗?每天早晨醒来,就想妈妈在那里受苦。我是她生命的一部分,从来没有从她的身上分离出来,就像我放手让自己的孩子离开我,自己成长。

我的孩子们不感恩戴德。对于这种事情,他们满不在乎。这是我最大的报偿。他们是自由的。

我想,"焦虑"在女人的生活中远比在男人的生活中更重要。男人更容易摆脱这种情绪。不管是天性使然,还是只是今天生活的产物。我怎么能说得清楚?不过我的确知道"焦虑"这条虫子咬断了女人的某根神经,让她们低下了高贵的头。

十六

"拉夫尔斯广场潜水队"是海滨一家提供午餐的酒馆。一般酒馆到下午两点就关门,可是"拉夫尔斯"的营业执照允许他们卖酒到三点,前提是同时供应午餐。所以,两点到三点之间,几个边儿都卷了起来的火腿三明治在桌子上象征性地传来传去,以示酒馆的资质和对法律的尊重。这家酒馆不同凡响的名字、豪华时髦的装饰、基安蒂红葡萄酒瓶子上燃烧的蜡烛,更不要说昂贵的价格,都起到将那些"出身低微"的酒鬼拒之门外的作用。而那些从别的酒馆摇摇晃晃出来的食客,本能地走下台阶,离开海风习习、水雾蒙蒙的海滩,又投入到"拉夫尔斯"温暖的、酒香馥郁的怀抱。

布赖顿那些衣冠不整的绅士也来这儿喝酒:来敲定生意的房地产经纪人,陷入金融危机的商人,寻找机会的农庄主,还有一些财产不明的被雇佣的绅士,善于辞令、高谈阔论、喜欢喝杜松子酒和威士忌的先生,边喝酒边抽烟的地痞流氓。这儿的顾客几乎都是男人。偶然会有与某位先生保持不正当关系的女人跷着二郎腿坐在吧台前面。或者一位女秘书来寻找失踪的老板,或者一位愤怒、绝望的妻子来追踪酗酒的丈夫。

大多数工作日午饭时,如果威利上班,玛丽在学校吃午饭——肉烩菜、土豆泥、蛋糕、奶油蛋羹——伊莱恩有人帮着照看杂货店,普拉克西丝和伊莱恩就来"拉夫尔斯"吃饭喝酒。她们摇晃着腿,把酒杯慢慢举到诱人的嘴唇旁边。道格拉斯——"拉夫尔斯"的老板对她们二位的光临十分高兴。因为这两个年轻女人往吧台一坐就会给他带来好生意。她们俩受过教育,伶牙俐齿,显然不是妓女。如果是妓女就会让他的店陷入麻烦。

有时候,这两个女孩儿只是因为增加酒的销售量而心满意足。她们喝黄颜色的水,"崇拜者"们却按威士忌付费。然后,她们和道格拉斯一起"分红"。有的时候,她们中间的某一个会和一位顾客出去,至于出去之后发生了什么事情,道格拉斯不知道,也不想知道。事实上,这位顾客会被领到,或者扶到(如果喝多了的话)伊莱恩家花园那头的避暑小屋里,男方会给点钱作为礼物,女方答应什么时候和他做爱。如果逼得紧,当时就做了了事。伊莱恩和普拉克西丝都认为,她们和这些男人做爱是"还礼",不是收费。她们不是妓女。她们生活充实,只是眼下遇到困难。而要走出困境,在这个世界,没有别的办法。

为什么不呢?

伊莱恩问:为什么人们认为让男人白干比要钱好?她就经常碰到这样的情况,要求她提供性服务,而不愿意付钱。从心理学看,货币交换是提高而不是降低了你所提供的服务的价值,难道不是吗?付费越高,顾客越享受,越快乐。所以,他应该付。

"就像你想增加口红的销售量,"伊莱恩说,"不能降价,而是要翻番。卖东西是一种高超的艺术。"

父亲去世前,伊莱恩曾经干了一段"营销",对经商之道略知一二。

"好像大多数女人都享受不到性的快乐,"伊莱恩说,"或者从中得到什么好处。"
"有的人可以。"普拉克西丝说。
"你呢?"
"我没有特别快乐的感觉。"走到这一步,普拉克西丝不得不承认。来"拉夫尔斯广场潜水队"之前,她毕竟只和两个男人做过爱。和菲利普做过一次,还是在被他灌醉的情况下,身不由己做的。另外一个男人是威利,他倒是经常和她做,但总是在她站着的时候干,草草了事。

"你说的没错!"伊莱恩说。普拉克西丝的两个例子都证明了她的看法。"我觉得那玩意儿令人作呕。不过我承认,我喜欢做爱。我喜欢看男人控制不住自己时那副样子,真的喜欢。女人喜欢做爱,是喜欢性衍生出来的感觉,而不是性本身。"

她们觉得需要从对方身上证明自己。证明两个人的感受完全一样。

有时候,害怕、厌恶、烦恼,或者无聊至极的感觉袭上心头,普拉克西丝就极力逃避那些要她护送的人,跟在她身后的人,或者跌跌撞撞在她身边走着的人,赶快溜回家,洗个澡,等玛丽放学回来。可是更多的时候——而且越来越多——她会把那个醉醺醺的男人带到伊莱恩家花园那头的避暑小屋里,脱光衣服,展示自己的身材,看那个男人渐渐兴奋。如果还没有勃起,就尽最大的努力帮助他勃起,做他要她做的任何事情——那些她不曾想到的事情,那些布赖顿的家庭主妇不曾被丈夫要求做的事情:手淫;吸吮,被吸吮;拍打屁股,被拍打屁股;被绑起来用仿真阴茎插。但是大多数情况下在一股酒气中躺下来,脸被那个陌生人的眼泪打湿,身体任凭那个陌生人抽插,直到射精了事。

　　正如伊莱恩说的那样:不可思议。

　　她会事先问那个男人,这番体验值多少钱。如果他不愿意给钱,她也不强求。她曾经从书上读过,书商、牙医、妓女从顾客兜里掏出钱最难。看书不用掏钱,治牙不受痛苦,做爱不必付费,这要求似乎一点儿也不高。因此她对此表示同情。

　　那些更为古怪的要求让她迷惑不解,然而似乎只有满足了这些要求,对方才能得到最大限度的释放。完事之后,她就想,他不会记住这些怪诞的行为,更不要说记住普拉克西丝其人。她很少带清醒的人回家。如果她万幸没被染上性病,或者没被谋杀——受虐倾向激起的性虐待狂真正的牺牲品,她也不知道。那个年代,世界还是比较平和。性犯罪十分稀少。女孩子们搭顺风车安然无恙,前门很少上锁。至少白天用不着上锁。

回首往事,普拉克西丝为自己、为自己的愚蠢行为惊讶。

有时候,伊莱恩和她同时带两个男人回来,她们就在两张床中间拉一个帘。结果,帘子这边的声音刺激帘子那边发出更大的声音,普拉克西丝自己就进入高潮。但她不喜欢这样。她对伊莱恩说,这样干影响"生意"。但她真实的意思是,这样干她付出得太多了,她可没打算给他这么多。她可以把自己的身体作为泄欲的工具,可以把她的同情作为一种救赎。她可以伸手为自己的付出要钱,但不能为他们放纵。

普拉克西丝有两个常客。这两个人都是已经结婚的男人,他们的谨慎周到可以信赖。杰克最大的爱好就是对着她的耳朵悄悄地说他想如何和她做爱的每一个细节,但又不付诸实施。另一位名叫亚瑟,刚查出来得了流行性腮腺炎,有人告诉他得了这病不能生孩子。但是他不能也不愿意相信,阳痿和不育之间有什么不同。他躺在那儿,阴茎软绵绵地耷拉在大腿中间,叹息自己命运多舛。普拉克西丝一遍又一遍地查字典,给他念这两个名词的定义,直到那玩意儿终于勃起。不过眨眼之间,又颓然倒下。

普拉克西丝的胆子越来越大,有时候把这两个男人带到霍尔顿路的家,而不是去伊莱恩家花园里那个小屋子。他们干那活儿都是一把好手,肯定能让她尽享快乐。

"你有没有觉得总干这事儿,我们变得冷酷、粗鲁了呢?"伊莱恩一丝不挂站在镜子前面说。她和普拉克西丝刚跟两个男人上完床。她皮肤白皙,乳房高耸,充满弹性。普拉克西丝心里想,她不穿衣服比穿衣服好看。

"你认为我们应该收手了?我们是不是太残酷无情了?我们是不是顺着一条下坡路往下滑呢?我们是不是正在做以前根本不可能做的事情?"

"是的。"普拉克西丝说。

"我想多干,而不是少干,"伊莱恩说,"我敢保证,危险在于不再做你喜欢的事,而不是开始做某事。因为如果停下来不做这事儿,就会惯坏了你,日后有了丈夫不能应付自如。我想,你和我不一样。你已经有了一个可以算作丈夫的男人。你还爱他吗?"

"从来没有爱过。"普拉克西丝说。

她已经学会了那么多。

普拉克西丝已经攒了一百三十英镑。挺大的一笔钱呢!伊莱恩虽然"性活动"的次数比她少,但是在钱的问题上比她精明,已经攒了一百九十英镑。现在她们俩已经有能力离开这里,到别的什么地方开始新生活:去伦敦,找一份工作,碰到什么男人,创造未来。可是还有摆脱不了的人、放不下的责任——威利,露西,伊莱恩双目失明的母亲。也许缺钱只是个借口,是冷漠或者优柔寡断使然。

不管怎么说,普拉克西丝现在意识到,威利就是玛丽的父亲。如果她把玛丽带到伦敦,玛丽就会像普拉克西丝自己一样,一辈子都会经受缺失父爱之苦。

她停下了脚步。冥冥之中一种无形的力量让她停下脚步。

她仿佛把自己"午餐生活"的蛛丝马迹拿在手里,在威利鼻子前面晃来晃去。可他并不注意。他眼镜的镜片本来就很厚,现在越发厚了。他的话更少了,学习更努力了,就连吃饭的时候也在看书。操她的时候,一双眼睛紧紧地闭着。她越来越觉得自己就像一只被大头针扎到纸板上的蝴蝶。她买条新裙子,他也不做评论。她伸懒腰、打哈欠,甚至花样翻新地和他做爱。这样做很有点冒险,会让他看出破绽,但他漠然视之。

也许他知道了她干的那些事情?不,不可能。他要是知道了,能杀了她。肯定能杀了她!想到这儿,普拉克西丝很害怕,夜里醒来甚至连气也喘不过来。可她同时又觉得很安全。她像一条狗,只能在链子这头蹦蹦跳跳,链子那头抓在威利那只轻轻颤抖着的、看不见的手里。

还能真的继续做下去吗?

能。看起来还能。

直到发生了这件非同寻常的事情,把她的生活分成两部分:之前和之后。

他给她买了一杯双料威士忌。她慢慢地呷着,而不是像平常那样,喝道格拉斯给她和伊莱恩专门准备的黄颜色的甜饮料。这样做的结果是,她少收入了两先令四便士。可今天她需要喝点威士忌。因为,尽管他温文尔雅、和蔼可亲,但不知道为什么,他让她紧张,让她难为情。她觉得他不是那种常来"拉夫尔斯广场潜水队"的人,他是那种很难轻视的男人。他不年轻,差不多六十岁,可头发仍然浓密,尽管已经灰白。更主要的是,那是他自己的头发。以前经常与她纤纤细手"邂逅相逢"的都是一缕一缕直往下掉的假发。他一杯一杯地喝着双料威士忌,可是毫无醉意。他面带微笑看着她,似乎非常赞赏眼前这个年轻女人。

伊莱恩和普拉克西丝掷硬币决定谁坐到他身边。以前她俩可从来没有干过这种事儿。他很有钱。从他的衬衫和鞋而不是鼓鼓的钱包就能看出这一点。房地产经纪人和农庄主也可能很有钱,亮闪闪的图章戒指和表链为他们炫富。可是这并不意味着他们会在女人身上大把大把地花钱。这个男人正是伊莱恩和普拉克西丝所说的"邦德街上的富人"。来钱容易,出手大方。

"这种人,"伊莱恩充满浪漫色彩地说,"上了公共汽车,才发现没钱买票。因为他有大事要做,根本不会顾及这些鸡毛蒜皮的小事。"

掷硬币的结果是普拉克西丝赢了,可她真希望自己没赢。他问她名字。

"帕蒂。"
"一个挺普通的名字,"他说,"叫这个名字的人可不普通。"他的一双蓝眼睛不像平常那样若有所思地看着她,而是目光中充满了赞赏和遐想,看着她的乳房、腿,最后又非常坦诚地看着她的一双眼睛。
"你这双蓝眼睛真漂亮。"
"我喜欢蓝眼睛,不喜欢棕色眼睛,"她回答道,"棕色眼睛会让你的感情深藏不露,蓝眼睛却暴露无遗。"希尔达的眼睛就是棕色的。
"我同意,"他说,"不过,也许因为我们俩都是蓝眼睛。"
"我们俩。"他先前就这样说过。那种显得很近乎的表达温暖了她的心,让她很满意。他也没像许多人那样,在采取下一步举措之前,先问问她这样一个好姑娘来这样一个地方干什么。他觉得她来这儿是她的权利,跟他一样。她愿意被他操也是她的权利,正如他想操她是他的权利一样。去伊莱恩家那个小屋的时候,他不像别的男人,做贼心虚,跟在普拉克西丝后面,或者走在前面,而是挽着她的胳膊大大方方地走着,边走边聊。

她结婚了吗?

有小孩儿吗？诸如此类的问题。

"你不怎么爱说你自己。"他抱怨道。

"没什么可说的。"她回答道，似乎也在抱怨。

"那是因为你没有好好挖掘你自己，"他断言，"或者还没有人挖掘过你。如果你探寻过自己，或者他们探寻过你，你就会对自己非常感兴趣。"

"我这个人，"他对她说，"或许会讨厌别人，但永远不会讨厌自己。这是主要的。"

他问她喜欢布赖顿吗？

"不。"她回答道。

"我也不喜欢，"他说，"这个地方让人绝望。你好像栖息在世界最边缘，随时可以掉下去。这就是为什么我在干年轻人才干的事儿。我已经很老了。"他不无歉意地说。

"有的男人比你还老呢。"她说。

"如果我生活在布赖顿，"走到那座小屋跟前时，他说，"结了婚，生了孩子……"他停下脚步。

"会怎么样？"

"我会逃走。"他回答道。

她解开乳罩的时候，手轻轻地颤抖。

"你为什么要颤抖？"他一边问，一边给她解后面的挂钩。

"我也不知道。"她实话实说。

"你不是新手吧？"

摇了摇头。

"说来也怪,我总是让人害怕。我的妻子常常在我面前发不过不是因为害怕,是因为愤怒。"

如此看来他是有家室之人。

她一丝不挂地站着,他把头贴在她的肚子上。身穿昂贵的灰西服,保养得很好的手搂着她的腰。

"我喜欢年轻女人,"他说,"所有年轻女人。任何一个年轻女人。我爱听她们说话,感觉她们的呼吸。她们是世界万物的中心。而她们的中心又是男人最容易接近的地方。她们的中心移动的时候,我让她移动的时候,整个世界就会移动。"

她不想和他要钱。

"我们都想那样做。"他说,躺在她身边,虽然不再年轻,但是因为保养得好、因为健康,皮肤白皙、光滑,"我们都想让这个世界按照我们的想法运动。"

她希望床单更干净一些,希望很多男人睡过的这张床没有异味儿,没有泪痕,没有挣扎过的痕迹。他似乎并不介意。她该叫他什么？他没有告诉她,他叫什么名字。她也没必要问他姓甚名谁。说到底,她是谁呀？一个妓女。但是,人的头衔荒谬可笑,种种名堂荒谬可笑。这一点她向来就知道。几个字就简化了人与人之间的关系,赋予某人特权,又让某人处于不利的境地。私生子,犹太人,大学生,妻子,母亲,妓女,杀人犯。在此基础上,做出种种假设,贬损了每一个个体,而不是给他们下了么定义。

他的手抚摸着她的身体、乳房和两腿之间。
"帕蒂,"他说,"笑一个,笑一个。"
这似乎是她被要求做的最下流的事情。
"睁大眼,看着我。"

威利做爱的时候,总是闭着眼睛。她也闭着眼睛。她的顾客喜欢看她如何动作,看她,或者看他们俩。他们在她脸上寻找痛苦或者快乐的表情。那是他们需要看到的反应,他们想要带给她的"效果"。不过,这二者之间也没有多大的区别。这个男人认可她,不是她需要的慰藉,或者别的什么东西。
"帕蒂,"他一遍遍念叨着,"帕蒂。"每逢她想退回到自己那个孤独寂寥的世界时,他就把她拉回到他的怀抱里。

他的方法是"单刀直入"。趴在她身上,从容自如地抽插,起初还呢喃细语,说些赞赏压在下面的这个女人的话,后来便兴奋得手忙脚乱起来。普拉克西丝达到真正的高潮,叫喊着,全然忘记应该更矜持一点。

"帕蒂,"他又说,"帕蒂。"好像她进入高潮一直是他的希望。然后他也高潮。完事儿之后,在她身边半睡半醒躺了一会儿。

"你真好,让人感到平静。"他说。尽管她一直担心玛丽放学之前,她还没能先她一步回家,但是有史以来第一次,很想和这个老男人多待一会儿。

"你躺着比起来还美,"他补充道,"漂亮女人都这样。"

"很遗憾,我们俩不能生孩子,"他说,"我总想有孩子。不过这种想法不切合实际。"

"是的。"普拉克西丝说。

他没有说想再和她见面。她很失望。不过,她有什么理由对他有所期待呢?他的手继续抚摸她的手。似乎尽管达到了他享受性的快乐的目的,他对她依然感兴趣,依然关心。

"我曾经在布赖顿住过,"他说,"那时候战争还没有爆发,但世事艰难。可以说,我有妻子,也有孩子。她叫露西。'疯露西'。我想她比我还更让人讨厌。不过那已经是很久以前的事情了。谁对谁错,已经很难说清楚了。"

"她现在的情况怎么样了?"帕蒂终于问道。她虽然惊讶得目瞪口呆,但很快就进入防御状态。"乱伦",她对自己说,又一个贴到自己脑门儿上的标签。这个人原来是她的父亲!父亲应该是把孩子拉扯大的人,而不是抛弃他们的人。乱伦是发生在家人之间让人烦恼的事情。

"我还供养着她,"他说,"我敢担保,没有我,她生活得更好。我周围的人大都这样。离开我过得就好。"

"孩子们呢?"

"最好离她们远点儿,"他说,"生她们是她的主意,不是我的主意。现在找到她们只能是尴尬。都是很久以前的事情了。"

帕蒂一声不响地躺着。他的手从她手上抬起,摸她的胳膊、乳房。

"你真可爱,"他说,好像吃了一惊,"我还想要你。你让我又觉得那样年轻。"

帕蒂想,在不知情的情况下乱伦已经够糟的了,知道了还干,就更天理难容了。俄狄浦斯①因为这样的罪恶刺瞎双眼,一直被复仇三女神追寻着,直到流浪而死。但是她没有任何举动,只是躺在那儿,任凭先辈在他自己创造的这个女人身上打连枷般地摔打、抽插。她甚至很高兴他喜欢这样干。她什么都不会说。她将默默地承受他的罪恶。

他是个迷人而又让人无法忍受的人,一个无可救药、十分危险、充满浪漫色彩的人。难怪他逼疯了露西。他是不是把头放在她的肚子上,想听见宇宙的呼吸?然后,毫无疑问,径直到高尔夫球俱乐部,听那位女服务员的"热线电话",听大千世界的

---

① 俄狄浦斯:希腊神话中的底比斯国王,误杀其父并娶亲母为妻,得知真情后刺瞎双目,流浪而死。

· 184 ·

声音。

帕蒂大笑着。那笑声混合着痛苦和得意。高潮到来,她的身体震颤着。笑声几乎变成痛苦的呼喊。

"耶稣基督!"他说,怀着一种敬畏。但她已经完全打破他的神秘感,把他从圣人变成顾客,从父亲变成男人,从必须取悦于他变得要他取悦于自己。他是一个整洁、满头灰发的老先生,和一个小地方的妓女厮混了整整一下午。仅此而已。至于父亲,他早已宣布和她脱离关系。

好像感觉到了她的变化,他勃起的阴茎无力地耷拉下来。但她有办法让他硬起来,"为我所用"。她可以"独立自主"地从他身上攫取到他没能给她的东西。

我这是干什么呢?普拉克西丝想。我想证明什么,向谁证明?在这个世界上,谁会在乎我已经沉沦到什么地步?谁会为我承担罪责?路是自己走的。

他穿衣服。普拉克西丝一丝不挂躺在床上看着他。他给她留下二十英镑,五镑一张的白色纸币。她突然想到,也许就在他们做爱的时候,他也像她一样,发现对方是谁。心灵感应,让他有一会儿,欲望潮水般退去。

他离开之前,停了一下。

"只要这只是你生活的一部分,而非全部,就顺其自然。"他说。她又一次感觉到和他之间的那种亲密,感觉到他试图在他认为是他的责任那狭小的范围之内,给予她什么。

"好的。"她说。他像父亲一样亲了亲她的脑门儿,然后远非父亲那样,亲了亲她的两个乳房,离开那间小屋。

帕蒂起身洗了洗,穿好衣服,回家收拾了一下行囊,在学校外面接上玛丽,打了一辆出租车到车站,坐上去伦敦滑铁卢的火车。几个小时后,她敲响了考琳家的前门。

十七

关于"天性"的主张。

在监狱里,他们手里摇晃着一串钥匙,对我说,想自由是人的天性。我在的那座监狱实际上有一条安全边界线。但是一旦进入高墙之内,进入警报器、警犬、监控摄像头的监视范围之内,还是有一定程度自由活动的空间。难就难在你的思想希望自由。因为监狱不但可以关住你的身,也会关住你的心。

他们还告诉我,渴望异性也是你的天性。监狱剥夺了犯人的性生活。尽管人们很少提及,但却是不争的事实。这个或者那个抢劫犯三十年没有操过。这个或者那个小混混一年没有操过。那个年代,"性反感"还很少为人所知。剥夺性生活是一种让人敬畏的惩罚。男人对着色情杂志手淫。女人搞同性恋。

这都是"天性"。

他们说,"天性"让我们结婚。
他们说,"天性"让我们渴望生孩子。

你必须哺乳,他们说,那是"天性",婴儿吃母乳最好。你要吃生胡萝卜、酵母片、海盐、蜂蜜等等。这都是天然的东西。不要吃白糖、化学盐、人工甜味剂、防腐剂。那都是非天然的东西。

是"天性"使我们爱自己的孩子,使我们打扫干净屋子。只要能讨回家的男人高兴,我们就兴奋不已。

谁是"天性"?

是神?

或者是进化而成的"秉性",以便更好地繁衍我们这个物种?

我想,应该是后者。

"天性"不知道什么最好,如果知道,那也是男人的事儿。

"天性"给我们痛经,白带,息肉,鹅口疮,胎盘前置,头疼,癌,直到最终死亡。

在我看来,必须竭尽全力和"天性"斗争。一旦过了怀孩子的年龄,"天性"——这个我们经常听说的朋友,就开始抛弃我们。雌激素减退,弯腰驼背,老眼昏花,骨头嘎巴嘎巴响。然后扔进废料堆,尽管我们还在那儿蠕动,呻吟。当祖母也非自然而然的事情。也许那是一件好事,但只是一个社会角色,一种慰藉。最终走向死亡也是自然而然的事情。

我说了这么多,其实只是一个意思:我已经百无一用。我不怕死。我已经放弃了一切。我,小普拉克西丝·杜维恩,私生子,荡妇,妓女,乱伦者,谋杀者,还有什么呢？把你写好的标签给我。我会为你贴到自己的脑门儿上。

至于你们,我的姐妹们,当有人对你说,这个、那个或者别的什么东西是"天性",你就得与之斗争。"天性"不知道什么最好。小鸟,蜜蜂,母牛,男人,也许知道。可是你的利益和"天性"的利益不会巧合。

"天性"——我们的朋友,是男人主张的观点,这倒可以理解。

十八

"你应该回去。"考琳对普拉克西丝说。考琳已经怀孕八个月。她嫁给了迈克尔,一个很瘦、很黑、和善、不爱说话的男人。他有哮喘病,还得了抑郁症。她嫁给他的时候,他是一家经销农业机械的公司的商务专员。但是疾病让他不得不放弃这份不错的工作,到巴克利广场卖劳斯莱斯豪华汽车。结果,因为总呼吸汽车尾气、和有钱人打交道,加重了他的哮喘和抑郁症。他很想过农村生活,不知道自己赚这点儿钱如何养活老婆孩子。他也上过大学,可是绝望和哮喘使得他在最后的总考前放弃学业。他饱受思乡之苦,认为今不如昔并且因此而烦恼。有时候,他在床上一躺就是好几天,积攒力量和勇气再爬起来去干活儿。有时候,呼哧呼哧喘着,考琳不得不去找大夫。身体好的时候,他很可爱,很有趣,有礼貌,聪明,对人很友好。

"我想,我能让他振作起来,"考琳说,"我是一个精力旺盛的人。总以为能给他点正能量。让他向前看,而不是总回首往事。"她用怀疑的口吻说,好像现在终于明白,这只是自己一厢情愿,永远都不会成为事实。他们住的公寓很小,很窄。普拉克西丝睡在长沙发上,玛丽睡在地板上,下面垫了两个枕头。卧室里,迈克尔彻夜喘着睡不安稳,考琳喃喃着,说些安慰的话。她已经不打网球和曲棍球了。她无法和迈克尔分享那份快乐。

壁炉台上放着他们的结婚照。迈克尔看起来英俊、忧郁、很有教养。考琳活泼、漂亮。她妈妈戴一顶挺厚的毡帽,帽檐耷拉下来,挡住了眼睛。考琳的父亲坚持让他那位年老的插花女老师和他们一起照相。"她是我们家的好朋友。"

"你应该回去,"考琳说,"婚姻不是儿戏。"

"可是我没有结婚。我从来没有嫁给他。"

"你和嫁给他没有两样,"考琳说,"这些年,他一直供养着你。"

考琳分开两腿,坐在那儿,两条胳膊放在已经有八个月身孕的大肚子上,时不时喘口粗气,哼哼几声。"对小玛丽也不薄。此外你不能带着玛丽在伦敦到处流浪。有人会把她从你身边抢走。"

"她是我的,"普拉克西丝说,"没人能抢走。"

"除非你正式办理收养手续,"考琳一本正经地说,"这就意味着,你必须结婚。回去吧,和威利结婚。"

"绝不。"普拉克西丝大声说。

"我觉得你这样做很不公平,"考琳说,"这样名不正言不顺地过日子和正式结婚有很大的不同。你需要担负更多的责任而不是相反。"

这时,迈克尔推开家门走了进来。今天他比平常回家早一点。他面色苍白,眼睛闪闪发光,径直到床上躺了下来。今天他业绩不错,卖了一辆"银色幽灵"。买车的人是一位伯爵十九岁的儿子。刚卖完车,他就喘了起来。

"哮喘这种病很讨厌。"考琳说。她安顿好丈夫。迈克尔的呼吸稍微平稳了一点。

"嫉妒,心里不平衡,"普拉克西丝有点尖刻地说,"他应该换一份工作,只和经济条件不如他的人打交道。"

"这和哮喘没半点儿关系。迈克尔对什么社会地位、金钱财富嗤之以鼻。"

原先那个考琳似乎已经完全变了个样儿,成了丈夫的代言人。

"你的考古学学得怎么样了?"普拉克西丝问。

"没什么实际用途,"考琳说,"尽管我必须说,"她补充道,语气欢快了一点,"通过考察文物,我对探寻古代贸易之路产生了浓厚的兴趣。以后,我还会继续学习。不过还得先安顿下来过日子,你说对吧。你总是和别人睡觉,想象不到和迈克尔结婚过日子有多么好!现在我们又有了孩子。等孩子生下来,我就让迈克尔参加网球俱乐部。我觉得,他主要是缺乏锻炼。"

不过看得出,她说这话的时候心里没底。她默默地看着普拉克西丝,希望她能说点让她心宽的话,但是普拉克西丝也没有什么好主意。她毫不怀疑,夜深人静的时候,考琳仍然暗自落泪,只是小心翼翼,克制着不让身边的丈夫听见。

一旦开始,普拉克西丝得出结论,就得走下去,不管前面是凶是吉。

可我不会,普拉克西丝想,我不会。

考琳拖着笨重的身子在狭窄的厨房里慢慢地走来走去。她在凉水里洗有缺口的杯子,挤在餐桌和橱柜之间好像动弹不得。她看起来不像是一个爱的对象,可是普拉克西丝假定她是。而且她眼下的状态,不管怎么说,也是爱的结果。玛丽看着她合不拢嘴。

"她肚子里那玩意儿怎么能出来呢?"她后来悄悄地对普拉克西丝说,"不会把她撑破吗?"

"当然不会。"普拉克西丝有点尖刻地说。不过她心里也有玛丽那样的担心。

她们在考琳家住了两晚上。一种做噩梦般的感觉一直缠绕着普拉克西丝。

在考琳家里,对她们的欢迎完全是出于礼貌和责任。考琳一心扑在体弱多病的丈夫迈克尔身上。她保护丈夫不受自己危难中的前女友干扰,可以理解。走出家门儿,更谈不到受欢迎了。满眼望去,没有一点熟悉的东西。伦敦大街那么陌生,来来往往的人们对她的困境视而不见。如何才能战胜这个地方,如何才能让人们从人群中把她区分开来,承认她的存在?

  威利根本就没有找她,普拉克西丝心烦意乱。她原指望他手提一把斧子,或者手拿一张法院传票,或者骂骂咧咧地来找她。可是连一点儿动静也没有。哪怕他庆幸她们俩突然从身边消失是件好事儿,并且因此而做出反应,也会给她一丝"慰藉"。

  "多会儿回家?"玛丽问。
  "我想,我们就在伦敦住吧。"普拉克西丝说。
  "我不喜欢伦敦。"玛丽说。
  "为什么不喜欢?"
  "你不得不在地板上睡觉。"
  "这种日子不会久。我会找到更舒服一点的地方。"
  "威利呢?"玛丽问,一双清澈明亮的眼睛看着她,目光中不无指责,"我的小朋友们怎么办?"
  她拉着脸,嘟嘟囔囔地抱怨着,慢吞吞地往前走。

  "你仅仅因为自己烦恼,就带着她这样乱跑,"考琳说,"太自私了……"她因为怀孕心烦,目光呆滞。
  "等把孩子生下来就好了,"她不停地说,"我就能做事儿了。现在不能弯腰,什么也干不了。"

  她主动提出,普拉克西丝出去找地方住的时候,她可以照顾玛丽一两天。

"如果不会给你添太多麻烦的话……"普拉克西丝说,心里很不是滋味儿,"只是你现在身子不方便……"

"没关系,她还能帮我干点活儿,"考琳说,"我扫地的时候,她还能帮我用簸箕把垃圾弄出去。"

普拉克西丝想,考琳,你现在还有什么梦想?想曲棍球比赛的奖杯和网球比赛奖杯吗?想和小伙子们在山坡上度过的那些夜晚吗?

普拉克西丝有点不情愿地去看望艾玛和菲利普。她知道,艾玛会可怜她,就像她可怜考琳一样。菲利普会摆出一副屈尊俯就的架势对待她。他和她第一次做爱记忆犹存,就像摆在餐桌子上的一瓶花,妨碍思想与语言的交流。

他或许会站在威利一边。不过就是站在威利一边又能怎么样呢?

"菲利普早就不和威利来往了,"艾玛傲慢地说,"别为这事儿着急。威利对他没有任何价值。菲利普只和那些对他促进世界发展进步的事业有帮助的人联系。"

"他现在在哪儿呢?"普拉克西丝问。菲利普在工作,艾玛用一种惊讶的口气说,好像他干的是一种异乎寻常的活儿——坐在工作室里,编辑商业节目,为独立电视台开播做准备。他们要建立一个商业电视台网,和BBC比个高低。

"这种电视台是不是和国家电视台格格不入呢?"普拉克西

丝问。威利把独立电视台的出现看作社会主义理想的破灭。"商业电视台的发展,"艾玛得意扬扬地笑着说,"可以引起革命性的变化。由于需求增加,降低了资本成本,消费者获利。当然,菲利普还没有加入到这个体系,他只是正在渗透其中。菲利普对于自己想做的事情总是胸有成竹。他们就坐在这个屋子里,"艾玛说,"编辑商业电视台的节目。没有人读过,更不要说看过那些节目的脚本。他们把这些事都称之为工作,回家的时候累得精疲力竭。"

菲利普对她说过,那是英国人近乎偏执的业余爱好的最好例证。缺乏"专业主义",还为之骄傲。结果,整个民族跪倒在地,革命因此而到来。

普拉克西丝从来没有听到过什么革命。

"菲利普聪明绝顶,"艾玛撇着红红的嘴唇说,"他总是走在最前面。"

菲利普和艾玛住在一幢很高、狭窄、干净的房子里,周围都是同样狭窄,但很脏的房子。艾玛房间窗台上摆着几盆花。街上,普通人家的孩子们玩耍,丑陋的女人坐在台阶上,年轻小伙子懒洋洋地修车。

"这个地方的房子肯定会升值,"艾玛说,"房地产经纪人都认为我们疯了。可是菲利普更懂。"

艾玛说出最后这几个字的时候,不无轻蔑。是因为心烦还是出于习惯,普拉克西丝不得而知。

"当然我们只是住中间这层。下面一层住着一个八十五岁的老太太。顶楼上住着一对已经七十三岁的双胞胎老头。他们受法律保护,不能强行让人家搬走,也不能给点好处就让人家走。"

"等他们死了,"艾玛平静地说,"整个房子就成我们的了。我盼望那一天。为了让这几个老东西早点死,我把菲利普的留声机声音放得老大。楼上两个老家伙就冲天花板撒尿,楼下的老太太往垃圾桶里拉屎。有一天,黄色的尿液从天花板上渗下来,滴答到餐桌上。正好菲利普请几个客户来吃饭。我忍不住哈哈大笑。"

艾玛十分快乐地笑着。她生了个小宝宝,还雇了个女孩儿照看。不过普拉克西丝没看见这两个人的踪影。

"我能看看小宝宝吗?"普拉克西丝问。

"看他干吗呀?"艾玛问,"没什么好玩儿的。只是爬来爬去,让人讨厌。"更麻烦的是她又怀上了。

"我用毛衣针捅他,宝贝儿。可是什么事情也没有发生。我想让那个小东西像他妈妈一样,脑袋上有个窟窿。菲利普当然兴高采烈。凡是让我倒霉的事儿,他都高兴。我已经做了两次人流,不能再做了。他们穿着哈利名医街①的套装,站在床边伸手要钱。要现金,不要支票。这就意味着,我必须从菲利普手里弄到现金,还不能让他知道干什么。菲利普认为,孩子越多越

---

① 哈利名医街:伦敦一条街的名称,以名医云集著称。

好。他想把他们用到商业广告上。'像小宝宝的屁股一样光滑柔软……'诸如此类的广告词。他说这里面有商机。"

艾玛虽然从总体上讲对普拉克西丝的命运很同情,但是对那些具体细节并不是很感兴趣。

"你当然不能再回到那个浑身散发着臭味儿的小矮子身边。"她说。

"可是我该到哪儿住,怎么生活呢?总不能在考琳的沙发上过一辈子吧。"

"当然不能。我想,那张沙发一定和它的主人一样窝窝囊囊,没有一点儿精神气儿。"

"再说还有玛丽。"

"玛丽的事儿你没有必要多想,普拉克西丝。你收养玛丽,完全是自找的。我们都觉得在这件事情上,你太傻。你可以把小玛丽留给那个威利,或者再送回到牧师家。"

"她就像我自己的孩子。她根本就不认奥尔布赖特家的人了。"

"哦,"艾玛说,轻轻地擦着红指甲,一会儿摆弄一下桌子上面放着的照片,一会儿吹掉什么东西上面的尘土,"我想,我们都得有个爱的对象。当然除了我。我没有什么需要我爱的人也能活。"

"你毫无疑问爱你的小宝宝。"

"孩子的事儿我都交给菲利普去干。"

艾玛昂着头在屋里走来走去,细高跟鞋在木地板上踩出一个个小坑。她穿着束身内衣,怀孕的肚子不太显。红嘴唇,母鹿般天真无邪的眼睛,浓重的香水味儿,总是在抱怨,总觉得厌烦。

她突然回转身看着普拉克西丝,眼里充满泪水,弄坏了下眼睫毛上的睫毛膏。
"不能再这样继续下去了。"她对普拉克西丝说。
"你会惊讶,"普拉克西丝说,"怎么继续下去了呢?或者怎样才能让它停下来呢?"

艾玛有一间多余的房,但没有让普拉克西丝哪怕暂住几天。她们俩都心照不宣,普拉克西丝不够高雅、不够漂亮、不够有趣,没资格住在这里。此外,她感冒了,艾玛怕被她传染。

普拉克西丝用一双水汪汪的眼睛和听不太清楚的耳朵感受这个世界。鼻孔边有点疼。
"你应该卧床休息。"艾玛说。
"我没有一张可以卧的床呀!"普拉克西丝说。
"那就在考琳的长沙发上凑合吧,"艾玛说,"我敢断定,她很高兴有人做伴。说话鼻音越重越好。她显然喜欢这样说话。她那个推销员丈夫整个婚礼一直连呼哧带喘。或者你是不是觉得她很绝望?"
"我觉得她很爱他。"普拉克西丝说。艾玛用怜悯的眼光看着她,然后拿起一把扫帚,使劲敲打地板,吓唬住在楼下的老太太。紧接着跑过几级楼梯——普拉克西丝看见价签儿还拴在高跟鞋的后跟上——跑到卧室,敲打天花板,骚扰那一对双胞胎老头。

"你真是闲着没事儿干,"普拉克西丝说,"你为什么不去找点活儿干呢?"

"还不是为了孩子嘛,"艾玛很平静地说,"菲利普说,母亲出去工作,对孩子成长不利。求你了,我可不想你在这件事情上说三道四。"

普拉克西丝只好闭上嘴巴。

"菲利普快回来了。"艾玛说,打住话头,显然要送客了。

"你今儿个来找我,可是没选对日子,"艾玛站在门口台阶上说,"见到你很高兴。安顿下来之后,欢迎你再来。我这个人百无一用,什么忙也帮不了。只能陪你一起玩玩。现在你要做的是,普拉克西丝,赶快找个有发展前景的好男人嫁了,带他来吃饭。你也得注意一下自个儿的衣着打扮。自从我认识你,你就一直穿一件脏兮兮的黑外套。为什么?"

普拉克西丝想对她说,因为教堂义卖的都是这样的衣服。如果我穿黑缎子上衣、荷叶边儿红色西班牙迷你裙——我那套拉夫尔斯"工作服",你就知道我的底细了。

你甚至会告诉菲利普。像以往一样,菲利普在普拉克西丝心里还有一席之地。

普拉克西丝在办公室外面见到希尔达。姐姐六点差一刻走下台阶。她步履轻捷,正和一位面如菜色的同事兴致勃勃地谈着什么。她朝普拉克西丝打了个手势,让她别出声,等她和那个人谈完话,才走过来。尽管天气很暖和,但她穿一件裘皮外衣。脸色苍白,看起来十分冷漠,一双棕色眼睛也冷冰冰的。

"你应该先打电话跟我预约一下,"希尔达说,"我今天晚上要去看歌剧,没有时间陪你。"不过她同意带普拉克西丝到一家卖三明治的店里喝杯咖啡。

"威利给我来电话,说到你的情况,"希尔达说,"我觉得你太不负责任了。你就这样拍拍屁股走人,那个家谁管?谁去看望母亲?"

普拉克西丝鼓起勇气说:"为什么这些事情都得我管,你就没责任了?"

"我是老大,我在赚钱,"希尔达说,"你能干什么呢?我怎么能回布赖顿呢?他让我告诉你,他想让玛丽回去。如果到这个周末你还不把她送回去,他就要报告儿童福利部。"

"他怎么能照顾她呢?"普拉克西丝反驳道,"他一天到晚在外面工作。"

"我估计他会让卡拉搬过去。"

"谁是卡拉?"

"威利的女朋友。"希尔达满不在乎地说。

普拉克西丝手里的咖啡杯颤抖了几下。

"威利想和卡拉结婚。她只是个售货员,可是威利不介意。我想也许因为他不像我们这样,有很好的家庭背景。"

普拉克西丝端详着姐姐那张冷漠的、不动声色的脸。这张脸上的表情没有恶意,这一点她看得很清楚。那是一种谨慎、感兴趣,而又没有同情心的表情。她想抱住她,对她说,是我,我,帕蒂,你的妹妹,帮帮我。可是,倘若那样,希尔达只能感到迷惑不解,感到尴尬。

"你不知道那个卡拉?"希尔达问,"他跟我讲过她,为什么没告诉你?她在他上班的那个地方一家小卖部工作。我想,她很能干,也很干净。她可以把我们那个家照顾得很好。我觉得,我们还可以请她去看望妈妈。我们俩甚至可以集资,帕蒂,给她点钱让她去看妈妈。她肯定愿意。有时候,想到妈妈对我们压根儿就没有做过什么,我真不知道我们干吗要这样费心劳神地管她。"

"她已经尽力了。"听了希尔达的话,帕蒂很惊讶,含着眼泪喃喃地说。离开威利是一码事儿,让他称心如意是另外一码事儿;离开自己的家是一码事儿,而这么快就被别人替代,是另外一码事儿。

"她不应该让我们失去父亲。"希尔达说,看了看她那个小巧玲珑的钻石手表。

"那是我们的家,"普拉克西丝说,"威利不能随便让什么人搬进去住。"

"可是总得有个'什么人'照看房子呀,"希尔达说,"而且我说过,他还想要玛丽。"

"他不能要她。"

"现实点儿吧,"希尔达说,"你毕竟是尽人皆知的妓女。威利只要举起小手指,说一句玛丽处于道德危险中,你就永远见不到她了。"

"这是威利告诉你的吗?我是一个尽人皆知的妓女?"

"你堕落成这个样子并不奇怪,"希尔达很平静地说,"伦纳德小姐影响了你。当然,玛丽给你增加了负担,让你日子更难。她是基督的敌人。我警告过威利,可他哈哈大笑。哦,以后他会明白的。"

她站起来要走。

"你喜欢我的外套吗?这是防静电的。如果你也有这样一件衣服,就会发现它的保护作用。"

有一会儿,她看起来很难过。妹妹陷入困境的痛苦似乎穿透了她身上厚厚的盔甲。可是她使劲甩了一下头,好像甩掉了心中的疑虑和沮丧,扬长而去。普拉克西丝付了账单,坐火车回到布赖顿。玛丽留在考琳那儿很安全。

下午六点前,普拉克西丝走到霍尔顿路 109 号门前。这些天,威利的习惯是六点半回家。

普拉克西丝对自己说,这不是他的家,是我的家。威利不过是一个可怜的寄生虫,爬到了我的血肉里,现在必须把他挖出来。

虽然已经回到布赖顿,但是伦敦给予她的那种噩梦般的感觉不但没有消散,反而更加浓重。她对这个地方心存恐惧。往日发生在这里的事情让她心有余悸,正在发生的事情更让她心神不定,至于等待她的将是怎样的前景也无法预测。

普拉克西丝站在家门外面。那是一个灰暗的下午。天低云暗。乌云像巨大的蝙蝠,扇动着翅膀,在她家屋顶上飞翔。那么熟悉的涛声平日里充耳不闻,今夜却震耳欲聋,那是她不得安宁、充满敌意的生存背景。

她打开前门,听见有人在唱歌。有一会儿,她想一定是妈妈回来了。露西又变得年轻,心不在焉地唱着,仿佛为了遮掩自己那一片空白的思想——在她和世界之间竖起一块屏障。普拉克西丝不爱听妈妈唱歌。别人心里想,瞧,露西多快乐呀!唱歌呢!可是只有孩子们知道实情。

普拉克西丝从厨房走过,灯开着。一个年轻姑娘正跪在地上擦地板。她戴着胶皮手套,一边干活儿,一边唱歌。厨房收拾得干净明亮,其乐融融。花瓶里插着鲜花,壁炉台上先前摆放的那些杂七杂八的小玩意儿也被清理一空。炉子里的火已经灭了。普拉克西丝记得,很早以前,家里的厨房就是这个样子。那时候,那位满头银发、温文尔雅、鸡巴硬、会疼人、实现了思想上哲学转向的老先生还很年轻。他有没有把小普拉克西丝放在膝盖上,伸出指甲修剪得十分漂亮的手指摸着她的下巴颏玩?

哦,我老了,普拉克西丝想。我这么老。我太老了,不能继续活下去。

那个女孩儿直起腰,似乎有点尴尬。正如希尔达所说,她相貌平平,浅色头发,电烫过,一双水灵灵的蓝眼睛,说话带鼻音。

"你是普拉克西丝吧,"她说,"我跟威利说过,你会回来的,可他不信。他说你不敢。我是卡拉。"

她脱下围裙、摘掉手套,向普拉克西丝伸出红红的、皱皱巴巴的手。普拉克西丝没有和她握手。不是因为对她有敌意,而是突然之间仿佛看见这只手和威利有过的肌肤之亲。

她不应该介意。没必要介意。可还是介意。

"我过去觉得这事儿不好,"卡拉说,"可是他跟我说了你干的那些事情之后,我就觉得无所谓了。他的心情一直非常不好。之所以和我走到一起,也就是心情不好的缘故。这一点我懂。后来,事情就变得不一样了。你喜欢威利,是吗?"

"你说,我干什么了?"

"哦,"卡拉说,脸涨得通红,"你和杂货店那个姑娘在'拉夫尔斯'干的那活儿呀。我父亲有个汽车修理厂。她父亲出车祸后,那辆破车就是我爸爸给拖走的。到处都是血。吓死人!"

普拉克西丝想,男人通常愿意娶比自己穷、受教育程度低、社会地位也低的女人为妻。女人却愿意找个比自己高的男人嫁出去。所以世界上每个妻子都自然而然觉得自己无论社会地位还是家庭地位都比丈夫低。也许只有这样,家庭才能和睦。丈夫俯视妻子,妻子仰望丈夫。如果我能仰望威利就好了。

也许,普拉克西丝想,这就是麻烦之所在。我和威利太接近了。他费尽心机中断我的学业,不让我找工作赚钱,迫使我卖淫。是的,他确实费尽心机。当然,把这一切都归罪于他也很可笑。这一切都不是他亲手所为。他动动手指,我就心甘情愿地朝他指的方向跑。

她没有说话,在椅子上一屁股坐下。她不断地提醒自己,这是她的厨房,她的椅子。卡拉穿一件淡粉色安哥拉山羊绒外套。

"我喜欢你这件外套。"普拉克西丝说。

"威利买的,"卡拉说,"我想,我们要结婚了。经历了这一切,我不能穿白衣服和他结婚。你知道他是个什么样的人。一直就知道。你不肯嫁给他。他向你求过婚。我说过,他应该向你求婚。你拒绝了他。你想找个什么样的男人呢?他只好再找别人。他需要妻子。男人有权利找妻子。"

她用鼻音很重的声音生气地说,为威利辩护。

"我最后一次见威利,"普拉克西丝想说,但是没有说,"仅仅几天之前。他利用玛丽上学、他上班两分钟的'时间差',在楼梯上操了我。我坐在楼梯平台上和他挥手告别。他和你说的都是谎话,女售货员。只有女售货员才能相信的谎话。"

窗户前面一只金丝雀在笼子里歌唱。

"我把我的鸟儿带来了,"卡拉说,"我特别喜欢这只鸟。它唱出我的心声。威利说,带来吧。我说你会回来的。他说你不敢。"

我一直对你撒那种妓女才撒的谎,威利。不,也许我不敢,也许我要离开。"你不能穿着一件擦地板时穿的羊毛衫结婚呀。"普拉克西丝说。

"外面套着围裙呢,"卡拉连忙说,"只是因为安哥拉羊毛衫非常柔软,穿着非常舒服,我忍不住想穿。威利回来之前,我就脱掉。"

普拉克西丝从卡拉身上看到自己的影子,对她的态度友好起来。

"这件事情让我心里不好受,"卡拉说,"可问题是,除了这儿,威利和我无处可去。你姐姐希尔达——我很赞赏她,她聪明能干。不过她那些抗静电呀,静电损害大脑呀的说法,我不懂。你说是真的吗?她说,我们找到住房前,可以先住在这儿。我把房子收拾得干干净净,照顾好小玛丽。你不能让她离开学校,离开她已经熟悉的一切。我的意思是,如果你真的爱她,就不能带走她……威利告诉了我许多关于她的事儿,我觉得已经认识她了。希尔达还说,如果我能偶尔去看看你母亲过得怎么样……"她突然停了下来。

一双蓝眼睛里充满恳求的泪水。

"你知道威利是个什么人……"她说,"有时候日子很难。"

他有一点儿积蓄,我们可以在海边买一幢小房子,我可以招几个寄宿生。不过,你知道威利是个什么人。"

"是的,"普拉克西丝说,"我知道威利是个什么人。"心里想:如果你能从他手里弄到一件粉红色安哥拉羊毛衫,或许就能让他再给你买幢小房子。嘴上却说:"当然可以住在这儿。有时间就去看看我母亲。我将感激不尽。如果你告诉她,去看望她的是我,她或许不会怀疑。最近这些天,你说什么她都信。是吃那种新药的原因。"

"玛丽的事儿怎么办?"

"不知道,"普拉克西丝说,"我得想想玛丽的事儿。我能不能问一句,你这件粉红色安哥拉羊毛衫是新的,还是二手货?"

"新的,"卡拉有点生气地说,"当然是新的。"

起风了。普拉克西丝向车站走去,风在耳边呼啸。黑蝙蝠般的乌云紧紧地跟着她,仿佛普拉克西丝是它特别关注的目标。她紧贴篱笆和树篱走着,心里充满恐惧,脑子一片空白。火车开了,布赖顿留在身后。"蝙蝠"消散,乌云渐渐恢复成平常的形状。以那样的方式和父亲邂逅的震撼和痛苦,盖过了她的尊严和感情最近遭受的所有打击。那就像一个巨大的魔鬼,将一群小一点的魔鬼都聚集在他那蝙蝠般的翅膀下面,直到以后适当的时候再把他们释放出来。

普拉克西丝心里想,真情和魔鬼其实是一回事。

十九

盛夏时我几乎记不得什么是寒冷。酒足饭饱时记不得什么是饥饿。可是,你要注意,有钱的时候我却还记得贫穷的滋味。尽管我也会嘲笑那些穷人,纳闷为什么他们安于清贫。但我努力记着自己曾经过过的苦日子,不去小看他们。

我还记得自己怎样在伦敦街头游荡,因为已经失去威利、即将失去玛丽而哭泣。全然没有认识到,是我自己的行为、自己的愚笨造成眼下的困境。不过,不管怎么说,玛丽也好,威利也罢,都不属于我自己。

即使玛丽是我自己的孩子,威利是我合法的配偶,我还是没有权利说他们是我的。孩子,我们只不过是庇护他们一段时间;男人,我们只不过和他们在一起生活一段时间,仅此而已。我们不欠他们的,他们也不欠我们的。我认为,我们欠朋友,特别是女性朋友更多。艾玛在我危难之际没有伸出援手,考琳为了照顾丈夫,给我的帮助也十分有限。对此我或许有理由抱怨。但我并不生气。我想,在大家眼里,一个男人的方便比一个女人的痛苦更重要。

威利给另外一个女人买了一件粉红色新羊毛衫,而我自己一直从二手商店买落满灰尘的黑布衣服凑合。我知道之后愤愤不平。现在回想起来,觉得非常可笑。为什么我自个儿不能买一件喜欢的外套呢?为什么我希望别人给自己买,没人给买就生气呢?

为什么我在"拉夫尔斯"做"业余妓女"的时候,本来既不是特别不光彩,也不是特别可耻,为什么非要把它搞成丢人现眼的秘密呢?我毕竟是在赚钱啊——除了作为技术未必很好的清洁工,或者洗衣妇之外,给男人提供这个世界允许我提供的为数不多的服务之一。而且我在家里不是也干这活儿嘛!只是不赚钱罢了。与此同时,我也获得了身体上愉悦的感觉,延展了我的人道意识。我可以随便选择顾客,剩下的时间照顾家庭和孩子。为什么切身体验显示那样做并没有什么不好,却轻易让自己相信那是无耻下流?

当然,许多,甚至大多数妓女都是下贱、卑鄙的。但在我看来,那展示在街头(或者酒吧凳子上)的下贱与卑鄙,无论对男人还是对女人,都是一条出路,而不是一条堕落之路。对我也一样。

那么这道"美丽光谱"另外那边就真的那么好吗?那些居家过日子的普通女人挺着大肚子在妇产医院晃来晃去,就不下贱、不卑鄙吗?在我看来,这既非精神崇高,也非道德伟大,她们不过是完成了生物体盲目延续的过程罢了。

至于希尔达的疯狂,至少使得她从对于老鼠或者星星或者静电的狂想,发展到做一些切切实实的事情,从而赢得了同代人的尊重,可以晚上到歌剧院看歌剧。我相信,如果她是男人,即使如此缺乏理性,也不会被轻而易举地解释为发疯,偏执狂。其实说她疯狂更合适,就像摆脱不了的兴趣——社交、宗教、国家、政治更适合男人一样。他们因此可以从家庭事务和密切的家属关系中解脱出来。

你知道吗?现在我觉得好点了。

二十

威利不停地给普拉克西丝来信——指责,哀求,威胁,争论。实际上,他并不真的想让她回来,就像并不想真的和卡拉结婚一样。普拉克西丝担心,他之所以非要把玛丽弄到身边,是因为只要把玛丽抓到手,就能保住这个房子。

可是玛丽想回去。

"我不回去你也愿意?"普拉克西丝问,觉得很受伤害。

"你可以随时回去看我呀。"玛丽说。考琳夸玛丽真是个顾全大局的好孩子。迈克尔因为哮喘病发作住进医院,考琳现在也很愿意普拉克西丝留在她家。别的不说,就只身孕六甲这一点,她就希望有个人待在身边。家里没有电话,邻居们一天到晚都上班,夜里更没有能帮忙的人。迈克尔的病其实也很危险。如果只剩下她一个人,用考琳的话说,就只能自个儿"孵出来"了。

"下星期就要考阅读课了,"玛丽说,"我不能错过。"

"你知道你的阅读课学得很好,"普拉克西丝说,"还在乎别人怎么看吗?"

"当然在乎。"玛丽回答道。她是个很守规矩的孩子,天性务实,总是用平静的目光看着你。有时候,小玛丽会紧紧地抱着她,告诉她爱她。那种坦诚和直率普拉克西丝觉得自己很难做到。玛丽长大了想当医生。她从五岁起就立下这个志愿。六岁的时候,问威利能不能送她一台显微镜当圣诞节礼物。威利送了她一台,虽然是二手货。玛丽对威利的工作比普拉克西丝还感兴趣。威利毫不掩饰他对小玛丽的赞赏和感谢。事实上,威利和玛丽是父女关系。他虽然对她关心,不无兴趣,但总是若即若离。她也一样,尽管是个尽职尽责的孩子。他们很少有肌肤接触。不知道为什么,普拉克西丝看到他们俩太过亲近,就很紧张。玛丽对自己出生时的情况略知一二。她常常指着那块被炸弹炸成一片瓦砾的空地,骄傲地对小朋友们说:"我就生在那儿。"后来,那儿建起一座十层高的写字楼,但是她童年时代,那儿还没有清理。普拉克西丝含糊其词地对她说,她的父亲是个美国军人,和她母亲结婚不久就在一次军事行动中牺牲。和所有领悟能力强的孩子一样,玛丽很精明,没有刨根问底。她有一种宿命感。

"真不知道为什么要救我!"她常常这样说。

玛丽回去和威利一起生活,参加了阅读考试,成绩当然很好。威利和卡拉结婚。卡拉负责照料玛丽,打扫霍尔顿路109号,伺候威利,还得当她那个小卖部的售货员,星期天去看望露西。普拉克西丝不再哭泣,很为卡拉难过。

与此同时,考琳生下了孩子。就在那天,还在住院的迈克尔丢了工作。事情就是这样凑巧。他经常上不了班,上班的时候也总是耷拉着个脸。考琳去医院的时候,收到邮局寄来的解聘信。她生下个女儿,满头卷曲的红发,一张坚忍不拔的脸。普拉克西丝不由得想起上大学时的考琳——那个曲棍球选手、只是在夜晚哭泣的姑娘。现在她也还是夜里哭,白天绝不流泪。考琳的母亲来医院看她,虽然为过去对女儿照顾不周哭鼻子抹眼泪,但眼下又不会提供任何帮助。至于以后就更别指望什么了。考琳的父亲让情妇送来几朵百合花。花儿插在覆盖了一层绿色苔藓的塑料泡沫里,因为正值冬天,蔫头耷脑无精打采。普拉克西丝在一家公司找了一个文书的差事,还住在迈克尔和考琳租的那幢房子里。考琳住院期间由她照顾迈克尔。因为就在考琳入院那天下午,迈克尔因为被解雇而被迫出院。

迈克尔和普拉克西丝小心翼翼,保持着一定的距离。那时候,异性独处,很容易立刻就同眠共枕。夜里,躺在墙壁两面,睡不着觉,他们就想象两个人做爱的可能和相互间的满足。不过,最终都还忠于考琳,没有做什么出格的事情。

迈克尔到伦敦澳大利亚高级专员公署打听移民的可能性。不到一个月,他和考琳、小宝宝就走了。留下普拉克西丝一个人继续住在这间租期五年的小屋里,还有几件搬走比置换还要贵的旧家具。普拉克西丝前途未卜,眼前只有一个冷水龙头。

每个月第一个星期日,普拉克西丝都要回布赖顿看望玛丽。威利淡淡的,远不如卡拉对她热情。普拉克西丝帮卡拉做星期日的午餐,和玛丽聊天。十二点,威利从书房出来——他和卡拉现在似乎已经就此达成共识——看看表,说:"哦,我想现在你该到'拉夫尔斯'去了吧。"普拉克西丝咬着牙,嘴角挂着一丝微笑,什么也没说。"你怀念那种生活吗?"普拉克西丝还是一言不发。不过他目光里有一种受伤害后的绝望。这表情让她原谅了他无耻的行为。她毕竟在性的问题上背叛了他,而且更糟糕的是,偶然和她联系的一位顾客居然是威利工作单位的上司。

有一次,卡拉出去给炉子弄煤的时候,威利把她逼到走廊楼梯下面暗室门口,要和她做爱。尽管这种事儿他们以前经常干,可是现在因为卡拉的缘故,她不肯就范。

"我还爱你,"他坚持说,"我还要你。"

"你应该自个儿去弄煤,而不是把这活儿留给卡拉。"

"她不就会干这种活儿吗?"他悻悻地说,"你压根儿就不应该离开。"

"那我回来的时候,你就更热情点儿。"

"为什么呢?你是个婊子,妓女。你疯了,像你母亲和姐姐。"

他把话说到这份儿上也就到头了。她哭着说,那是因为过去改变了她,现实丢弃了她,未来没有给她任何希望。不是因为失去或者拥有威利的爱。恰恰相反,她喜欢凌驾于他之上的那种力量。她可以对他随便发脾气,而不怕失掉他的爱。

她错看了菲利普和威利。菲利普爱已经得到的女人,不管多么不合口味;而威利只爱不可企及的女人。普拉克西丝看到卡拉现在灰头土脸、黯然无光,心里不由得生出几分得意。

每月一次的这个星期日下午,普拉克西丝去看母亲。
"你和前几天来的那个女孩是同一个人吗?"妈妈问,有点迷惑不解,"她看起来比你小,要么就是你又长了。"普拉克西丝喃喃着随便应付几句,她就满意了。
"你瞧,"护士说,"她已经好多了。我相信,用不了多久,你就可以接她回家了。"
护士留着乌黑的短发,几乎像男人的脸,下巴上面有一道疤痕,好像是被飞来的玻璃碎片划破留下的。有一次,看望妈妈的时候,普拉克西丝提出卖掉霍尔顿路那幢房子的事,其实也就是想做点投机买卖,没有别的意思。露西听了,一双茫然失神的眼睛突然变得明亮起来,使劲摇头,浑身颤抖,普拉克西丝不得不叫来护士。护士柔声细语,好一阵安慰,露西才平静下来。

母亲好一点之后,护士生气地说:"你跟她说什么了?"她正在喝茶,被普拉克西丝叫来,处理这事儿。
"那是她的家,"护士说,"你不能越过她处理房子。她就剩那点东西了。"
"她受了那么多苦,"护士说,"带着两个小女儿,没有人帮助。还有那些坏透了的律师!"
看来这位护士和别人一样,对露西的事儿一清二楚。

"你知道,我们也会聊天儿,"护士说,"晚上服药之前。那时候,早晨服的药快过劲儿了。你母亲也很愿意说话。"

"我们这儿有那么多被遗弃的妻子,"护士说,"真让人惊讶。或者被丈夫迫害的妻子。真让你不敢结婚呀!"她乐呵呵地笑了起来。

这个世界怜悯你——一个老姑娘,普拉克西丝想,你便也自艾自怜起来。他们认为,你自己也认为,你只配伺候别人。因为没有自己的孩子需要照顾,就必须去照顾那些无助的成年人。他们不无怜惜地说,真是个好女人。那道疤痕也是一场悲剧造成的。我是个好女人,寂寞孤独的夜晚,你从坟墓里对自己说。宁愿平安也不要悲伤。

而我,宁愿伤心一百次也不要平安。
我是这样吗?很伤心,一点儿也不平安。

"如果来看望她的人打搅了她,还不如谁也不来,"护士生气地说,"从来没有一个人像那个姑娘一样找麻烦。她也是你的亲戚?"

"卡拉?就算个亲戚吧。"

"这些日子,净她来找麻烦,"护士说,"家庭关系中太多暧昧不清的东西,生活中也太多的放纵。"

她说话的语气听起来平平淡淡,但是让你觉得她什么都知道,而且为了不让普拉克西丝难堪,连看也没有看她一眼。也许她有个哥哥经常出入于"拉夫尔斯"。普拉克西丝不等探视时间结束,就离开医院。母亲吻了吻她的面颊。这可是难得之举,热泪突然模糊了普拉克西丝的视线。

"不要烦恼,"母亲说,让人非常惊讶,"你会好起来的。"

离开医院之后,普拉克西丝觉得自己脸上有一种和希尔达相似的表情,不得不小心翼翼地将自己的五官、轮廓做一点调整。疑惑妈妈已经完全清醒,这本身就是发疯。脑子清醒的人不会情愿待在精神病院,而不回到真实的世界。

普拉克西丝去看望伊莱恩。她正在柜台后面摆弄大麦糖和硬薄荷糖罐子。

"你为什么突然不辞而别了?"伊莱恩问,"没什么意思了。我现在也不再去'拉夫尔斯'了。德里克又找了个女孩儿。不过那丫头不怎么样。我被一个疯子揍了一顿,差点儿让他咬掉半个耳朵。不过坏事儿有时候也会引出好的结果。现在我和一位年轻医生的关系挺稳定。我得说,"她若有所思地说,"生活总会教给你一两样书本上学不到的东西。"

普拉克西丝觉得就是这么回事儿。不过她学不会引诱男人。那需要一种情色幻想。一个人要主动给另外一个人什么,其实并非易事。但是她学会了性刺激,高潮,再高潮。这也是值得的。

"哦,"她支支吾吾地说,"活着,就能学会点什么。"她想起伊莱恩小时候的样子。那时候她在学校和希尔达一样优秀,披挂的绶带几乎和希尔达的一样长。可是现在,又回到自家的杂货铺摆弄糖果。

"但愿你能和那个医生继续交往下去。"她说。

"那个柔声细语的老头来找过你,"伊莱恩说,"我对他说,你突然到伦敦去了。他听了好像不大高兴。"

"他没跟你回来?"

"没有。我倒是邀请他了,可他没兴趣。很遗憾。他人非常好。真正的绅士。跟他干可以换换口味。他是犹太人吗?他的鼻子挺像犹太人。"

"我记得他好像是大卫王的后代。"普拉克西丝说。

"他们都有点名堂。我觉得犹太人也没有什么不好。你可以去以色列,和阿拉伯人打仗,真的开始干一番事业。建立一个新国家。"

"你心目中的新国家。"普拉克西丝说。

"如果你是女人,渴望建立一个新国家,"伊莱恩说,"就我个人而言,我情愿拿起枪上战场。"她一边说,一边摆弄那些糖果——小孩儿喜欢吃的泡泡糖、水果糖、大棒棒糖。她就成了这样一个普普通通的年轻女人——耳朵上贴着膏药,经营着一家小杂货店。

"现在你真的离开了威利,玛丽的事儿也安排得很好。"艾玛说。现在她不再担心普拉克西丝会住她那间空屋子,态度变得友好起来。普拉克西丝也不再哭哭啼啼。"你必须开始为自己做点什么了。"

她带普拉克西丝去发廊,把头发剪短,染成金黄色。花了普拉克西丝不少钱。她还把自己不喜欢的衣服半价卖给普拉克西丝。普拉克西丝总觉得物非所值。那些衣服大多是大红、鲜黄、翠绿。普拉克西丝从艾玛的镜子里面看着自己,觉得就像个玩具娃娃,虽然漂亮,但是神情呆板,没有个性。她想起小时候自己在海滩上玩的情景,想起那张照片。但是,她立刻关闭了记忆的大门——那里装满了痛苦。她不想回首往事。

"都是门面上的事儿,总得把自己打扮得漂亮点。"艾玛说。

菲利普下班回来,两只手的拇指和食指做成一个平行四边形,把普拉克西丝"框"在里面。

"'变形'后的照片。"他说。

"我可不知道这形变得好还是不好。"普拉克西丝说。

"我也不知道,"菲利普说,"不过如果艾玛愿意把你打扮成这个模样,大概就不错吧。"

艾玛大声叹了一口气,走了出去。普拉克西丝发现,菲利普一进屋,艾玛就走出去。菲利普已经不再是年轻时那副模样,普拉克西丝觉得他有点让人望而生畏。他仍然甜甜地微笑着,但那微笑背后似乎隐藏着什么。到底是什么,她也说不出来。艾玛似乎总在生他的气。她看得一清二楚,菲利普却好像压根儿没有注意到。普拉克西丝觉得这是一种非常不近人情的表现。发现艾玛是他的"牺牲品"之后,她在菲利普面前开始变得不再那么拘束了。

普拉克西丝申请BBC一个研究部门的工作,没有得到,因为资质不够。但是在接待部门找到一份工作。她金发碧眼,年轻漂亮,通情达理,风度翩翩。人事部门说,这么多优秀品质集中在一个女人身上难能可贵。

她很喜欢这份工作。坐在挺高的接待台后面的长凳上,很是气派。桌子有专人擦抹得干干净净,一杯杯咖啡隔一会儿就会送来,连杯子也用不着她洗。一天到晚,没有多少事情可做,只是做些小小不言的决定。对她来说,不费吹灰之力,可是似乎忙坏了那两个和她并排坐在一起的姑娘。一会儿按铃叫这个,一会儿按铃叫那个;让这个等一会儿,放那个进去。对那些夸大其词、实际上无足轻重的人不予理睬,对那些举止谦和甚至怯生生的人多一点帮助。表示歉意、强调某个理由,安排应酬,组织活动。这就是她的工作。和霍尔顿路109号、威利、玛丽以及"拉夫尔斯广场潜水队"那些"活儿"相比,根本算不了什么。她的指甲很长,染上好看的颜色。很快被提升为接待主管。

普拉克西丝心里想,这活儿尽管不理想,但也不错。她常去参加聚会,虽然没人陪伴。和邂逅相逢的人,甚至和"东道主"

· 221 ·

睡觉,不过没有"修成正果"。

"当然不会有什么结果,"艾玛生气地说,"你不应该哄骗人家。"

"我不愿意找麻烦,"普拉克西丝说,"在台阶上就远远超过搂搂抱抱了。"

"真不知道你会怎样收场,"艾玛说,"当心别染上性病。"

菲利普被提拔。双胞胎老哥俩中的一个患支气管炎和肺炎一命呜呼。房顶还在漏。究竟是艾玛不肯修补,还是菲利普忘到脑后,普拉克西丝不清楚。艾玛当然声称是她不愿意修补。艾玛说,那个老头也来日无多了。他心力交瘁,不堪一击。等到老家伙上了西天,她就可以把上面的阁楼改造成育儿室。倘若那样,那两个名叫维多利亚和詹森的孩子就越发难得一见了。或者这只是她自个儿的想法。

现在普拉克西丝知道许多大人物和名人的轶事,还可以在BBC的酒吧里吃三明治,喝果汁啤酒。艾玛偶尔请她吃饭,对面坐着个瘦小的男人。

"你要对这个人特别好,"艾玛说,一直把电话打到BBC接待室,"他是一种新汤粉的产品经理。菲利普的一个大客户。看在上帝分上,穿低胸连衣裙。"

"你说'要特别好'是什么意思?"

"你还不知道吗?"艾玛说,"他一个人住在伦敦,还没结婚。

我不愿意过这样的生活。我希望菲利普是获诺贝尔奖的料,而不是只会做买卖的商人,利欲熏心。可是现在这个样子,我也只能尽力帮忙了。"

"你没帮他什么忙呀,你自个儿也知道,"普拉克西丝说,"他只是做广告赚钱,好让你衣食无忧,还雇得起保姆带孩子。你不该看不起他。"

"等你结了婚,你就明白了。"艾玛说,挂断电话。

她不管是不是打搅了普拉克西丝,几乎立刻又把电话打了过来。

"不过我想不会有人娶你。你这人太尖刻了。"

"艾玛,我得走了。总监在接待室。他要的出租车还没来。"

"我结婚了,"艾玛说,"想怎么尖刻就怎么尖刻。这种感觉棒极了。我说的都是实话。你想象不出那是多么难得的乐事。不过,你现在还消受不起。"

"艾玛,我在工作。"

"难得的乐事!"艾玛说,"我就是喜欢尖酸刻薄。"电话挂断。

普拉克西丝三个月之内结婚,四个月之内怀孕。她嫁的那个人就是那位新汤粉的产品经理。那天,按照艾玛的指示,吃饭的时候她穿了一件领口开得很低的连衣裙。后来,怀的也是他的孩子。("你可太棒了!"艾玛大呼小叫起来,"同一个男人的种!")那人名叫艾弗,是一位土地测量员的独子。上过文法学校和商业学校,三十岁,在公司已经做到中层管理人员,志满意得。他长得英俊,黑头发很短,棕色眼睛清澈明亮,嘴唇棱角分明,牙齿洁白整齐,宽肩膀、窄屁股,身材很好。他的衬衫雪白,领带按照传统的方法,系得很漂亮。皮鞋擦得锃亮,说话时很镇定,显得信心十足。他知道自己迟早会成为董事会主席。他对普拉克西丝说,他发现菲利普和艾玛放荡不羁,喜欢刺激。他很高兴他们能请他去吃饭。那天,艾弗系了一条引人注目的领带,看到普拉克西丝裸露的乳沟,心里很是紧张。吃饭的时候,便直盯盯地看着她的脸,有时候,目光往下滑动,倏忽间又向上飘去,好像被自己的行为吓了一跳。他对她说资本成本、投资、工资价格螺旋上升。他说的这些事情,普拉克西丝居然都懂,这很让他惊讶。他又给她讲市场营销,讲一个新产品上市后会发生什么事情。产品——就他而言是汤粉——在开辟市场、形成品牌时,必须把原料质量放在第一位。他办公室墙上的图表显示,随着营销策略的贯彻执行,原料成本——所谓原料质量另外一种说法——逐步缩减,直到以最低的成本达到最大的销售量。

他说,广告的好处在于,不必保持产品质量,就能使销售量不断增加。"广告这玩意儿很好玩。"他说,有点羞怯地瞥了一眼两位男女主人,还大着胆子把目光投向普拉克西丝的乳沟。

他看起来就像服装公司广告上的人物,普拉克西丝得出这样一个结论。她就应该嫁给这样的人。和善,漂亮,思维前瞻,又比较传统,受人尊敬。她没有想过他会娶她为妻,觉得他恐怕连这个念头都不会产生。他需要一个保守传统、谈吐文雅、教养良好的姑娘。学过烹饪,会做大餐,懂得插花艺术。订婚一年之后,父母能送给她华美的婚纱,举行盛大的婚宴。

妈妈,见见我的未婚夫艾弗。艾弗,这是我的妈妈,露西。艾弗,这位是我的姐姐希尔达。是的,她很聪明,在政府行政部门工作。她为什么吃饭的时候穿裘皮外套?你瞧,她怕静电干扰。现在,人们用尼龙织地毯,到处都是化纤。哦,艾弗,别把狗带来。可能出事儿。犄角旮旯都有耗子药。你知道白天也会有星星闪烁吗?

希尔达最近运气不好。普拉克西丝有时候和她一起吃午饭。她微笑时似乎做鬼脸,一脸苦相。或者是普拉克西丝这样认为。别人并没有注意到。

是西帕提亚,不是希尔达。普拉克西丝想,你只需回来,找到真正的敌人,面对邪恶的真相,用犀利的目光压倒对方,就会感觉更好一点。我的姐姐西帕提亚。

艾弗开着他那辆 M.G. 跑车,把普拉克西丝送回到她住的公寓。他车开得又快又稳,让她觉得既安全又兴奋。而他对她的赞赏,更让她平添了一种安全之感。

他问她能不能去她家喝杯咖啡。她说,当然可以。艾弗简直不敢相信自己运气这么好。

普拉克西丝尽最大的努力,把公寓收拾得明亮、舒适、方便。以很高的价格从艾玛那儿买了几件她发迹后要扔掉的家具。

"你也是个很浪漫的人。"他说,朝四周瞥了一眼。她煮咖啡。两个人坐在沙发上亲吻。他大着胆子用舌头分开她的嘴唇,把舌头伸到嘴里。他的舌头凉凉的、甜甜的,而且好像不习惯这样的方式。

"这是法国式的亲吻。"他说。

"我知道。"

"我想,你是个挺大胆的姑娘,"艾弗说,"你怎么信得过我?"

他单纯得让她吃惊。她由此意识到对付他的"天真无邪"易如反掌。只要把自己装扮成"难得的美味"——怎么够也够不着——他把胃口屡遭挫折的痛苦当作爱情,就会如愿以偿。她发现,关于自己,她怎么说他都信。如果她更像艾玛,不像自己,就能用甜甜的微笑、沉默寡言、虚假的自信在自己周围构建一座"大厦"。而他会误以为那就是她。可是她知道,其实她做不到这一点。即使她要捕获的这个男人很体面,能给她婚姻,能让她做母亲——毫无疑问她不乏生儿育女的能力。那样做不但有损于他的尊严,也有损于她自己的脸面。他是一个善良、聪明、有点迟钝的好人。她对他欠一份真诚。

"我知道你是可以信赖的,"她说,"麻烦在于,我不可信赖。"

她从他怀里挣脱,站起身来。

"别,"他说,"对不起。是我太激动了。你不知道你让我心里生出的那种感觉。是呀,你怎么能知道呢?男人就是这样粗鲁。这种事不会再发生。相信我。"

她大张着嘴凝视他。他把怀疑错当成道德上的谴责。

"你不应该请我进屋喝咖啡。"他说,就像个做错了事找借口的小男孩儿。

"为什么?是你提出来要进屋喝咖啡的呀。"

"我以为你会拒绝呢!"

"这么说,都是游戏呀?"

"就现在看,"他有点绝望地说,"都是游戏。"

"我可是从来玩不好游戏。"普拉克西丝说。她手脚麻利地脱掉衣服。他大吃一惊,甚至有点害怕。

"这就是我。"普拉克西丝说,已经脱得一丝不挂,"上床吧。"他跟在她身后,摸索着解领带、纽扣,很尴尬地叠好衣服,把鞋整整齐齐摆放好,关了灯。他有点失望。他很想浪漫一番,可她只给他性。

"开着灯。"她说。他听了越发显得可怜巴巴。

"这次做爱之后,我再也不会见到他了。"普拉克西丝想。她还想,自己根本配不上这个艾弗,这个好像广告上面衣冠楚楚、十分体面的男人,当然更不敢奢求与他结为连理。

她用医学名词和通俗的说法解释他和她身体各个部位。她还用技术性的词汇和淫秽的语言向他描绘他正对她做什么,她又为他做什么,一副超然物外的样子。可他几乎什么也没有听见。

"你真漂亮,"他说,"那么漂亮,我都不知道该说什么了。"

天快亮的时候,他说:"我爱你。"

"这很可笑,"她说,"人们不会这样相爱。"

"是的,"他语气坚定地说,"别人是别人的事儿,你也可以按照你的喜好行事。可是,我爱你。什么都不会让我改变。"

天色大亮的时候,他说:"我得回公寓去了。洗澡、换衣服。我不想离开你,但是八点四十五必须到办公室。许多人在那儿等着我呢。中午和我一起吃饭好吗?"

"好的。"她说,有点迷惑不解。他十分温柔地吻了吻她。肌肤相亲,似乎无法分离。早晨,他在她最忙的时候给她打来电话,然后差人送来一捧鲜花,别的女孩都嫉妒她。

"你有什么高招,让他这样上心?"她们问普拉克西丝。普拉克西丝实话实说,她自个儿也不知道。

艾玛打来电话。

"你对他施了什么魔法?"她问道,"或者为了换口味,你是怎么做的?他给我打了半个小时电话,说的都是你。我们费了那么大的劲儿,花了那么多钱请他吃饭,可他连一个谢字也没说。有的男人就是认为什么都理所当然。"

普拉克西丝不想跟她谈这些。接待处现在只有四辆出租汽车,可是有五个"大人物"要回家,都说自己有急事儿。她得集中精力处理这件事情。再说她没睡够觉,心里老大不乐意。

"艾弗这个人很招人烦,"艾玛含含糊糊地说,然后似乎又升起一点希望,"可是你也许能改变一切。"

中午,艾弗来 BBC 中心接普拉克西丝吃午饭。看到别的女孩儿羡慕嫉妒的目光,普拉克西丝心中窃喜。他带她到"牧人丛林"——一家意大利餐厅。看着食物瞬息间在她朱唇间消失,他觉得非常满足。在桌子下面抓住她的手。吃奶油夹心饼干时她睡着了,他也不介意。下班后,他又去接她,一直把她送回家,看她换下工作服。她睡觉的时候,他就恭恭敬敬坐在旁边。他自己似乎用不着睡。

"我一夜睡三个小时就够了,"他骄傲地说,"就像拿破仑。"

她醒来之后,他伸出指甲修剪得很考究的手,试探性地摸她的乳房。

"你的一切都让我崇拜,"他说,"你就是从天堂走到我身边的天使。"

她无法相信他说的这些话都是真的。她把他的手拉到大腿之间,彻底击垮他的绅士派头。

他给她讲他的身世,讲他为人处世的原则。他认为一个人应该勤劳、真诚、敬业、坚定,但是对孩子们应该宽容。他担心,自从战争结束,英国变成一个福利国家,工人们都没有工作意愿。现在还得求着他们干活儿,而且是干计件工。他们总是抱怨,他不无苦涩地说:"因为裤腰带勒得太紧了。他们似乎不懂得,他们的工资取决于我们的产品。他们难道认为我们的钱是大风刮来的吗?"

他不想听普拉克西丝的身世,或者普拉克西丝的原则。他希望她的生活从他们认识的那天开始,希望他对世事的看法就是她的看法。她应该看到现在可以安安静静过日子了。大多数女人都是这样生活。

"我不过是你想象出来的一个人物。"她打了个哈欠说。那是他们认识的第二个晚上。

"过来,"他压低嗓门儿说,"我会让你明白你是怎样一个想象出来的人物。"她估计他从爱情小说里学会了做爱的词汇。也许他还是个小伙子的时候,母亲把那些书就随手丢在屋子里。她从来都不觉得难为情。

没多久她就觉得爱上了他。她的肌肤呼唤他,想念他,盼望他的到来。他似乎总在她身边:上班前,午饭时,下班后,半夜里。如果有工作离不开就给她送鲜花,打电话。有时候,她纳闷,她感觉到的这种爱是不是因为他睡眠不足、精神不振诱发的?

"他有没有带你去见他母亲?"艾玛问。普拉克西丝说,还没有。艾玛听了半信半疑地摇了摇头。有时候,普拉克西丝想成为艾弗的妻子,可是有时候不想。

"不管怎么样,"艾玛说,"和我们都没有什么关系了。菲利普换公司了。他现在成天写那些枯燥无味的文件,社会学方面的。对汤粉之类的东西早就不感兴趣了。我宁愿回到过去的日子。至少人们可以围着餐桌开怀大笑,关心自己吃的究竟是什么。现在只是唠唠叨叨,用喝汤的勺子吃布丁。"

BBC研究部给了普拉克西丝一份工作。她欣然接受。艾弗很生气。这活儿意味着她的工资要少一点,但是有提升的希望。

"完全是浪费时间,"他说,"你拼命工作也只能赚眼下这点儿钱。他们只是想占你的便宜。你一定要拒绝。现在干这活儿不就很好吗?"

艾弗希望普拉克西丝在他能看见她的地方干活儿。他已经习惯于在接待处见她,前呼后拥都是女孩儿。在研究部她得为男人干活儿,在男人当中干活儿。

"我得按照自己的意愿工作,"普拉克西丝说,"我们俩还没结婚。"

他两天没来找她。她躺在床上哭着,心里想考琳在哪儿呢。她是否还是夜里流泪,是否在悉尼邦迪海滩快乐地冲浪,与鲨鱼共舞?太平洋的风是不是把迈克尔的哮喘吹到九霄云外?

艾弗回来了,好像什么也没有发生。只是做爱的时候,拍了她一两次。从某种意义上讲,她赢了。不过从他脸上偶然流露出来的悲伤,她看出他考虑过和她结婚的事儿,于是决定拒绝他的求婚。她觉得对于一个事业上正如日中天的企业主管,自己不是一个好妻子。好妻子首先应该是处女,不应该有复杂的过去,不应该有不愿意提及的不幸的童年,不应该违背平步青云的丈夫的意愿,去做他不想让你干的工作。

普拉克西丝喜欢这份新工作。交给她的活儿,不管是什么节目,她都能完成得又快又好。顶头上司的名字经常出现在电视屏幕上。她虽然不介意,但心里想,屏幕上出现他的名字只能让艾弗越发不安。

因为艾弗喜欢星期六带她吃午饭,星期日看电影,普拉克西丝现在回布赖顿的次数少了。有一次,威利说普拉克西丝变得俗不可耐。她希望他是出于嫉妒才这样说,可又担心他说的是实情。她和威利、卡拉一起待着的时候,自然无话可说。对霍尔顿路,普拉克西丝已经不再心存畏惧,但同时那个地方也不再像她的家。她似乎没有权利待在那里。整幢房子收拾得漂漂亮亮。卡拉一边干活儿一边唱歌。花园十分整洁,汽车道没有杂草。威利的自行车上了油。前门开关很方便。就像在威利单位的小卖部一样,卡拉把家里的活儿都干得井井有条。威利从市场上买回布,卡拉就给小玛丽做衣服。做好之后,熨烫得平平整整,叠好放在衣柜里。普拉克西丝在的时候,玛丽的衣柜总是塞着皱皱巴巴的衣服,已经缩水的背心,不成对儿的袜子。

玛丽对她很友好,可也有点敬而远之。她现在成了威利和卡拉的孩子,和当年普拉克西丝炮火中救下,并且照顾多年的那个小宝宝已经有天渊之别。小姑娘两条腿修长,既端庄又讨人喜欢,普拉克西丝几乎看不出她和自己有什么联系了。

"她用不着非得穿校服,"卡拉抱怨道,"可是她坚持要穿。她说,不穿校服人家一眼就能看出谁家穷,谁家富。我对她说,她的衣服即使不比别人的好,但也不差。她说:'没错儿,问题的关键就在这儿。'我问她,我要是给她做好衣服,是不是得浪费我的时间和眼神呢?她说:'那怎么会呢?如果你当作一种乐趣就不会。'我说,那我就得干更多的活儿。把你的校服整理好。她说:'好的,我会整理好。'她说到做到,总是把校服叠得整整齐齐。她看起来不像个小孩儿。说什么话之前,总要好好想一想。哦,她是这个家唯一的孩子。威利说,我们没能力再拉扯自己的孩子。我必须干活儿。"

"你总有可能意外怀孕呀。"普拉克西丝说。卡拉听了似乎特别惊讶。

普拉克西丝错过回家的早班车,只好顶着满天的星星,沿着黑魆魆的、布满鹅卵石的海滩一个人慢慢地走。猎户座的一等星眨着眼睛一闪一闪,默然无语。茫茫夜空没有什么魔法,但她的优雅仿佛失去几分。"要等多久?"她问道,没有回答。躲在云彩后面的月亮,给地平线上聚集的乌云勾勒出明亮的边儿。然而,那云朵无论怎样的形状,预兆是凶是吉,对于普拉克西丝已经完全没有意义了。

普拉克西丝意识到,她压根儿就不爱艾弗。她开始觉得艾弗阻挡了她的视线:他只要不挡她的道,她就能看得更远。最近他到斯图加特①给公司出两个星期的差,去学习德国汤粉的制作技术。她发现她一点儿也不想他。艾弗一走,她就把他忘到脑后。就在他要回来的头天晚上,她去参加一个聚会,喝多了酒,被一位摄影师送回家。那家伙的妻子在医院里生孩子。

艾弗回来的时候,她还和那人在床上。两个男人打了一架。普拉克西丝倒没觉得自己有什么特别的危险。摄影师被打得口鼻流血,眼眶上也打破一道口子。不过他把这当作对妻子的赎罪,一边骂,一边捂着被艾弗踢了一脚的肚子溜了。

艾弗跪在普拉克西丝的床边,哭了起来。

"我想干什么就干什么,"普拉克西丝说,"我又没有嫁给你。"

这一次,她整整一个星期没有见到他,但一次也没哭。只是心里那种空落落的感觉,让她害怕。他给她写来一封信,想跟她结婚。她说,好吧。她愿意嫁给他。

他们很快就在一个登记处登记结婚。普拉克西丝邀请了几

---

① 斯图加特:德国城市,位于德国西南部,是德国有名的汽车之城,奔驰、保时捷汽车的原产地都在这里。

个一起工作的朋友,艾弗邀请了几个身穿灰色西装、头发剪得很短、温文尔雅的生意伙伴,还有他的父母。普拉克西丝原来以为艾弗的父母一定是那种"高大上"的人。见了面才知道远非如此。她很高兴希尔达没来。倘若她在场,一眼就能看穿艾弗母亲精心梳理的鬈发和厚厚的脂粉后面的粗俗。正巧碰上希尔达一年一度的休假,她到希腊旅行去了。艾玛和菲利普来了。普拉克西丝觉得菲利普看起来很难过。他吻她表示祝贺的时候,抱得她很紧,时间很长。普拉克西丝知道,她不应该嫁给艾弗。

普拉克西丝辞职离开 BBC。艾弗不愿意自己的妻子出去工作。除此而外,他们的新家也有许多活儿要干。那是离伦敦大约十五英里的一个高档社区。那一带的房子盖得都很紧凑,也很整齐。房子建在车库上面,大落地窗,采光很好。房地产中介解释说,等树木长起来,树篱围起来,就更加私密了。除此而外,窗户上都挂着花边窗帘。周围的邻居都是比较有钱也有地位的人家。

普拉克西丝几乎刚结婚就怀孕。艾弗新婚之夜就弄破了她戴的橡胶子宫帽。那以后和她做爱的时候采取男上女下的传教士式体位。

"这是婚姻,"他说,"这样做不是更好吗?"普拉克西丝困惑不解,只能表示同意。

普拉克西丝终于成为一个值得尊敬的人。

"普拉克西丝,"大概过了好长时间,艾玛这样说,"你怎么变得那么无聊,什么事情也不知道。"

"也没发生什么事情呀。"普拉克西丝解释道。

"当然发生了,"艾玛说,"高档社区和别的地方一样,该发生的事情都会发生。有抱负有理想的中产阶级的悲喜剧,生老病死,天灾人祸,一样不少,都在发生。不,这五年,你的个性变得黯然失色。你应该弄明白到底是什么原因。"

"也许我嫁错了人?"

"大多数女人在不同程度上嫁错了人,"艾玛说,"但是我们不能因此而成为行尸走肉。"

"那就是孩子们的问题。"

"更像是。"艾玛不高兴地说。

"那就是错在我生的孩子。"

"哦,不,"艾玛说,"错在他们的母亲。"

不是孩子们让她沮丧抑郁,而是他们耗光了她的精力和热情。他们总是索取,而没有回报。她从他们身上得不到乐趣,他们从她身上也得不到。他们把那份热情都留给父亲。罗伯特和克莱尔一看到父亲回来,就穿过门廊,向他跑去,揪扯着他的手,没完没了,唠叨不休。艾弗自然高兴得满脸放光。他们似乎更像是他的孩子而不是她的。她觉得,他们好像出于本能,把她看成一个冒名顶替的骗子。用和艾弗一样冷峻的棕色眼睛审视着她,但缺乏软化了艾弗那种凝视的赞赏与崇拜。两个孩子就像一对儿皮肤柔嫩、羽毛光滑的鸽子。他们天生就喜欢整洁、细心认真,一如母亲天生就邋里邋遢,粗心大意一样。普拉克西丝没必要唠唠叨叨,告诉两个孩子把玩具放好。两个小宝贝总是把自个儿的东西保管得有条不紊,两个人分得清清楚楚,而且躲过妈妈的簸箕扫帚,不被她"打扫"走。她怀孕期间没有太大的反应,容光焕发,心满意足。艾弗对她悉心照料,经常给她带回玫瑰花和美味佳肴。上下台阶都要扶着她,日常饮食更是亲自过问。她先生下罗伯特,一年后生下克莱尔。两个小家伙出生的时候都很顺利,没有给母亲带来多大痛苦。可是生下之后,看着像小猫一样喵喵叫的小宝宝,她一点儿也高兴不起来,反倒觉得很失望。或许因为期望太高,并未如愿。她宁愿怀孕也不想把孩子生下来。

"真是个可爱的孩子。"每生下一个孩子,艾弗都握着普拉克西丝的手说。普拉克西丝听了无论心理上还是身体上都不舒服。

"可爱的孩子。"她表示同意,差点儿没有说,所谓"可爱的孩子"是婚姻的产物,而非爱情的结晶。

她很想保护自己的孩子,可他们看起来不太需要她的保护。他们很少生病,很少淘气,从来不会做出什么让人吃惊的事情。罗伯特和克莱尔仿佛两个小小的陌生人,她子宫里结出的两枚奇异果。他们俩在一起的时候非常好。普拉克西丝有时候想,好过了头。如果他们相互不那么喜欢,或许就会对妈妈更好点。她觉得自己跟玛丽更亲。

夏天的傍晚,普拉克西丝透过挂在客厅窗户上的网眼窗帘,眺望猎户星座中的红矮星。但是天上发生的事和地上发生的事不会在这里交融。一幢幢像小盒子似的房子星罗棋布,宛如房地产商镶嵌在山坡上的装饰物。点点灯光映照着悠远的夜空。普拉克西丝想,这山上住着的人,没有一个上过天堂,或者下过地狱。他们都住在地狱的边缘,等待死神的到来。

艾弗是个很顾家的丈夫。别人家的女主人很嫉妒她。他每天早晨坐同一班火车去城里上班,晚上坐同一班火车下班。他记着结婚纪念日,记着家人的生日。有时候在工作中碰到困难,回家心情也会不好。但是他办事效率高,坦率真诚,无所畏惧,对正在做的事情比对需要做这件事情的原因更感兴趣。遇到的问题很快就能解决。普拉克西丝渐渐认识到,他个人的成就、进步、发展都源于工作,回家的主要任务就是休息。"看到孩子们健康成长,"艾弗说,"你有没有一种成就感?"

"当然有。"普拉克西丝说。实际上她并无成就之感。在她看来,如果孩子正在成长过程中,你不管他,也能"健康成长",不归功于她,也不归功于任何别人。

没过多久,艾弗在家待的时间就越来越少了。他坐着飞机满天飞,有时候一走好几天,有时候好几个星期。他的目光总是飘飘渺渺、心不在焉。他的牙齿看起来更白了,下巴刮得更干净了,衬衫也总是干干净净。反正在酒店里待着没事儿,还不如收拾收拾自己。他平步青云,先被提升为部门经理,后来又提升为产品经理、管理总监——公司历史上最年轻的总监。公司被一家国际大公司接手,许多同事被解雇,但他安然无恙。没有人嫉妒他的成功。大家都认为他应该得到这一切。

"每一个成功的男人背后,"有一次在公司一年一度的"夫人聚会"上,他搂着普拉克西丝笑着说,"都有一个好女人的爱。"

他不在家的时候,经常往家里打电话,条件允许时天天都打,反正公司报销,不用他自个儿掏腰包。因为研究表明,安宁幸福的家庭对于经常外出的经理主管人员至关重要。普拉克西丝纳闷,他这样频繁地打电话是为了"查岗",考验她的忠诚度,还是想确认他自己的忠诚,或者只是因为想跟她说说话。后来,她觉得原因是后者。

普拉克西丝现在住在这个社区最大的房子里。这幢房子有阁楼,有独立的车库。顺便进来喝杯咖啡的家庭主妇越来越少,被邀请来喝茶的人越来越多。普拉克西丝还经常举行晚宴。同一拨客人不停地跳加伏特舞,没完没了地比你高我低,说公司的事儿,说饭菜的事儿。普拉克西丝想说点什么,可总插不上嘴。罗伯特和克莱尔到坐落在街区拐角的学前班上学。他们早晨离开家的时候穿戴得整整齐齐、干干净净,光鲜亮丽。晚上回家的时候还是那么整整齐齐、干干净净,光鲜亮丽。有时候她去学校接他们,发现很难把他们和别的孩子区别开来,似乎也很难把自己和别的妈妈区别开来。她学会了开车。艾弗给她买了一辆。

普拉克西丝和那位房地产经纪人有过一段短暂的、秘密的恋情。那人安排各种房屋的交易。不过她对寻求性刺激已经没有兴趣,等到发现自己不过是那家伙一大堆情妇中的一个之后,这段恋情就无疾而终了。她想开发罗伯特和克莱尔的艺术才能,就用装鸡蛋的硬纸板箱子做了好多"工艺品"。罗伯特和克莱尔心灵手巧,用透明胶带粘好,小心翼翼地涂上各种颜色。

"你弄得一团糟,妈妈。"克莱尔抱怨道。

"小孩子才用手指画画。"罗伯特说。画完之后,他们把画笔洗得干干净净,收好。

"你瞧,"普拉克西丝说,"这是一座城堡,潜艇停在护城河里。"

"潜艇怎么会跑到城堡的护城河里?妈妈,你真傻。"

她觉得她的朋友——别的那些正在崛起的管理人员年轻的妻子,对她既羡慕又挑剔。她说话的时候,她们的目光会从她的眼睛移开,在屋子里扫来扫去,不是窥视普拉克西丝的灵魂,而是想要发现她还有什么不足。家具打光料和松香消毒液的气味从敞开的前门飘出来。站在普拉克西丝家的前门外面,你永远闻不到一位会持家过日子的女人创造出来的芳香和温馨。

"你太敏感了,"艾玛说,"她们不是做什么判断,只是感兴趣罢了。为什么不呢?不管怎么说,也许是你搞错了。她们讨厌你的品味,喜欢你净化除尘。"

普拉克西丝腰疼,头疼,就和别的女人一起,去看医生。医生给她开了些止痛药,但她没有像别人那样,把药拿走。过了几天,医生去看望她,和她聊起自己不幸的婚姻。那么多女人,他单挑她诉说自己的苦衷,很让她受宠若惊。她凝视着镜子里自己那张娃娃脸、娃娃身材、娃娃似的金黄色鬈发,纳闷自己何德何能,让艾弗选她为妻。她不责怪艾弗。她知道,一切都是自己造成的。她宁愿像艾弗想象中那个虚幻的人物那样活着,也不愿意忍受真实的自己存在。

医生把头放在桌子上,哭了起来。她用自己那只"娃娃手"抚摸他的脑袋。两个人拥抱接吻。

"我最好不要再来了。"他说。

"是,"普拉克西丝说,"最好别来了。"

"娃娃"的呢喃细语,仿佛在荒野中轻轻飘荡。

有一年,普拉克西丝请希尔达过圣诞节的时候,来她家吃饭。希尔达没来。她写信说,要和威利、卡拉,还有玛丽一起过圣诞节。这三个人的名字对于普拉克西丝已经不再熟悉。她发现,似乎很难相信,他们还活在世上。她已经很长时间没有去看露西。自从认识艾弗,她就换了一种生活方式,一种什么都准备现成的生活。这是艾弗希望她过的日子,也是适合她过的日子。

有时候,艾弗的妈妈来看他们。普拉克西丝从轮式酒柜里拿出用杜松子酒调制的鸡尾酒,两个人边喝边聊艾弗的父亲。

艾弗父亲身体不好,只剩下一叶肺,很少出门。艾弗的童年在他们居住的北部小镇度过。艾弗是父母唯一的孩子,也是他们的骄傲和他们一生取得的最大成就。艾弗的父亲不像他说的那样,是土地测量员,而是因病从测量办公室退下来的一个小职员。普拉克西丝没有指责艾弗这小小不言的欺骗,相反,对他多了一点柔情,多了一点保护意识。他为父亲的面子撒谎,就像为他自己撒谎一样。

"你高兴吗?"他常常问她。一边问,一边拿出免税店买的香水、瑞士巧克力、马来西亚兰花。

"很高兴呀!"普拉克西丝回答,但这个问题让她迷惑不解。她怎么能知道自己高兴不高兴?她既不觉得高兴,也不觉得不高兴。她等待着。等什么,现在还不知道。她忍耐着。为什么?自己也说不清楚。

有时候,艾弗不在家,孩子们睡觉,没有好电视看的时候,她就在星空之下漫步,想起布赖顿海滩,宛如遥远而又荒诞可笑的幻影。最好忘记那一切。现在她有一个爱她的丈夫、健康快乐的孩子,幸福的家。

布赖顿的护士写来一封信,告诉普拉克西丝,由于服用了一种新药,露西的病情有了很大的好转,可以出院回家了。

"我倒很想让她来这儿和我们一起生活,"艾弗说,"可是为了两个孩子,还是没法留她。"

"她又不会大吵大闹,或者砸东西,"普拉克西丝说,"她只是坐在那儿,呆呆地看着。"

"我们必须为孩子着想。"艾弗又说了一遍。想到孩子,普拉克西丝似乎也松了一口气。看来,把露西安置在那间多余的屋子里不实际。不管怎么说,露西和艾弗想象中的普拉克西丝没有什么关系。在他的心目中,普拉克西丝没有母亲,没有父亲,只是一个长了一头金黄色的鬈发、一双玩偶似的眼睛,没有心计的女人。

普拉克西丝怀着尚存于心的一点点良知,想到应该把照顾露西的机会让给希尔达。于是给她写了一封信,大意是,她,普拉克西丝有丈夫和儿女需要照顾,而希尔达什么都没有,只有一份工作。而任何一个正直、善良的女人都应该为照顾生病的母亲,放弃自己所谓的事业。

作为回应,希尔达给艾弗寄来一封匿名信。问他是否知道,他的妻子和他结婚前曾经是一个职业妓女,在布赖顿"拉夫尔斯广场潜水队"酒吧"干活儿"。还说,这件事除了他,尽人皆知。

艾弗平常早晨很少在家,可是很倒霉,这天他恰巧没有出门儿。不过从另一方面说,又很走运。如果普拉克西丝一个人在家,她就会用蒸汽把这封信拆开,读完销毁。倘若那样,她后半辈子心里都会不得安宁。

可是现在,看到艾弗因为震惊和痛苦脸色苍白,普拉克西丝意识到,虽然终于浮出水面的事实让人难以接受,但她还是应该感恩戴德。

"我不明白,"艾弗说,"什么人会寄这样的信?"

"是希尔达写的,"普拉克西丝说,"我知道她的笔迹。她疯了!我跟你说过,她是个疯子。只要提到妈妈,她就歇斯底里大发作!只要能伤害我,她什么都干得出来!"

"她可是你的亲姐姐!"他无法相信她的话。在艾弗的世界里,家庭成员只能相互支持,绝不会相互诋毁。

"如果你把母亲留在我们家,就不会有这事儿了。"普拉克西丝说,眼里含着泪水,心里隐隐作疼。艾弗只是直盯盯地看着她,好像从她身上看到以前不曾看到的什么东西。

"你以前可不哭,"他说,"你压根儿就不想要她。我知道。我只不过是给你提供了一个借口罢了。我在你生活中的作用恐怕仅此而已。究竟怎么回事儿?"他厉声问道,就像突然发现公司会计做假账。

他忙着赶上午的飞机,没有要求她否定或者肯定信的内容,但是离家前没像往常那样吻她。过了两个星期,回来之后,他就开始挑普拉克西丝的毛病。饭菜不可口,屋子收拾得不干净,对孩子们管教得不好。当着孩子们的面,对她发脾气。而且做爱的时候非要她按照第一次和他做时的那种方式去做。现在她觉得那种方式很下流,很丢人。他的目光总是跟着她。她几乎有点怕他。

"怎么回事儿?"她不停地问,"你怎么了?"

"没什么。能有什么呢?"他总是这样回答。然后像以往一样,坐那列火车去上班,在她身上留下一块块青紫,还有惊讶和疼痛。他亲她一下,表示告别,仿佛什么事情也没有发生。

"假如那是我的过去……"她最后主动说。但他不想听。

"你从来不让我对你讲过去的事情。"她不高兴地说。

"我不想知道,"他说,"就这样吧。你有一个疯姐姐,还有一个疯妈妈。还不够吗?"她看得出,在这个特定的世界里,没有"够"的时候。在普拉克西丝看来,不同的世界太多,可以相互对照的东西又太少。每一个世界有其不同的标准,不同的方式,不同的框架。女人很容易跨过重重障碍:结婚、搬家、改变身份。男人却没那么容易。他们总是一往如前,命运掌握在自己手里。

"也许我应该出去找份工作,"她坚持说,"你不在家的时候,我无事可干。你回来,就是挑毛病。"

"家里可干的活儿多的是,"艾弗说,"如果你都干了,我还能挑出什么毛病?"

普拉克西丝这番话让他心里不安。这些天,她无论做什么、说什么都让他不安。他翻来覆去地想,想够了扔到脑后,过一会儿拿出来再想。然后,这个可怜的、好像变了态的家伙,从头再问一遍。

"你为什么想出去工作?"

"做什么样的工作?"

"你的意思是,我没能给你足够的钱花?"

"你觉得孩子们讨厌?"

"我想,你是想和男人们一起工作?找到新的乐趣?"

这个社区的家庭主妇都不出去工作。丈夫们在很大程度上已经打拼出一番天地。在他们看来,让自个儿老婆出去工作是家门不幸,是一种耻辱。他们把能够给家人带来多少闲暇、安逸作为衡量自己成功与否的尺度:玻璃落地窗、地毯、空气、阳光、安宁。

"忘掉吧,"普拉克西丝说,"忘掉,算我没说。"

但是他不会忘掉。

"你可以随时出卖自己,"有一天夜里,他突然说——最近他被失眠症困扰,"这就是你说的工作吗?"

"让我解释。"她哀求道。

可是他不听。他按照自己的喜好去塑造她,但用错了泥土。他觉得他一辈子都是这样。你得到了你想要的,或者你的父母想要的,可是那东西味道并不好,在你舌头上留下酸味、臭味。他谴责战后的社会主义政府。他和他的公司许多麻烦都是这个政府带来的。普拉克西丝问他什么麻烦,他只是耸了耸肩。

她非常自责。她的过去就像可怕的磨盘套在他的脖子上。医生开了安眠药。

"我认为他疯了。"她说。艾弗也疯了！医生笑了起来。

"睡眠不足会让好多人看起来就像疯了一样，"他说，"这我知道。"

他不肯服药，还怀疑她开这些药的目的。不过，过了一段时间，他就觉得好多了，两个人几乎又和好如初。

"你有生以来干的最糟糕的事情是什么？"有一天，黛安娜问普拉克西丝。黛安娜是这个社区里和普拉克西丝关系最近的人。她的丈夫斯蒂夫酗酒。黛安娜长得挺漂亮，一张娃娃脸上有时候青一块紫一块。她就会找各种理由解释：不小心摔了一跤，灯柱子上碰的，急刹车撞的……

"我干过的最糟糕的事情是，"黛安娜带头说，"把斯蒂夫两瓶威士忌倒到水池子里。你呢？"

"我和父亲睡过觉。"普拉克西丝说。这句话脱口而出，就好像藏在嘴边儿，阻止别的词汇、别的思想、别的结论形成，一直等待时机说出来。年复一年，让她生活在地狱边缘。

"你开什么玩笑呀。"黛安娜说。

"是，我是开玩笑。"普拉克西丝说。

这天晚上，照镜子的时候，她觉得自己老了。不大像先前那个玩具娃娃，更像周围那些女人。

艾弗不在家。夜里，她一个人舒腰展背，让自己记住曾经的快乐、屈辱和羞愧。她已经好长时间没去看妈妈了，而且尽量不去想她。此刻，是不是那种负罪之感、那种偷了什么东西的感觉、那种伤害了母亲——先前只是想法,后来则成为现实——的感觉,像可怕的浪涛席卷而来、奔腾而去,在那些事情发生之前和之后,伤害她,让她伤痕累累?

打开床头的台灯,她看着自己那双手。这双手都做过什么?在哪儿做过?在她看来,眼前这双手不再保养得白皙、修长、好看,而是更壮实、更粗糙、更像是她的手。

早晨,那双手看起来又像平常的样子。睡眠抚平了夜晚层层涟漪般起伏的思绪。生活一如既往。今天和昨天虽然不完全一样,但几乎一样。

社区搬来一对新夫妇。这自然是大家都欢迎的事。新情趣,新面孔,新衣服,茶余饭后的新话题。罗里是一家很大的油漆公司首席销售经理,和艾弗的地位差不多。他开的车在小区里算得上最棒,常常把他就读过的公立学校挂在嘴边儿。卡罗尔说话柔声细语,穿得也端庄得体,曾经经营过发廊。她家的电冰箱比谁家的都大。她在家里把两个孩子照顾得很好。大庭广众之下,总是和罗里手挽着手,两个人相敬如宾,是很受人尊敬的一对儿。他们住在斯蒂夫和黛安娜隔壁。

没过多久,流言四起。据说,罗里和斯蒂夫商量好交换妻子做爱。第一步把各自的妻子灌醉,不让她们发现有什么不同。结果,卡罗尔发现和她做爱的不是自己的丈夫,不过她觉得无所谓。斯蒂夫的妻子黛安娜没有发现。大伙儿觉得,她没发觉也好。现在,除了黛安娜,谁都知道这件事了。罗里和卡罗尔是一对儿非常放荡的夫妻。她们玩脱衣扑克①,玩交换夫妻,拍裸照。罗里和卡罗尔举行派对,小区里所有人都被邀请到了,来的人也不少。卡罗尔喝了半瓶威士忌,衣服一直脱到腰部,后来干脆一丝不挂,在桌子上跳起舞来。罗里则在男人们目瞪口呆凝视卡罗尔的时候,挨个儿亲吻、调戏他们的老婆。突然,灯灭了,不大可能是夫妻的男女迅速"成双结对"。过了一会儿,好像才清醒过来,有人打开灯,"错配"了的男女赶快去找他们的"原配",一个个满脸通红,尴尬无语,回到寂然无声的家,回到熟睡的孩子们身边。早晨,人们看见罗里上班前和卡罗尔接吻,道别。那天晚上,他还用汽车拉回装书架的隔板,夜里就听见他们家传来叮叮当当钉书架的声音。一个心灵手巧的好丈夫。一个好例证——"性实验"不会立刻使一个社区垮塌。

社区里,大家都相安无事,只是生活比以前更有趣了。普拉克西丝没有去参加那次聚会。艾弗不在家的时候,她很少出去。因为事后,他总要刨根问底地查问,还不如老老实实在家待着。

有一段时间,他们这个小区的人都快被乱交搞疯了。

罗里和卡罗尔搞换妻游戏。天黑前,男人们把家门钥匙扔到一个小水池里。天黑之后,再从水池里任意摸出一把,然后把这把钥匙能打开的那家的女人带走。

---

① 脱衣扑克:每输一局被罚脱一件衣服的下流游戏。

卡罗尔给普拉克西丝打电话。

"你得来呀,"她说,"你和艾弗一定要来!这是我第三次叫你了。我开始觉得你们是故意躲我们。当然,我们都知道你那么高雅……"

普拉克西丝非常惊讶,艾弗居然说可以接受他们的邀请。她不愿意去。

"我还以为这是你喜欢的方式。"艾弗说。

"不是!你想错了,"普拉克西丝说,"你为什么想去?"

"因为我烦,"艾弗说,"就像你烦我一样,我也烦你。"

不管怎么说,这是很糟糕的一天。而她原以为会是一个好日子。他修剪了花园里的玫瑰。她哭了起来。她的眼泪总能打动艾弗。

"我爱你,"他说,似乎自己都有点迷惑不解,"这一切并不意味着我不爱你。"

"什么样的爱?就像罗里爱卡罗尔?"

他听了很生气。没有让步,去了罗里和卡罗尔的聚会。

"我爱你。"走以前她对他说。他生气、她可怜巴巴的时候,她觉得自己说的是真心话。

"我不信。"他说。

艾弗给孩子们读故事书,哄他们睡觉,然后去参加派对。随着年龄增长,他越发英俊。脸上少了几分天真,多了几分冷峻。别人家的妻子都嫉妒普拉克西丝。大伙儿都把她看作"知识分子"。因为她看《卫报》,不像别人那样只看《电讯报》。她知道,她们从来都没有完全接纳她。

她想,这天晚上,看到她出现在那样的场合,她们一定会非常惊讶。

艾弗坚持让她穿黑色内衣,吊带,长袜,而不是最近流行的紧身衣裤。

"你过去就穿这样的衣服嘛,"他说,"我情愿你还打扮成那副样子。"他一直不喜欢她化妆,可是这天晚上一定要让她浓妆艳抹,画眼影,涂厚厚的口红。这样打扮,和别的女人没有什么区别,可是对普拉克西丝来说,并不寻常。她去发廊做头发。这天,这家发廊颇有点人满为患。顾客们兴奋激动,也特别容易发脾气。她凝望着镜子里的自己,仿佛又变成玩具娃娃,任凭美发师捅捅这儿,弄弄那儿。可是,不管怎么说,她已经不再年轻。

"我想,我不过是你想象出来的一个虚构的人物。"很久以前,她就这样说过。

"是的,没错儿,"这一次他这样说,"我已经想象得厌烦了。"

她明白,他是试图让自己摆脱什么。

哦,她觉得自己这次成功了。

"自从看到希尔达那封信,"她说,"一切都变了。"

"那是你自己想象的,"他说,"在我看来,那不过是一个疯女人的胡言乱语。"

在派对上,普拉克西丝喝了许多酒。她看见艾弗轮番和贝丽尔、桑德拉、苏、拉克尔跳舞、接吻、调情。他还不时偷眼瞅着她,看她有没有注意观察自己。她迫使他这样做。她眼巴巴看着,心里隐隐作痛。这好像正是他想要的结果。艾弗平常总是那样礼貌周全、小心谨慎。她没去跳舞。那是一种抢椅子游戏,音乐停止,没椅子坐的女人就要脱一件衣服。

"别让人扫兴。"卡罗尔从普拉克西丝身边走过时不屑地说。她上衣早已脱光,高耸的乳房贴着艾弗的衬衫。钥匙"派对"的结果出来了,艾弗和卡罗尔,罗里和普拉克西丝。普拉克西丝恍然大悟,她和艾弗是今天晚上这帮家伙的战利品——最后一对儿屈从于小区集体淫乱的"正人君子"。

她跟着罗里回家。月光皎洁,大自然显得那么平静。

她几乎觉得自己是和艾弗一起回家。她假装是和艾弗一起回家。

在床上,她似乎出于一种责任,从记忆深处挖掘出引诱男人的所有伎俩,施展在罗里身上。她曾经这样慷慨大方吗?

"我知道你就是一块好料,床上功夫一流。"罗里说,对普拉克西丝简直着了迷。她颤抖着。明白自己真的不能在这样一群人中生活。

罗里走了,艾弗回来得挺早,一动不动地躺在她身边,睡不着。不一会儿,她听见他在哭。她想,我似乎听到过许多人这样哭泣。女人因为男人而哭,男人因为女人而哭。一定出什么问题了。渐渐地她进入梦乡,他也睡着了。

早晨,艾弗又变得和收到希尔达那封信之前没有两样。和善、充满感情,不再吹毛求疵。他没提头天晚上的事,她也没有。他们没有再去罗里和卡罗尔的"派对"。罗里好几次亲自上门,发出特别的邀请,但是得不到回应,很快就作罢了。电话铃响了,找艾弗。普拉克西丝听出卡罗尔的声音。艾弗接电话时态度很不友好。后来她就不再打了。

根据各方面的说法,罗里和卡罗尔的"派对"越来越疯狂。

有人从美国弄来个震动器,大伙儿抽签,谁抽到谁就在大庭广众之下公开插进去玩。后来就出事儿了。有位"人妻"因为过量用药,一命呜呼。有的人开始离婚诉讼。黛安娜的一个孩子跑了。罗里因为酒后驾车被判有罪。"派对"像突然开始那样,戛然而止。人们那股疯劲儿潮水般退去,渐渐干涸。罗里和卡罗尔搬到另外一个社区。人们又开始修剪玫瑰,播撒草籽。一切的一切归于正常。

只有普拉克西丝知道,她不能和艾弗过下去了。如果她毁了他的生活,毁了他的幸福——他肯定会这样说——还有罗伯特和克莱尔的幸福,那就太糟糕了。

二十一

任何结果都是咎由自取。年老之后,什么都得忍受:别人的脸色,朋友的疏远,健康每况愈下,儿女敬而远之。

年轻时候,我经常这样说。现在我老了,果然如此!我一个孤老婆子,被人遗弃,浑身是病。孩子们不跟我说话。很好!比咎由自取还咎由自取!

早晨,我一瘸一拐走到炉子跟前,煮了一杯茶。牛奶酸了,我放进去一片柠檬。那个柠檬放了好长时间,看起来皱皱巴巴,可是切开一看还算水灵。一缕阳光照进房间,灰尘在阳光下浮游。大自然的奇观让我惊喜。我的灵魂似乎也和那尘埃一起浮游,在欢乐的膜拜中跳动了一会儿。遐想过后,我一瘸一拐走到镜子跟前,看着镜子里的自己。不再是囚犯帕蒂,而是普拉克西丝。头发比我想象的还浓密,眼睛也不再像得了结膜炎一样泪水迷离。看到也许还有未来,我不寒而栗。难道我真的还要忍受身为普拉克西丝其人的痛苦吗?

孩子!

我年轻的时候,母亲很少撇下孩子不管。大家都认为,那种行为难以言传,是一种不近人情的罪恶。不爱丈夫已经很糟糕了,不爱孩子那就是灾难,惩罚将非常残酷。

我离开两个孩子。我想,如果你想离开孩子,如果你不能爱他,你就应该在眼里的生命之光、希望之光完全消失之前离开他。我看着罗伯特和克莱尔的眼睛,生怕从他们的明眸中看到露西或者希尔达那种目光。我看见艾弗看着我,目光中充满我无法回报的爱。我真的觉得自己不够好,或者不够完美,没有资格生儿育女,没有能力让他们健康成长,没有办法让他们的天性得以完美地发展。然而,我是一个好母亲。那是好多年前的事情。先是抚养了玛丽,然后是自己的两个孩子。我在他们周围营造了牢固而又宽松的生活的空间,让他们得以成长。我鼓励威利疼爱玛丽,消除艾弗对孩子们成长的忧虑。他认为小孩儿如果没人管束,就会变成桀骜不驯的"野孩子"。就像本来品种良好的玫瑰无人修剪也会变得浑身长刺,无法绽开美丽的鲜花。我一次又一次地告诉他,和孩子相处重要的不是拿纪律约束,而是理解。要让孩子们认识到世界是一个充满危险的地方,对黑暗的恐惧不是逃避,而是要分担并且承认这种恐惧。到我离开的时候,艾弗已经学会给孩子们唱催眠曲,让他们睡觉,什么也不再多想。

他干这些活儿比我还强。

我走之后,他那种仿佛什么都知道的目光消失了,天真无邪又重回双眸。看起来更快乐了。

也许,并不是我不能爱孩子,而是我太过爱自己。邻居们当然都这样认为。黛安娜、桑德拉、贝丽尔,这帮水性杨花的女人都这样认为! 他们的孩子喜欢破坏文物,骑着摩托车飙车,吸毒。我的孩子没有这些坏毛病。他们说,那是艾弗的功劳,不必谢我。好,德高望重的艾弗。

艾弗,卡罗尔光着上身,乳房蹭着他的西服和他跳舞,依然德高望重。艾弗以你自己的方式去生活。

所以我还是坚持自己原来的观点。如果我现在独自一人,那是"咎由自取"。我以禁锢自己为代价,给我的玛丽自由。对于我这样的人,这是足够的报偿。

那只猫又回来了。

二十二

普拉克西丝等待着,干旱的风景线上有一个小小的、不动的身影。她等待着,等待发生什么事情。她给孩子们买了新鞋,给艾弗买了一套新西服。她没有修剪花园里的玫瑰,尽管艾弗多次提醒她。普拉克西丝知道,不等花开她就会离开这里。

确实发生了一些事情。艾玛打来电话。普拉克西丝已经有两年没听到她的声音,但还是一下子就听出是她。她说话的声调比以前更加咄咄逼人。就好像艾玛又一次站在哈罗兹①的柜台前面,多了几分跋扈,少了几分可爱,但是那种被压抑的、苦涩的、生气勃勃的活力依然存在。

"我只是有事儿的时候才打电话,"艾玛说,"现在我有事儿了。我他妈的又怀上了。他们要把我早早地送进医院。保姆走了。她们好像就是为了享受关键时刻拍屁股走人的乐趣而当保姆的。这也是一门艺术。你能来帮我料理一下家务吗?"

"我自己的孩子怎么办?"

---

① 哈罗兹:英国伦敦著名的百货公司。

"让邻居帮你照看。我敢断定你有邻居。"艾玛说,好像只有俗不可耐的平民百姓才会有邻居。

"你难道没有朋友吗,艾玛?"普拉克西丝说。对方停了一下。

"这才像先前那个普拉克西丝说的话呢,"艾玛满怀希望地说,"没有。我压根儿就没朋友。你考虑一下。"

普拉克西丝把孩子留给隔壁的贝丽尔照顾,收拾了几件必不可少的东西,离开了家。

这周艾弗外出工作,不在家。他晚上会来电话,发现家里没人接电话。她能想到他的愤怒、激动、沮丧和嫉妒。但是这并没有影响她的决定。她想象得到他最终会给贝丽尔打电话,发现孩子们还是他的。

艾玛挺着个大肚子坐在台阶上,一辆出租车停在外面。她既没有张罗上车,也没有打发司机回家。

"计价器一直在蹦字儿呢!"普拉克西丝焦急地说,"我刚看了,已经一英镑了!"

"普拉克西丝,你可真土,"艾玛抱怨道,"让他等着吧。反正是菲利普花钱。我有什么好心疼的?"她粉红色的脸有点浮肿,脚脖子也肿得厉害,脚穿在粉红色高跟皮鞋里一望而知舒服不了。她站起来的时候,摇摇晃晃,显然掌握不了平衡。她的血压高,所以比预产期提前一个星期到医院。

自从上次普拉克西丝来访,艾玛家装修一新。大多数房间都刚刚粉刷过,窗台上安了花盆箱,门廊安了壁灯。维多利亚和詹森在外面的排水沟里玩,对妈妈的命运漠不关心。

"这两个小家伙什么都不管,"艾玛抱怨道,"我压根儿就没指望他们会为我担忧,可他们至少应该为保姆的出走操点儿心吧。他们应该知道,我肯定会为这事儿着急。"

"他们在大街上这样玩耍安全吗?"

"不知道,"艾玛说,"这种事儿我都交给保姆管。现在大街上跑的都是沃尔沃和罗尔斯①。让豪车轧死也不错。普拉克西丝,我很高兴,你替我照看这个家的时候,我不在跟前。我可受不了别人唠唠叨叨、大惊小怪。看得出,你就是这种母亲。"

"至少你和菲利普在一个屋檐下我放心,"艾玛在屋子里转来转去,找吹风机,"你不是他喜欢的那种人。菲利普只喜欢重要的人,"艾玛说,"恕我直言,普拉克西丝,你不重要。"

"当然,菲利普有窥淫癖,"艾玛说,"但是他用照相机使这种癖好升华为艺术。就这么回事儿。"

"别给他做什么饭,"艾玛说,"他只喜欢我做的饭菜。"她的镊子又找不到了。

"我也不担心他和别的女人胡搞,"艾玛说,"菲利普现在性欲低下。他阳痿。你知道吗?"

---

① 罗尔斯:世界上最昂贵的一种小轿车,是地位高的象征。

出租汽车司机按响了门铃。

"真不知道他着的哪门子急!"艾玛说,"还怕不给他钱吗?我现在这副模样看起来是不是很难看?"

"难看不难看已经不重要了。"普拉克西丝说。

"当然重要,"艾玛说,"菲利普要把我生孩子的过程都拍下来呢!"

"更别提还有个摄像团队呢!"艾玛说,"走运的话,他们就不会晕过去,把手里的摄影器材掉到地上。"

"你也看到了,我该到医院去了。"艾玛说。

"面对真实的生活,而不是生活的图像时,他很难聚精会神。"

艾玛总算把她住院需要的东西都收拾好,装进一个用波斯地毯做的落满灰尘的包里。在普拉克西丝看来,那是一个很旧、很破的包。看来在这个家,她得学会喜欢过去时代留下来的手工艺品。放眼望去,屋子里没有一样擦得锃亮的新东西。什么都是旧的。

"我恨菲利普,"艾玛很平静地说,"恨这幢房子。总爬楼梯,小腿肚子都变粗了。我恨所有男人,所有孩子,恨婚姻制度。最恨肚里这个孩子。现在不和你谈这些了。我一激动血压就会升高。帮我照看好一切,普拉克西丝。别打菲利普的主意。"艾玛说。然后,似乎想了想,想起童年时代老师家长的教导,才补充道:"非常感谢!"

艾玛穿着高跟皮鞋扭扭搭搭向出租车走去,上车后和司机说着什么。司机好像很不情愿拉她这个乘客,不过还是一踩油门儿,飞驰而去。这时候,艾玛才想起和两个孩子挥手告别。可他们好像没看见她似的只顾自己玩儿。出租车走了之后,两个孩子才回家,爬上位于阁楼的卧室,并排坐在床边看电视。一边看一边吃放在盘子里的水果和糖,把果皮和糖纸随手丢在地上。他们显然不像罗伯特和克莱尔那样喜欢整洁,温顺听话。他们只听自己想听的话,做自己想做的事。但是普拉克西丝看得出,艾玛的孩子一定会快快乐乐地享受她母性的柔情。这份爱依然从她身上流淌出来,就像乳汁在断奶的小宝宝唇边流淌一样。随着时间的流逝一切都会好起来。她知道会的。

普拉克西丝也在床边紧挨他们坐下。她抽出一张纸巾给詹森擦鼻涕。可是小家伙脑袋一扭,不高兴地说:"别擦!我就喜欢它流下来。"然后伸出舌头舔那股清鼻涕。

普拉克西丝笑了起来。在她那个小区,这种事儿永远不会发生。

她一下子觉得在这个家很自在。

晚上菲利普下班回来,看到妻子不在家,普拉克西丝代替她照看两个孩子,吃了一惊。他在电影剪接室一直工作到九点,已经疲惫不堪。他的头发也少了,不再像个年轻人。

"本来说好明天去呀,"菲利普说,"我带她去,都安排好了。我今天忙着剪辑片子。走不开。怎么能走开呢?她知道得很清楚。"

孩子们已经换好睡衣,但还坐在床上看电视,大口大口地吃水果和糖。保姆显然对他们这种晚上不按时睡觉、不加限制地吃糖果、坐在床上看电视的坏习惯有看法,所以才拂袖而去。这两个孩子壮实、健康,比罗伯特和克莱尔大一圈儿。皮肤白皙,胖乎乎的脸,棕黄色的头发耷拉在眼前,嘴唇棱角分明,和菲利普一模一样。普拉克西丝在他们身上看到菲利普的影子,心跳加速。他们本应该是她的孩子。她知道这一点。

和往常一样,单独和菲利普在一起的时候,她就有点尴尬。他在厨房里走来走去,找面包和奶酪。他打开一瓶红葡萄酒,好像每天都喝一样。在他们那个小区,大家只有在过生日或者有什么庆祝活动的时候才会喝红酒。他站在那儿吃喝。普拉克西丝有点困惑不解。许多年来,无论是和威利还是和艾弗一起生活的时候,她总是在男人下班回家之前,先在餐桌上摆好饭菜:汤,肉,两样蔬菜,再加上布丁或者别的什么主食。此刻,她坐在长凳上看着。菲利普把面包和奶酪推到普拉克西丝面前。面包是那种法式长面包。奶酪很软,上面裹着黑胡椒。在他们那个小区,大伙儿吃的都是三明治和切达奶酪,或者加工过的食品。

"艾玛对奶酪很有品位,"他有点悲伤地说,"她走的时候高兴吗?"

"没什么特别的。"

"我没法让她幸福。"他说。

"人要想幸福得靠自己。"普拉克西丝言不由衷地说。

"你幸福吗?"他问道。

"不。"

"我本来应该娶你。"菲利普说。

一阵难堪的沉默。

"我知道。"普拉克西丝最后说。

"从另外一方面说,"过了一会儿,菲利普说,"也许人就不应该结婚。世界上要做的事情很多,可是最有能力去做这些事情的人常常陷入'合伙人'这种可怕的关系之中。"

"我一直生活的那个地方,"普拉克西丝说,"没有'合伙人'这种问题。女人任人摆布,谁都不想改变什么。"

"你说的都是过去的事儿了。"菲利普说。

"是的。"普拉克西丝说。

"艾玛认为你不会对我怎么样。"普拉克西丝说。

"她疯了。"菲利普说。

"我倒宁愿她说的是真的。"

"我知道,我本来应该和你结婚,"半夜里,菲利普说,"你身上这么暖和。冬天搂着你一定非常美妙。威利总说你热乎乎的。"

"威利身上很凉。所以也许只是和他比较,我热乎罢了。"

"我不这么想,"菲利普说,"我们两个人应该结婚。倘若那样,就省了这许多麻烦。"

"过去我总觉得很难和你聊天,"普拉克西丝说,"不知道为什么。"

"我知道。都是因为怕难为情,"菲利普说,"一开始就错了。如果那次掷硬币我赢了威利,情况就完全不一样了。哦,为了女朋友,掷硬币决定胜负。"

"我以为是你赢了。"

"不,我输了。"

"躺在艾玛的床上,我的感觉一点儿也不好。"普拉克西丝说。

"别这样想,"菲利普说,"一旦这样想,可就没完了。"

"对不起,"普拉克西丝说,"不管怎么说,也是自欺欺人。"

"有点儿,"菲利普说,"不过她从来不在这张床上睡。她大多数时候都在那张空着的床上睡。她把性当作控制丈夫的武器。"

"可她不照样怀孕吗?"

"这种事儿你还不知道吗?"菲利普趴在普拉克西丝身上说。

以前她从来没有清楚地意识到,性满足会因为实现了想要完完全全占有某个人的愿望而获得。她把那种快感的获得只是看作局部肉体受到刺激的结果。她想,这大概就是爱情。不管是什么,快乐与幸福都溢满心头。他毫不怀疑,追求这种幸福与快乐并无不当。

早晨,医院打来电话。艾玛开始分娩了。菲利普召集他的拍摄团队前往医院。

"我不希望她拍这玩意儿,"菲利普说,"我觉得没什么意思。拍别人可能容易点,拍自己的老婆就是两码事儿了。可是正如艾玛说的那样,拍完这个短片,她可以赚两百英镑,我赚五百英镑。楼下那个老太太走了之后,我得装修,需要钱。这部片子是自然分娩基金会赞助拍摄的。无知和恐惧像乌云笼罩着人们的心,大家对分娩都有一种神秘感。我们应该扫除这朵乌云,等等,等等。不过,坦率地说,我还是不希望她干这事儿。"

"如果是艾弗,你就是给他一千英镑,他也不会干这种事儿。"

"那就找艾弗去!"他生气地说。

"绝不!"

"哦,好了,"菲利普说,"没有牺牲就没有进步。"他动身去医院了。结果空欢喜一场。艾玛没生。摄影团队那几位同事虽然没干活儿,但还得给人家开工钱。

"我们从来没把拍这部片子的收入列入预算,"菲利普说,"毫无疑问,这是艾玛的计划。"

"她很难不这样想。"普拉克西丝说,但也没有绝对的把握。

维多利亚和詹森发现菲利普和普拉克西丝在一张床上睡觉。

"你在我妈妈床上干什么呢?"维多利亚问。

"让它暖和起来呀。"普拉克西丝说。

"我要告诉妈妈,"维多利亚生气地说,"她不让任何人上她的床。连我也不行!"维多利亚六岁。詹森爬上床,坐在普拉克西丝身边。

"你是比妈妈暖和。"

"我们该怎么办?"菲利普有点无奈地说。

"也许没有故事线,你就不知道该怎么办了。"普拉克西丝建议道。

"我是拍纪录片,又不是拍故事片,"他说,"没有故事线。这也正是麻烦之所在。我做的事情不是我想做的,我过的日子也不是自己想过的。"

艾玛真的要生了,摄影团队又集结起来,布好灯光,调好拍摄的角度和距离,准备拍摄宫缩的连续镜头。然后,他们在外面徘徊着等待。十二个小时后,医生把摄影师们都赶了出去,要马上给艾玛做剖腹产手术。剖出来的是个男孩儿。她还得住十天院。

"基金会说的没错,"菲利普说,"自然分娩受到太多的干扰。如果别管她,她就会顺顺当当把孩子生下来,我们的电影也就拍成了。他们不应该给她打针,放慢分娩的速度。我自个儿倒无所谓,找个'志愿者'很容易。问题是艾玛一定会气个半死。不但错过了当一回'电影明星'的荣耀,还没赚到两百英镑。我知道,她是挺想当个电影明星。这就是她全部麻烦的根源。她不明白为什么我没法让她实现明星梦。"

普拉克西丝本来想提出不同意见,说一句"可怜的艾玛",可是她担心这时候做出一副同情的样子,一定让人觉得很虚伪。

菲利普激动起来,在厨房里走来走去。这会儿,他本来应该去看望艾玛。

普拉克西丝已经把几个铜平底锅擦得锃亮,把水龙头后面和切肉的砧板擦洗得干干净净,改造别的女人的厨房很容易。

"我想拍自己的电影,"他说,"而不是替别人做嫁衣。"

"那你为什么不拍了?"

"因为我得管这个家,"他伸出手,朝屋子里指了指,两个孩子,不在家的妻子,拂袖而去的保姆,眼前这位情妇,一个个房间,辱骂,生气,放纵,纪律和与中产阶级生活有关的全部事情,"都得花钱。"

白天,普拉克西丝打开地下室的门,请社区工人来清理那位已故老房客留下的东西。工人们把那些破烂儿先弄到大街上,然后再弄到停在路边等候的垃圾车上。一个巨大的铁螺栓把所有的垃圾都破碎、搅拌、压缩到一起。椅子、沙发、床都被尿浸泡过。落满灰尘、沾满油污的圣诞节贺卡、结婚照片、许久以前的信、明信片;寒冷的夜晚,老太太当毯子盖在身上的旧报纸;裂缝的罐子,锡餐具,老鼠夹子,发了霉的面包片,应有尽有。工人们干完活儿,点点头,婉言谢绝了普拉克西丝送上的小费,按照表格上的下一个地址,又去清理垃圾。

地下室虽然已经清理得空空荡荡,但还散发着一股臭味。普拉克西丝真的痛恨艾玛。

"我应该做得更好一点,"普拉克西丝想,"我不会让她烂在这儿。"可是,她会吗?

"你的意思是,你让他们把什么东西都弄走了?"菲利普急了,"艾玛打算看一遍那些旧明信片。那里面也许会有些有趣的东西。你知道,现在有的人喜欢收藏这些玩意儿。"

"真遗憾,我不在家,"过了一会儿他说,"那里面很可能会有许多有趣的素材。"

又一天过去了,充满爱、平静和互相给予对方的激情。维多利亚和詹森的朋友们来喝茶。孩子们吵吵闹闹,把屋子弄得乱七八糟,把普拉克西丝累得精疲力竭。他们的父母来领孩子的时候,都冷冷地看着普拉克西丝。她似乎露出了马脚:眼窝深陷,性欲得到满足。她仿佛听见他们在说:可怜的艾玛,你躺在医院里,家里却出了这么倒霉的事儿!

普拉克西丝想,难道那些人真的认为艾玛可怜?还是和她一样,认为艾玛是个自私、脾气不好的荡妇,最好躲得远点儿。

"你应该去医院看看艾玛。"普拉克西丝说。

"她怀的不是我的孩子,"菲利普说,至少有一段时间他阳痿,"除非是我睡梦中和她有的。你不知道生活怎么回事儿!"

"艾玛一直去参加'诗歌朗诵会'的活动,"他说,"和一个浑身汗毛的诗人有了奸情。"菲利普自己身上光溜溜的,几乎没有汗毛。

"这简直让人难以置信。"普拉克西丝说。

"那个家伙是个美国人,"菲利普说,"普利策奖获得者。"普拉克西丝这次不再"难以置信"了。

"我不能让你走。"菲利普说。

"那就不走。"普拉克西丝说。

"艾玛对我说过,她讨厌你。"普拉克西丝说。

"艾玛说,你是个窥淫狂,不过是用照相机遮人耳目罢了。"普拉克西丝说。

"艾玛说你阳痿,是个喜欢攀高枝儿的人。"普拉克西丝说。

等等,等等。普拉克西丝在为她的生活、为她的幸福和艾玛的孩子们而战。

"我爱你。"普拉克西丝说。她说的是心里话。

"我后半辈子不能和一个疯女人过日子。"菲利普说。

"那就不要跟她过。"

普拉克西丝给艾弗打了个电话。艾弗在电话那边抽泣。电话的功能常常让她惊讶。这个国家千家万户都用一根细细的电话线连着。悲伤、痛苦,通过这根电线从遥远的地方传来。

"你在哪儿?"他抽泣着说,"你在干什么?这些天你一直在哪儿待着?和谁在一起?你难道永远不回家了?你要是敢不回来,我就杀了你!你这个荡妇、婊子!你什么时候回来?孩子们需要你。连猫都病了。"

她放下电话,过了一会儿又打过去。他平静了一点。不,她不会回去!家怎么办?他哀求道。他们共同的生活,还有两个孩子怎么办?

"卡罗尔的事怎么办?"普拉克西丝毫不留情地问道,"你不让我母亲和我们一起生活又怎么说?"

"你只说过一次。"他回答道。此刻普拉克西丝提起这个问题,他十分惊讶。

他非常生气,说要和她离婚。她说,她将应诉。他说,不管怎么说,她都不适合照顾孩子。她说,她知道。他说,她疯了,荒唐,不正常。她不否认。他说,孩子们半夜里哭着不睡觉。因为他们,他连班也不能上。他该怎么办?她说,她也不知道。还说,总可以找卡罗尔帮忙吧。

"真是俗不可耐。"菲利普很平静地说,从她手里拿过听筒,放到电话机听筒架上。普拉克西丝想起两个孩子,不由得哭了起来。菲利普说,他们很快就会安顿下来,然后,她就可以去看望他们。

"怎么安顿?"

"办法总会有的,"他说,"还有你母亲的事儿。"

"可是对于你一个样儿,只是负担更重了,"她哭着说,"更多的人,更多的家务,更多的责任。"普拉克西丝真实的想法是,她只想要一个两人世界:菲利普和普拉克西丝。他们给艾玛写了封信,直言不讳地告诉了她这个意思。

艾玛太虚弱,也太震惊,什么话也说不出来。而且,不管怎么说,普拉克西丝也好,菲利普也罢,谁也不在旁边听她哭诉。出院后,她带着刚生下的小宝宝,径直到乡下,找她的堂哥去了。

"根本就不是我的孩子,"菲利普说,"这就说明问题了。她心里有愧,要不然不会这么老老实实,一声不吱。"

听说那位普利策奖获得者到乡下看艾玛之后,普拉克西丝心里好受了一点。邻居们和她擦肩而过的时候,都不说话。商店老板对她充满敌意。普拉克西丝希望是自己太过敏感,别人并没有真的对她心存偏见,不通情理。她认为,自己并没有对艾玛造成太大的伤害。艾玛讨厌菲利普、讨厌她的孩子,还有这幢房子。这是她亲口对她说的。

艾玛因为剖腹产手术并发症不得不回医院住了整整三个月院。堂哥两口子替她照顾小宝宝,每星期给维多利亚和詹森打两次电话,接他们和妈妈见面。毫无疑问,那夫妻俩——她堂哥戴一顶花呢帽,嫂子围着头巾——对普拉克西丝很冷淡,和菲利普说话粗喉咙大嗓门儿。普拉克西丝和菲利普都觉得挺好玩儿。然而想到艾玛一定不会和她的堂哥、堂嫂说出事情真相,他们心里还是有点不安。

普拉克西丝好像戴了眼罩,目光只能集中在眼前那一点点东西之上。别的东西都是模模糊糊,或者漆黑一片。她无法理解自己造成的这种局面、自己所做的一切,都意味着什么。白天,她被欲望搞得头晕目眩;夜晚,又因为欲望满足而十分虚弱。

有时候,她躺在床上睡不着,为罗伯特和克莱尔难过。但是不经常想起,想起来时间也不会长。

维多利亚和詹森从艾玛堂哥那儿回来之后,吵吵嚷嚷,像两个野孩子。孩子不允许到母亲的病房。詹森开始尿床。天天一泡,坚持不懈。普拉克西丝只好扯下床单天天洗。她心里想,艾玛应该感谢她才是。需要钱的时候,她就跟菲利普要。他就乐呵呵地把大把大把的钞票塞给她,既不自己先数一遍,也不会事后让普拉克西丝报账。而普拉克西丝和艾弗在一起过日子的时候,必须一笔一笔把各项开支都说得清清楚楚。

那几个星期,菲利普坐在餐桌旁边享用可口的晚餐。每一顿饭都是一个惊喜,精选的肉片儿,不常见的蔬菜,如果厨艺有什么缺欠,也会拿白兰地,或者冰淇淋,或者这两样东西弥补。

"真正的好女人。"菲利普不无感激地说。他们俩坐在桌子一边,这样更容易亲密地偎依在一起。

有一天,菲利普出去拍片子,维多利亚和詹森跟着那两位看起来颇为滑稽的舅舅、舅妈去看他们的妈妈。普拉克西丝去布赖顿,看望威利和卡拉。

霍尔顿路109号,看起来仿佛比以前小了,也紧凑了。只是长长路上的一幢老式房子,很不方便,但不再是噩梦造访的黑暗之地。威利和卡拉土里土气,有点古怪。威利不再那么强势,卡拉不再是他手里的王牌。她是一个娇小、疲惫、被人占尽便宜的年轻女人,面色苍白、眼窝深陷,举手投足就是个仆人。她穿着围裙,脚步匆匆,手里拿着要熨烫的潮湿的衣服,或者端着热气腾腾的饭菜,普拉克西丝不由得想起很早以前那位朱迪思。威利一会儿跑到楼上,一会儿跑到楼下,似乎对自己的地位、身份不甚了了,完全是当年那位摄影师亨利缩小了的"版本"。普拉克西丝有一种感觉,她的生活仿佛从彩色照片变成黑白照片。她现在也成了菲利普想象的一部分。她看到的东西都缺乏一种坚固性。菲利普用两手的食指和拇指做成一个方框,把她套在里面。然后可以随心所欲地编辑,剪裁,切换到另外一个方框。哦,我要疯了,普拉克西丝心里想。

"干得不错,帕蒂,"他说,"至少六个人的生活被你毁了。两个倒霉的孩子,你那位让人难以置信的艾弗。还有让人无法忍受的艾玛和她那两个时髦的小顽童。当然还有菲利普。"

"我爱菲利普,他也爱我。"

"这算什么理由呀?跟我们大伙儿一样,他不过是又一个该死的傻瓜。不,不是六个。是七个。还有艾玛刚生的小宝贝儿。"

"那个孩子不是菲利普的。"

"谁说的?"

"菲利普。"

威利笑了起来。普拉克西丝嘤嘤啜泣。卡拉不停地叹气。这时候,玛丽打网球回来。她已经出落成大姑娘了,长腿,长头发,皮肤光滑柔润。

"帕蒂姑妈,"她高兴地喊道,"帕蒂姑妈,我们好久没有见面了。"她现在在布赖顿中学上学。不穿校服,也不像普拉克西丝她们上学时那样,学习成绩好,丰满的胸前就会丁零当啷挂一溜奖牌。

他们一起吃周日晚餐。

普拉克西丝兴冲冲地给玛丽讲化学考试和医学院。但是,此刻,有一个东西在她脑海里非常清晰,像虫子一样,爬过重重障碍,终于将前面的路挡得严严实实。恍恍惚惚,她仿佛看见罗伯特和克莱尔在床上哭,还有一大群人赫然站在面前:艾玛,她的朋友;艾弗,她的丈夫。詹森,尿床;维多利亚,面色苍白、糊里糊涂。那一对态度冷漠的堂哥堂嫂,那些吹毛求疵的邻居、杂货店老板……

"不管怎么说,我们都有权利让自己生活得快乐。"威利说。

"我可没把握。"普拉克西丝说。去了一趟浴室之后,端上烤牛肉、约克郡布丁、烤土豆、冷冻青豆、葡萄干布丁、奶油蛋羹和别的好吃的东西。

她回到伦敦,但没有去看望母亲。她给艾弗打了个电话,艾弗拒绝她去看孩子。他说,她没资格去看他们。再过些日子也许可以。她看过精神病医生吗?

菲利普用两只手的食指和拇指,做成一个框子,观察她的忧伤。
"艾玛从来不哭。"他说。
"对不起。"
"没关系,"他说,"你的泪水浇灌我生命之根。"他安慰她。她爱他,尽管清楚地知道,他并非没有瑕疵的完人。看到这一点,她更变得通情达理。

希尔达来看普拉克西丝。
"你把生活搞得一团糟,"她抱怨道,"女人想有的,你都有了:爱你的丈夫,可爱的孩子,温馨的小家。可是现在你毁了这一切!"
普拉克西丝比平常更冷淡、更大胆地看着希尔达。希尔达穿着黑白两色的裙子,头发喷了发胶,呈蜂窝状,高高地盘在头顶。脖子上戴着一串珍珠,脚步轻快,趾高气扬。
"这不是你想要的生活。"普拉克西丝说。
"如果你有事业,"希尔达说,"你就必须做出牺牲。不管怎么说,我们俩一直就有天渊之别。你比我好色,总是给人带来麻烦。"

"是吗?"

"可怜的威利,"希尔达说,"他倒是准备站在你这边,可你就是不满足。你应该知道,正是因为你刚刚十来岁,就和另外一个小姑娘做出那些肮脏的事情,把妈妈气得住进精神病院,一直到今天。"

普拉克西丝忍不住哭了起来。希尔达的态度似乎温和了一点,但也没好到哪儿去。

"我想,那也不是你的错儿,普拉克西丝。你的灵魂天生就卑劣、肮脏。一定是从可怜的妈妈那位丈夫那儿继承来的。"

"他不是她的丈夫。"

"你明白吗?"希尔达觉得她的观点得到证实,"你在社会底层挣扎,像个平民,像个仆人。"

没错儿,普拉克西丝染成黄色的头发又露出黑颜色的头发根儿。因为哭泣,眼睛通红。生活方式一变,就感冒,鼻子不通气。凡此种种,她看上去确实不漂亮。可是菲利普对这些不在意。他说,看惯了艾玛总是把自己打扮得油光水滑的样子之后,普拉克西丝素面朝天,更让他心里踏实。他宁愿看普拉克西丝趿拉着拖鞋那副懒懒散散的样子,也不愿意听艾玛穿着细高跟鞋咔哒咔哒地走来走去。他们相拥着躺在床上,普拉克西丝抽着鼻子,叹着气,菲利普甜甜地睡着。

"希尔达,"普拉克西丝说,"要不是有人给艾弗写了封匿名信,说我跟他结婚之前是个妓女,我们俩过得一定很好。"

希尔达面无表情。

"可是没有人会相信这样令人作呕的事。"希尔达似乎很真诚地说。

"你是真的恨我,"普拉克西丝说,"从小,你就一直恨我。"

"太幼稚了,"希尔达说,"你已经是个三十多岁的、成熟的女人,怎么说起话来像个五六岁的孩子?如果你不曾生在这个世界,对谁都好。可你来到人世也不是你自己的错误。"

普拉克西丝哭了起来。希尔达冷冷地看着妹妹。

"怎么了?"她说,听起来好像是奇怪,而不是关心。

"我没有一个亲人,"普拉克西丝说,"从来就没有。母亲,父亲,你……没有一个人待见我。"

"天哪!"希尔达说,"你是所有人的宝贝儿。从我记事以来,你男人换了一个又一个。你甚至还生下两个孩子。可你能做的事情,似乎就是抛弃他们。瞧瞧你!又歇斯底里大发作。我看你这是月经来潮前的表现。女人就是这样被生理周期控制着,无可救药。"

希尔达现在在政府部门的工作,就是要尽最大努力,阻止把妇女管理培训生引入国有企业的计划。

希尔达收拾起她——一个老大姑娘那点简单的行装,扬长而去,"管理国家"去了。菲利普回来的时候,普拉克西丝还在哭。

"她总是踩在我的头上,欺负我,"普拉克西丝抱怨说,"践踏我,把我搞得一塌糊涂。她总这么干。以后也还会这样!"

普拉克西丝去看望艾玛。她心慌手抖,连气也喘不过来,结果站错了站台,错过那列火车,不过最后还是到了艾玛住的地方。菲利普不想让她去看艾玛,所以她是背着他去的。他当然迟早会发现,倘若责备她,就只能忍着了。艾玛的堂哥一家住在苏塞克斯郡一个农庄。堂哥是个股票经纪人,嫂子养马。艾玛是这个家里的闲人。

一家人对普拉克西丝很冷淡。狗汪汪汪地叫着朝她扑过来,差点儿没挣脱锁链。他们没让她进屋喝杯茶,而是把她径直领到艾玛跟前。艾玛戴着墨镜,四仰八叉躺在一张帆布躺椅上。旁边放着一张婴儿床。小宝宝在床里睡得正香。

"对不起,"普拉克西丝说,"我想,我是疯了。我会马上搬出去的。"

"用不着了,"艾玛说,"我得癌症了。我不想让菲利普拍下我临死前痛苦的挣扎。"

("她当然没有得癌,"菲利普气愤地说,"在我的记忆中,她总是拿癌威胁我。她什么手段都用得出。不过没有一样是受人尊敬的。")

"不,"艾玛对普拉克西丝说,"你就待在那儿当保姆吧。等菲利普装疯卖傻时给他擦鼻子。那个家的家务活儿确实很重。什么变化也不会发生,除非你再生个孩子,或者等那两个孩子长大。要不然那些三教九流、令人讨厌的家伙来聚会之后,你可有洗不完的杯盘碗盏。"

"听我说,"艾玛说,"一觉醒来,如果你还想活着,就不该过这种生活。反正我早晨醒来,看见旁边躺着个菲利普,就想死。"

("艾玛的问题是,"菲利普说,"她患有严重的抑郁症。你能想象到这么多年和一个抑郁症患者生活在一起是什么滋味吗?对孩子们那会是个什么样子吗?对那个倒霉的'普利策宝宝'又会是个什么样子呢?她应该绝育才对。")

"怎么做也一样,"艾玛说,"人总是宁愿自己离开,也不愿意被抛弃。总有一天,他也会对你下手。你当心点就是了,只是时间迟早的问题。很凶狠。他差点儿杀了我。你也差点儿杀了我,普拉克西丝。我不相信他,但相信你。可是,你难道一点儿也没有为我想过?"

"没有,"普拉克西丝说,"事情发展到那一步,我始料不及。"

"我至今记得,还是年轻姑娘的时候,"艾玛说,"爱情对于你我都是公平的。和男孩子约会总要优先于和女朋友约会。可是现在,我们都已经有家有业,有孩子,整个生活都处于危险之中,普拉克西丝。有人和你说过这些吗?"

"没有。"

"好的。"艾玛说。她似乎十分虚弱,没有力气,哭了起来。

"我认为你是我的朋友,"艾玛说,"我真的这样认为。"

"我爱他,"普拉克西丝说,"你不爱他。我能让他快乐。"

艾玛似乎大吃一惊。她脸上那种表情普拉克西丝以前从来没有见过。艾玛拿起普拉克西丝的手,贴着自己的面颊。

"哦,"她说,"爱情!"

普拉克西丝打扫艾玛的屋子,照顾艾玛的孩子,和艾玛的丈夫睡觉。她全然不曾想到,一个像艾玛这样总是心怀恶意的女人,此刻居然对她多了几分宽容;她也非常惊讶地发现,艾玛对她的感情比她对她深。

可是,没有多久,等艾玛恢复了健康和体力之后,她的宽容戛然而止。

艾玛和艾弗两面夹击。都要求经济赔偿。菲利普外出,去拍第三世界的贫穷。回来之后,看到这局面,义愤填膺。更糟糕的是,他身体虚弱,似乎感染了什么热带地区的病毒。普拉克西丝不得不去找律师。

最终,艾玛和菲利普离婚,艾弗和普拉克西丝离婚。法院把维多利亚和詹森的监护权判给菲利普。艾玛对此没有提出异议。艾弗赢得了罗伯特和克莱尔的监护权。普拉克西丝本来想把两个孩子的监护权争取到自己的名下,可是艾弗威胁,要把她过去做妓女的经历说出来,指控她道德败坏,没有资格带孩子。普拉克西丝只好作罢,不过法院判决她可以随时去看孩子。

艾玛还要求菲利普给她买一套公寓,并且支付生活费。对于他,这种"实际的义务"无疑是沉重的负担。现在,他再给普拉克西丝钱的时候,不得不数数了。普拉克西丝也不得不出去干活儿了。"我觉得,再辛苦也值。"新婚之夜,普拉克西丝说。

"当然值,"菲利普说,"我真想放几台手持摄像机到住院医生的办公室。瞧那一张张面孔!"

做爱的时候,他总是睁着一双眼睛。普拉克西丝心里充满了爱和谦卑,宁愿他闭上一双眼睛。当灵魂出窍,在狂喜中融为一体时,肉体表现出的每一个细节已经无关紧要。但是对菲利普而言,这一切并非显而易见。他已经把她"框"在他两手做成的那个"正方形"里。

菲利普现在在 BBC 工作。不是在编辑部,而是自由撰稿人。他的头发越来越少。常常在小花园里和维多利亚、詹森玩些很危险的游戏。像投标枪一样,扔花园里的棍子,差点儿打伤邻居家的猫和小孩儿。维多利亚和詹森听到邻居家大人小孩大声叫喊,既惊讶,又不屑一顾。不过出于礼貌,也跟着叫喊几声。罗伯特和克莱尔来过周末的时候很紧张,也很害怕,不敢跟他们一起玩。罗伯特一个人玩乐高积木,克莱尔摩挲艾玛那只白猫。普拉克西丝觉得自己两个孩子和她一起待在这儿很不开心。这家人吃饭的时间没有规律,吃饭前谁也不洗手,也不会说"请""谢谢"。他们用和艾弗一样的棕色眼睛疑惑不解地凝视着她。她觉得自己没有什么东西可以给予他们,没有什么东西可以慰藉他们幼小的心灵。但是,他们夜里睡得很香,谁也不哭。她在门口悄悄地听,直到没有动静才放下心来。维多利亚和詹森对他们还算容忍,只是觉得他们很乏味。菲利普看到自己的"帝国"扩大了,倒很高兴。

普拉克西丝没心思去染发,头发根儿又长了出来。菲利普在一家广告代理公司给她找了个活儿。

"我以为你不喜欢广告业。"普拉克西丝说。

"我不知道一个光鲜亮丽如你,而又完全没有受过训练的人还能干别的什么,"菲利普说,"除非到学校食堂当服务员。"

"这活儿也不能说是你给我找的,"后来普拉克西丝喃喃地说,"我经过了许多测试。"她在抄写部门工作,给电力局写小宣传册。

"问题是,如果不是看在我的面子上,"菲利普说,"他们永远不会给你测试的机会。"

他这么说是为了"居功",还是责备,普拉克西丝不得而知。

"女人从根本上讲没有道义,"菲利普在聚会吃饭时常常抱怨,可言语间又不无赞赏,"她们总是追求自己想要得到的东西,弱肉强食。无论生孩子,找男人,性,升迁,她们都不会让任何人挡她的道。凶残野蛮。"

这是大伙儿吃饭喝酒时,男人对女人概括总结时发表的言论,女人们听了吃吃吃地傻笑,因为受到关注颇有点受宠若惊。

普拉克西丝很难去看望母亲。每逢周末,她要照顾四个孩子——艾玛很少接她那双儿女去玩——还得收拾家,干自己的活儿,买食物,做饭,洗衣服,熨衣服,再叠好收起来,等等,等等。菲利普不愿意让她雇小时工,更不要说雇那种帮助做家务换取食宿的人。

"家里没有外人好,"他真心实意地说,"别非得把家收拾得一尘不染。能住就行了。"

即使"能住就行",也很累人。他已经习惯每天三道菜的丰盛晚餐,还要有冰淇淋、白兰地。

"你既然担心你母亲,为什么不把她接来?"菲利普问。

"因为倘若接她过来,我就得放弃这份工作。"普拉克西丝很简短地说。她自己也觉得最近说话总是简明扼要,或许因为活儿太多,总是干不完。"你的收入不稳定,还得靠我赚的那点钱。"

如果都让菲利普付账单,许多项服务就得取消,要债的人就会找上门来。所以,她要自己付。没关系。

"别为钱着急,"菲利普说,"中产阶级的下层才会总为这事儿心烦。"

她觉得自己现在比以往任何时候都幸福。或者即使不能拿幸福这个字眼儿来形容——溢满心头的幸福是年轻人的事,她已经青春不再,幸福与她擦肩而过,而且爱情固然非常重要,但并不是一切,除了爱情还有亲情——她至少过着很安逸的生活。身边的人不是惊讶地看着她,而是总能理解她说的话,并且与她产生共鸣。

那家广告公司提拔了她。现在她写大标题,内容提要,而不是只写广告正文和很小的印刷体文字。她觉得这活儿一点儿也不难。她有一个助手,一间办公室,地上铺着地毯,窗台上摆着花。她仔细推敲,字斟句酌,让写出来的广告词正好占满留下来的空白。她每天都要搞一个为期一天的纵横字谜游戏。填完最后一条提示,观众爆发出掌声。

"上帝把她造就成女人,"她充满喜悦地说,"爱情把她造就成母亲——而这一切,都借助于家电的一点帮助!"

她发现决定晚饭吃什么比决定采取什么广告营销策略,用什么字体还要难。给孩子们讲道理,比和艺术总监争论更让她心烦意乱。她得坐在桌子旁边,看食谱,计划晚上吃什么、喝什么。在家里吃饭越来越成为一件费心劳神的事情。菲利普回家一门心思就想着这顿可口的晚餐。他还经常带些电影界的朋友回来吃饭。他们对她的厨艺也都寄予很高的希望。她不邀请她在广告圈子里认识或者喜欢的朋友来家里做客。菲利普觉得他们浅薄、俗气、华而不实。

她想起艾玛曾经告诫过她的话。

"别给他做可口的饭菜吃。倘若那样,他天天就指望着你伺候他了。"

太晚了。

她去开会。大伙儿很严肃认真地听她发表意见。同事们尽量避免被她责备。普拉克西丝不耐烦地承认自己的缺点,以便把手头的工作做完,早点回家打扫干净楼梯,把垃圾桶拿到外边,准备第二天早晨倒掉。她落了个勤快能干的好名声。

菲利普不去上班的时候,就待在家里玩录音机,准备脚本,想着如何拍摄一部故事片。

"家必须是一个人生活的背景,"他经常说,"而不是没完没了干活儿、辛苦的地方。"可是家里不整齐的时候,他又抱怨。他又不喜欢看着普拉克西丝屋里屋外忙来忙去。"快坐下吧,"他会说,"没必要着急!乱点有什么关系?我明天下午请人来吃晚饭。吃炖小牛肘好吗?"

要吃炖小牛肘就意味着她必须在吃午饭的时候到苏活区。她得先收拾好,炖好。现在普拉克西丝以"好厨师"著称,她不愿意轻易放弃这个好名声。

"女人的使命感和最高境界,"她写道,"是让女人忙忙碌碌。而家电可以帮助一个劳动妇女保持平静,保持冷静。孩子们亲吻着向她道一声晚安。"等等,等等。她真是广告圈儿里脱颖而出的新人。其他广告公司想把她挖走。可是她忠实于现在所在的公司,于是得到进一步的升迁。她身材苗条,和蔼可亲,衣服很合体。

从她原来住的那个小区传来消息,黛安娜的丈夫从夜总会回家的路上,遭遇车祸,被撞而死。秘书也一起身亡。人们问,他是在回家路上的什么地方被撞死的?死者留下黛安娜和两个孩子。艾弗一个月之内就娶了她。是出于爱情还是同情不得而知?不过这已经无关紧要。罗伯特和克莱尔来看母亲的时候少了。如果来,罗伯特穿得像个小大人儿,西服领带。克莱尔穿着女装衬衫、百褶裙、白色短袜、红色系扣鞋。维多利亚和詹森穿着脏兮兮的牛仔裤和运动衫,不和他俩玩。罗伯特只好一边玩乐高积木,一边打呵欠。克莱尔一边摩挲艾玛的猫,一边想她最好的朋友——黛安娜的次女。艾玛把还在蹒跚学步的贾斯廷丢给普拉克西丝,自己去美国,一走就是三个月。

"可我还得上班。"普拉克西丝说。

"按照你的广告,"艾玛说,"做母亲的就不该出去干活儿。"

她完全换了一个风格,素面朝天,不再化妆,穿牛仔裤、运动鞋。她把头发剪得很短,自然而然垂下来。她看起来多了几分聪明,少了几分任性。她还做了绝育手术。

"我不会再怀孩子了,"她说,"我觉得自己是人,而不再是个生孩子机器了。"

普拉克西丝非常惊讶。她自己服用避孕药。那时候的避孕药加工还不精细,雌激素和黄体酮混合起来,剂量很大,会造成急性抑郁症、血栓、水肿、不孕症,严重的时候还会导致死亡。大部分医生对避孕药的副作用都激烈反对,尽量不给自己的妻子开。而普拉克西丝服药后,除了周期性痛经,并没有别的感觉。可是每天服用避孕药,还是对她女人本性的一种否定。这种本性是她生命中最宝贵的东西。

"电器可以帮助你保持女人的天性,让你真正地被爱!"她写道。

"打开电热水器开始新的一天!"这是她写给男人的广告词。肌肉强健,汗水淋漓,站在喷洒着热水的淋浴喷头下面,抬起胳膊,在腋窝下面抹上肥皂。

男人的腋窝可以堂而皇之地展现在众人面前。女人的腋窝,不但麻烦事更多,还被认为是私密之处。

"我不能带贾斯廷,"普拉克西丝哀求道,"真的不能。他很可爱。可他连学都没上。如果维多利亚和詹森病了,我可以临时帮帮忙。他们看起来不介意,可是我介意。我很愧疚,没有照料好他们。到目前为止,我很幸运,因为他们生病的时候,菲利普没活儿干,至少他可以待在家里。可是我不能求他……"

"你一定是疯了。"艾玛说,那口气让人琢磨不透。然后又说:"好了,你需要他们,你已经得到了他们。你想要菲利普,也如愿以偿了。"

"我认为,菲利普不想要贾斯廷。"

"为什么不想要？他毕竟是他的孩子。"

"我想他不是他的孩子。他是某位诗人的孩子。问题就在这儿。"

普拉克西丝第二次看到艾玛脸上露出万分惊讶的表情。

"天哪！"艾玛说，把贾斯廷留给普拉克西丝，自己扬长而去。

贾斯廷已经习惯被妈妈今天丢在这儿，明天丢在那儿。菲利普把他抱起来放到膝盖上，态度倒很平静，说道："孩子越多越快乐。"需要换尿布的时候，把他顺手交给普拉克西丝。贾斯廷并不像他们说的那样已经上了幼儿园，正在进行"上厕所训练"。给他找个日托的幼儿园很难。终于找到一家，但是离他们住的地方三英里远，还得坐公共汽车接送。菲利普自己开车上班，他现在和BBC一个很重要的拍摄纪录片的部门合作。大笔资金和许多人的工作都需要他及时赶到安排。而且需要他不急不躁，不愠不火，心情平静。

人们都说，他看起来很幸福。他们有好多朋友。为人夫者都赞扬普拉克西丝。说她拥有贤妻良母的所有素质。上得厅堂，下得厨房，能赚钱，会聊天，一位充满爱心的妈妈。曾经放荡不贞，现在却温柔贤惠。不过大家都认为她不是个很合格的好"管家"。她洗完盘子却不赶快拿走，付完账单从来不保留收据。

普拉克西丝血压升高,不得不休息一个月。不过坏事变成好事。因为就在这个月,先是贾斯廷,然后是詹森、维多利亚、罗伯特都得了麻疹。黛安娜写来一封信,非常生气地说,他们应该事先告知她麻疹的事。如果她知道,就不会让罗伯特回去。结果,小区一半的孩子都得了麻疹。言外之意,全是普拉克西丝的错儿。克莱尔这个周末不能来。倘若来了,她会想念她的朋友。她还喜欢和黛安娜一起在厨房里转来转去。不管怎么说,能吃到巧克力杯形蛋糕,或者别的普拉克西丝不会做的好吃的。

普拉克西丝整夜地哭。她累得要命。

"也许我们应该生个孩子。"菲利普说。
"我太累了。"普拉克西丝说。菲利普对妻子十分关心,便带家人一起到欧洲大陆度假。菲利普坐在地中海岸边棕榈树下读关于电影技术的书,普拉克西丝照顾那帮孩子。

普拉克西丝度假回来之后,因为肚子莫名其妙地疼,住了几天医院。出院后渐渐恢复了元气。艾玛从美国回来,接走贾斯廷,他们的日子才算消停了一点儿。

艾玛在世界小姐选拔赛现场周围游行。她手里举着旗子,上面写着,这样的选拔赛是对妇女的侮辱。她扔了一个烟雾弹,被警察逮捕。除了菲利普,谁也不明白她怎么会干这种事情。
"她最近越变越丑,"他说,"我估计她是嫉妒。"

日月如梭,哦,时间都哪儿去了？詹森已经穿和他父亲一个号码的鞋了。维多利亚开始借普拉克西丝的衣服穿了。普拉克西丝有点嫉妒她的青春年少了。

"家用电器帮你健康成长!"普拉克西丝写道。

威利和卡拉把露西接回去和他们一起住。她现在已经成了一个非常安静的老太太,过去的事情已经记得很少。普拉克西丝每个月都给他寄点钱。她估计威利现在一定攒了上万英镑,于是和希尔达商量,是不是让他交点房租。可是希尔达断然否决,也不给露西出点生活费,更不出钱维修霍尔顿路那幢房子。普拉克西丝把这一切都承担下来,而且乐此不疲。在她看来,这辈子一切悲惨的根源都是因为"记忆缺失"造成的。说到底,钱的获得,比爱情、友谊或者相互理解的获得简单得多。赚钱比开口跟别人要钱容易。

普拉克西丝胆子变得更大了。她雇了个清洁工,还雇了个名叫埃尔斯佩思的姑娘白天来帮她洗洗涮涮,到商店买东西。菲利普对这类事情不在意。她一直傻乎乎的,似乎总是在回首往事,把他的话当作金科玉律。其实,你只要施加点压力,菲利普就会让步。她虽然发现了这一点,也不觉得有什么高兴。她对他的爱没有稍减,只是形式有所变化罢了。

考琳从悉尼写来一封信。她和迈克尔离了婚。家庭医生说,他得了临床抑郁症,连自己是不是离婚也不知道。他现在在邦迪①海滩救生部门找了个差事。普拉克西丝张开想象的翅膀,仿佛看见终于获得自由之身的考琳和某位肌肉发达、皮肤黝黑、满头鬈发的澳大利亚彪形大汉手挽手,大步流星走过沙滩,鲨鱼在他们背后突然跳出水面。她希望这一切都是真的。她夜里一定睡得很香,不会再像以前那样半夜三更嘤嘤啜泣。

"让一个女人满意的是,"普拉克西丝在广告词里写道,"丈夫、孩子和家。一款新型电炉是给你的报偿。"

菲利普到越南拍摄战争场面和那里发生的那些可怕的事情。回来之后,他不仅为那些血腥场面震惊,而且义愤填膺。因为摄制组里一位伙伴被流弹打中而瘫痪。

"我真不理解你,"普拉克西丝说,"你以为那是去做游戏?你难道以为那不是真枪实弹?"她不应该说这些话。在她看来,打那以后他对她的爱似乎开始消减,对她的家务活儿也开始说三道四。

詹森从梯子上掉下来,菲利普大发雷霆,嫌普拉克西丝没照顾好孩子。詹森脑震荡,病情不但没有好转,反而加重。颅内出血。普拉克西丝彻夜守在医院。

菲利普大清早跑到医院,手里端着照相机拍送来急诊的病人。他还拍摄普拉克西丝那张惊讶的脸。甚至拍他的儿子。小

---

① 邦迪:澳大利亚东南部的一座城市。

詹森还躺在接待区,正在输液,情况不好,甚至不能轻易挪动。艾玛正在参加一个妇女会议(或者如菲利普所说:"她是搞同性恋呢,你知道的。"),被从会上叫了过来。她一见菲利普就扑了过来。于是"门诊部"上演了这样一幕:艾玛尖叫,菲利普大喊,普拉克西丝哭泣,照相机也摔了。詹森奇迹般地恢复了。后来有一段时间,菲利普表现得很体贴,很亲切。躺在床上的时候,他还对普拉克西丝做了一番解释。

"我也不知道怎么回事儿,"他说,"我能面对真实的生活,如果在我和这生活之间有一架照相机的话。也许我需要去做一点治疗了。"

菲利普的母亲在他四岁的时候去世。他父亲是个军官,妻子死后退伍回家,搞了个果园。菲利普很小就上寄宿学校。他总觉得父亲对果树倾注的关心比对他还要多。他是卫理公会派教徒,一个非常古板、循规蹈矩、不露声色的人。

"他从来不和我玩,"菲利普经常抱怨道,"我就不记得小时候自由自在地玩过。做任何事情都要三思而后行,从来不会我行我素。"

"现在你喜欢和自己的孩子们玩,"普拉克西丝安慰他,"和他们玩的时候你可是凭着感觉走,想怎么玩就怎么玩。"

"我想是这样吧,"他说,有点不自在,"以前我总这样想。现在可说不准了。"

他趴在她身上,那熟悉的"戏法"又让他重拾信心。

不久,他就调整好自己的情绪,心里也觉得好了许多。他被调到 BBC 戏剧部。他觉得这个部门不准拍摄女性裸体的规定完全是清教主义的产物,太荒谬。女演员拒绝脱衣服让他非常生气。"有什么可害羞的?"他不住嘴地说,"不就是个奶头嘛!"

一场政治革命来了,又去了。菲利普跑到街垒上拍摄。有那么一两天,好像世界要变。现在性解放运动又风起云涌。

菲利普想把普拉克西丝淋浴时乳房的镜头,切换到他最近拍摄的一部电视剧里。因为那位女主演拒绝拍摄他需要的这个镜头。

"你的乳房和她的很像。"他说,然后一下子意识到这句话让他露了马脚。

普拉克西丝惊讶得一句话也说不出来,很想问他怎么会知道这种事儿,可又不敢,生怕发现真相。这部戏许多镜头都要现场拍摄,演员们都待在一起。

她依然觉得真实情况就像魔鬼,张开蝙蝠般的翅膀,笼罩了她的生活。

"你们也拍男人的裸体吗?"她似乎漫不经心地问。
"谁会对男人的裸体感兴趣呢?"菲利普问道,"别害羞了,普拉克西丝。你从来就不是忸忸怩怩的人呀。你的乳房不是永远都可以上镜的。趁好看的时候拍下来,有什么不可以?"

"不,"普拉克西丝说,"我不会拍的。这是隐私。"

菲利普觉得自己好像被侮辱、被出卖了。夜里,他一个鲤鱼打挺,滚到床那边。普拉克西丝只得到另外那个房间睡觉。不是因为她想这么干,而是因为他那冰冷的、充满敌意的脊背让她可怜巴巴、泪水涟涟。她需要睡觉。第二天,还得上班赚钱,让这个家正常运转。菲利普买了辆意大利豪华汽车——玛莎拉蒂。这车开起来当然感觉极好,但"供养"它也要花许多钱。他不爱谈钱,发现这个话题让人心烦、沮丧。

玛丽写信问,能不能在普拉克西丝和菲利普家住一段时间。她在伦敦医院实习,还有最后一年。她不想在医院里住,想在外面找个住处。

"你觉得行吗?"普拉克西丝问菲利普。

他没有说话,耸了耸肩。她要干的活还不够多吗?她总抱怨忙得要命。自个儿拿主意去吧,只要维多利亚和詹森不受苦就行。

普拉克西丝心里想,什么时候让维多利亚和詹森受过苦?他们待在自己的屋子里大声放录音机,要么就深更半夜不回家。普拉克西丝非常担心他们抽大麻。

菲利普属于一个改革小组。这个组织试图让吸食印度大麻合法化。

"总比酗酒强吧。"晚上吃饭的时候他一边喝威士忌,一边说。普拉克西丝很激动,责问,他们参加的是什么聚会?在哪儿?为什么不在家?她想象詹森被警察抓走,维多利亚因为吸食致幻剂 LSD 而无可救药地发疯。所幸罗伯特和克莱尔很少来这儿和他们混。罗伯特在文法学校加入了陆军团,克莱尔成了虔诚的教徒。

早晨,看着宿醉未醒的丈夫,看着坐在餐桌旁边生闷气、和她十分疏远的维多利亚和詹森,普拉克西丝心里十分难受。她忍气吞声,什么也不说。虽然很想让玛丽来住,又不想让她看到自己在这儿受罪。为了满足菲利普的要求,让这个家恢复从前的平静,她试图尽量改变自己。

她现在也喝点威士忌,抽点大麻。菲利普要上哪儿,或者到哪儿去了,她一概不问。她还给詹森买了件皮夹克,给维多利亚买了把吉他。经常在客厅里坐着,等那几个夜不归宿的家伙。

钱好赚,她想。"别的东西可就难了。"

"如果你愿意,我可以让你拍裸体照。"有一天夜里,她对着菲利普的脊背,终于这样说。他听了似乎吃了一惊。
"早就找上别人了,"他说,"世界不会停止不动,专门等你回心转意呀!"但他还是转过身,和她做爱。她觉得一切都恢复正常,可以写信给玛丽,说:好呀,当然可以来和我们一起住。

"你是不是通过目测,才选中合适的乳房?"她问菲利普。所幸他已经酣然入睡。

事实上,正如普拉克西丝后来发现的那样,他从三十个愿意让他拍摄的女人中选中一个名叫塞丽娜的姑娘。

玛丽来了。不过她并没有介入他们的家庭生活。她早出晚归,整整一天都和病人打交道,下医嘱,做决定,经历着别人的痛苦、悲伤,回家后精疲力竭。她很友好,但总是冷冰冰的。一个不苟言笑、一本正经的年轻女子,让普拉克西丝相形见绌,觉得自己很轻浮。

"你就像蜻蜓点水,"菲利普说,"只做些表面文章。"

"你呢?"普拉克西丝问。

"虚构比任何事实,"菲利普说,"都更能改变世界。"

"上班工作的母亲,"为了与时俱进,普拉克西丝在办公室里这样写道,"需要额外的爱和额外的电器。"她这句广告词,头一次没有被采用。

"这个市场份额太小了。"创意副总监说。他请她去吃午饭。他是个聪明能干、说话轻声细语、目光柔和的人,宣称自己宁愿搞园艺,也不想搞广告。可是普拉克西丝不相信他的话。他喜欢普拉克西丝,普拉克西丝也喜欢他。"你没有进行过深入的研究。"

"我研究过,"普拉克西丝说,"也许现在还小,但是在发展。"

"那么老天帮助这个国家的儿童，"创意副总监说，"我们确实担负着社会责任，普拉克西丝。如果那是一种潮流，我们最不该做的事情就是推波助澜。"

"我就是个上班工作的母亲。"普拉克西丝说。

"我知道。"他一边说，一边切割着盘子里的牛排。他们俩都是很有经验的公款消费的食客。吃甜瓜，牛排，沙拉，还一块儿喝一瓶廉价的葡萄酒。"可你幸福吗？"

他有时候让她想起艾弗。那已经是很久以前、很遥远的事情。他又娶了黛安娜。泪水迷住她的眼睛。

"如果我不幸福，"她说，"不是因为我做什么工作，而是因为我是个什么样的人。"

普拉克西丝回家，等待着发生什么事情。

没过多久，艾玛向普拉克西丝发出邀请，请她晚上和她一起喝咖啡。她很惊讶。艾玛有时候打电话，查问维多利亚和詹森是否得到很好的照料，没有任何寻求友谊的迹象。普拉克西丝很高兴，虽然很累。这些日子，她总是很累。菲利普不在家，据说是给一个剧录音去了。他在不在家，普拉克西丝已经无所谓了，不再过问那些事情的细节，也不再相信他的解释。

普拉克西丝接受了艾玛的邀请，去看她。

二十三

为什么要花那么长的时间？为什么我们那么固执己见,对自己的处境视而不见？我们不但大睁双眼,而且经常因为忧伤和迷惑眼眶湿润。

听我对你说,我已经是个老太太,没有一个老头拉着我的手,与我相伴,或者替我叫一辆救护车。不要因为这个原因就忽视我。女人比男人活得长。我们大多数人都是这个结果。有时候我想,由于这个缘故,大多数女人在盲目和恐慌中浪费了青春。这个男人,或者那个男人。真的！威利,艾弗,菲利普。回首往事,那么重要吗？不。

我们被全方位出卖。身体出卖我们,让我们去爱那些本来不感兴趣的东西。本能出卖我们,诱使我们生儿育女,营造一个安乐窝。但是,遵循本能未必会获得成功,因为人毕竟比动物更高一等。惰性和冷漠出卖我们,喃喃着说:哦,让他去做决定吧！让他去对付吧！让他在那个可怕的世界里工作、战斗吧！大脑出卖我们。为了方便,不受伤害,我们总是躲在男人身后。被动性出卖我们,对着耳朵悄悄说,哦,根本就不值得拼搏。结果,他只能是躺在床那头背对你睡觉！或者生气,使用暴力,或者去找更合他口味的女人！我们呢？唯唯诺诺,阿谀奉承,等待一家之主微笑。这是很可鄙的。我们甚至连奴隶也不如。

我们相互出卖,通过性明争暗斗,为争一个男人大打出手——猛咬,乱抓,吞下去,据为己有。下一个呢？我们宁愿与男人为伴,不愿意和女人为伴。我们故意让姐妹们羡慕嫉妒恨。我们会抚养别的女人的孩子。只是为了追求自尊,为了不在孤独与冷漠中终老。

听我说,老年,孤独,没有那么糟。

当然,毫无疑问,男人和女人应该牵手相伴一生。菲利普有一次说,即使没有这些麻烦,人活在世界上要做的事情也够多的了。一个男人,确实不应该让一个女人哭哭啼啼。我想起考琳,总是夜里流泪。我想起女子监狱里的那些犯人。是的,那不是人待的地方,然而我想,就情绪本身而言——好的还是坏的,快乐的还是痛苦的——大墙内外并没有根本区别。一个女孩儿可以因为一位妇人对她不好而彻夜哭泣。男人就不会这样。

窗户外面,老头和老太太拖着脚慢慢走过。老头下巴长髯飘飘,老太太耷拉着嘴唇喃喃自语。他们一肚子不满,情愿在同样的状态下死去——但我认为,生活对他们并不公平。

是的,不会公平。然而正如我经常说的那样(通常是错的),无论怎样,生活会继续!

二十四

"你有没有意识到,"艾玛对普拉克西丝说,"你不但是个错误地引导了自己的女人,对别的女人也是个祸害。"

"哦,没有。"普拉克西丝回答,不让自己笑出来,"实际上,我真的没有这样想过。"

四个女人用阴郁的目光看着她。眼下的情景似乎没有让她们觉得有什么可笑。普拉克西丝脸上的微笑消失。谁也不说话。那是一个炎热的傍晚,艾玛、贝丝、莱亚和特蕾西都穿着T恤衫、牛仔裤,丝毫没有遮掩身体各不相同的"缺陷"的打算。普拉克西丝觉得屋子里似乎到处都是棕黄色的、肌肉发达、汗津津的胳膊,亮闪闪的大鼻子,有力的下巴,头发蓬乱的脑袋,目光犀利的眼睛,惨白的嘴唇,没有穿袜子的脚丫,脚趾脏兮兮地套在凉鞋里。普拉克西丝穿着高跟鞋,黑色麻纱长袜,红底奥西·克拉克花裙①。刚刚做过的黑头发非常优雅地贴在脸颊。她突然觉得自己眼下这副打扮和艾玛以前的样子十分相像。

---

① 奥西·克拉克花裙:指英国服装设计大师雷蒙德·奥西·克拉克设计的复古裙装。

"你不是请我来喝咖啡吗?"普拉克西丝在一片寂静中喃喃地说。可是艾玛没有动。普拉克西丝看见,她为家用电器写的广告剪报放在桌子上。有的地方用红笔勾画过,有的地方还画了愤怒的惊叹号。

艾玛的房间就像个会议室。墙壁四周摆满硬靠背椅子,中间放着一张多功能长条桌。艾玛的床靠墙放着,又窄又硬,也就是睡睡觉,不是做爱的地方。普拉克西丝纳闷,菲利普每个月给她的钱,她都做什么了?或者更准确地说,普拉克西丝给她的钱。因为菲利普现在已经拿不出多余的钱给她当抚养费。他的收入屈指可数。BBC给他的机会越来越少。现在,洋溢着快乐与幸福的裸体女人在电视屏幕上出现得越来越多,于是他创作的源泉几近枯竭。他花钱如流水,喜怒无常。一个喜怒无常的导演很容易把整个工作室的人都带出去罢工。那时候,竞争很激烈,新一代电视导演有着菲利普不曾具备的优势。他觉得自己前途暗淡。他不再从银行给艾玛汇钱,即使不是因为买了那辆玛莎拉蒂的缘故。

"这钱你得给,这是法律。"普拉克西丝表示反对。

"她要是有脸去告,"菲利普说,"就让她告去吧。"

普拉克西丝只好自己从银行给艾玛寄钱。她认为,都是一家人,菲利普寄和她寄没有什么不同。

她第一次对艾玛心生怨恨。也许菲利普是对的。她是艾玛的牺牲品,而不是她让艾玛成了她的牺牲品。

除此而外,艾玛现在行为诡谲,对男人敬而远之,宣称妇女被压迫。她在阿尔伯特音乐厅外面游行,反对一年一度的世界小姐选拔大赛。她还在电视上发表讲话,为自己的行为辩解。结果被人大加嘲弄。人们都认为,那些抗议者又老又丑,偏执嫉妒。

"她是同性恋者,"菲利普说,"麻烦就在这儿。根本没有女人味儿。你瞧,她在长胡子呢!如果这样继续下去,当然非长不可。她的声音历来就沙哑,现在更厉害了。打住,快别提她了!"

因为女同性恋是普拉克西丝能想到的最大的侮辱,仅次于被认为"不像女人",她连忙闭上嘴巴,不再提艾玛。她认定,对于艾玛来说正确的事情——或者艾玛,作为这个世界上一个没有任何社会地位的离婚女人能够最大限度做到的事情——对普拉克西丝和世界上绝大多数家庭主妇当然就不正确。她对自己说,能为人妻,为人母,而且还能出去工作,很幸福。如果她觉得自己不幸福,如果某天早晨醒来,她心疼难忍,不由得叫了起来,极度痛苦、无可名状的呼喊在这个世界回荡,一定和她生活的社会无关。这个社会适合任何一个人生活。毫无疑问,痛苦的根源还在于自己不幸的童年。在于她有一个患精神病的母亲、总是发疯的姐姐、失踪的父亲。而这些因素,足以使任何一个人心烦意乱,苦不堪言。

菲利普当然也这样认为。酒足饭饱,兴之所至,他常常在餐桌上对朋友们讲妻子的背景和过往。"普拉克西丝可不是普通人,"他说,"我的妻子没有像别人那样过过正常的家庭生活!母亲住在精神病院。父亲出身显赫,从哪方面说都不是个普通的犹太人,但他又是个喜欢赌博、酗酒、通奸的犹太人。"

现在,经历了"六天战争"①,普拉克西丝有犹太人血统这一点,似乎也不再是讳莫如深的话题了。事实上,还是一个"亮点"。不只是像通常那样,在文化人和知识分子圈儿里有某种"优势",普通老百姓也会"刮目相看"。以色列不再是饱受迫害、寄居在那块人家捐赠的沙漠里舔着伤口的民族,而是一个坚忍不拔、成绩卓著、不断胜利的国家。他们不再是被压迫、被奴役的一群人,而是一股有能力压迫别人、奴役别人的力量。流落在世界各地的"离散犹太人"现在则被以色列胜利的光环照耀。

身为犹太人没有什么不好,无须遮遮掩掩。而且需要掩盖的东西越来越少:没结婚的男女一起去吃饭,公开谈论癌症,津津有味地聊患精神病的亲戚,到精神病院探视之后,你还可以在外面下馆子。菲利普还拍了关于精神心理学的片子。

---

① 六天战争:1967 年 6 月 5 日早晨 7 时 45 分,以色列出动了几乎全部空军,对埃及、叙利亚和伊拉克的一切机场进行了闪电式袭击。空袭半小时后,以色列地面部队也发动了进攻,阿拉伯国家开始奋力抵抗。至 10 日战争结束,阿拉伯国家失败。这就是第三次中东战争,也称"六五战争"或"六天战争"。

菲利普注意到普拉克西丝开始昂首挺胸,觉得该给她"降降温"了。他觉得她也许应该辞掉工作。他说,孩子们因为没有人照顾而受苦。维多利亚头上生了虱子,詹森长了疥疮。她是不是太自私了?

回到家,普拉克西丝假装自己没有出去工作。她从来不把工作上的事带回家,从来不谈办公室的工作。那会惹菲利普生气。在办公室,她装得就像没有家似的,从来不聊家里的事,从来不请假。倘若那样,老板会生气。她以一种令人吃惊的灵巧,变戏法一样生活着。总是充满歉疚,总是匆匆忙忙。

下班后她急匆匆跑回家,把红酒炖牛肉放到烤炉里。早晨第一个起床,把自己上班穿的白色罩衫熨烫得整整齐齐。

幸福、走运的普拉克西丝。有丈夫,有家,有孩子,还有工作。疲惫不堪的普拉克西丝。

"最初的五年,母亲的爱就是一切!"普拉克西丝写道,"电器帮助她展示这种爱。"

"如何被爱,并且让别人觉得可爱?"普拉克西丝写道,"让电器担此重任!"

艾玛请她喝咖啡,她没有多想就接受了她的邀请。那一刻,她指望什么呢?友谊,道歉,还是为了过去共同度过的时光弥合她们之间的裂痕?可是眼前的艾玛是个全新的艾玛。坚定,强势,坚持原则,一副男子汉气派,否认爱情——因为那必然是最终的结论。

"你一定要意识到,普拉克西丝,"艾玛说,"你对社会多么不负责任。"

"你,"普拉克西丝淡淡地说,"是一个很不负责的母亲。你的两个孩子,我已经替你照顾了好多年。我抱怨过吗?"

"没有。"

"你没有资格抱怨。"特蕾西酸溜溜地说。普拉克西丝心里想,她最多也就是二十岁,不该这样心眼儿不好。"那是你自找的。你不就是想要别人的丈夫,别人的孩子吗?"

"人不是财产,想要就能要到手。"普拉克西丝很巧妙地回答道。但她马上想到,这几个陌生人也许知道她过去那些不光彩的事情。尽管有那么多的纠葛,她还是觉得艾玛会对她表现出某种程度的"忠诚"。须知,为了艾玛的福祉,她每个月都按时给她寄钱。作为回报,她理应保持沉默,自己也因此而少几分歉疚。

大家都叹了一口气,无动于衷。

"从个人层面批评她没用,"莱亚说,"她和别人一样,不过是个牺牲品。"

普拉克西丝瞥了一眼她高高撅起的屁股,心里想,她穿牛仔裤实在不是明智之举。

"不过她是自讨苦吃。"贝丝说。普拉克西丝心里想,这位贝丝就像刚从牛棚里出来。结实的、光溜溜的胳膊上粘着牛奶和泥土。"你写那些广告的时候,知道你是在做什么吗?"

"赚点钱养家糊口呀,"普拉克西丝说,站起身想走,"支付艾玛根本就不需要的赡养费,供艾玛两个孩子抽大麻、弹吉他。纳税,保证你们诸位能按时领到社会保险。"

"难道你就一点儿也不觉得你应该对妇女运动起到点儿作用吗?你只会说:'上帝把她造就成女人,爱情把她造就成母亲——而这一切,都借助于家电的一点帮助。'你难道不觉得你这样写是对妇女的贬损吗?"

"我没看见这儿有咖啡,"普拉克西丝说,"因为我是来喝咖啡的,就没有必要再在这儿待下去了。"

贝丝和莱亚站在门口挡住普拉克西丝的去路。她们没有动。普拉克西丝仍然面带微笑,但是心里充满了敌意。她们难道真的相信她会成为一个"皈依者"?她会变成她们那副样子?和她们一样思考,一样行动,甚至穿一样的衣服?她可怜这些女人。她们没有男人,是被抛弃的人。她们本来应该压低嗓门儿,不要把人们的注意力吸引到自己身上。露西失去本杰明,结果疯了,灵魂永远蜷缩在自己躯壳里。希尔达本来可以在自己那个世界里,按照个人的喜好大获成功,可是作为女人,她是个失败者。艾玛,也是一个被彻底打垮的女人。她,普拉克西丝,和她们有什么共同之处呢?

"让她走吧,"艾玛以胜利者的口吻说,"她走得太远了。跟

· 307 ·

她说什么也没用。"

"对不起,各位,"普拉克西丝很和蔼地说,"我知道你们是'妇女解放运动'的人。我从原则上表示同情。"

"不过还没到劳您大驾参与其中的地步。"特蕾西嘲笑道。她使劲撇嘴,普拉克西丝觉得简直像兔唇。也许这就是她一说话就让人觉得酸溜溜的原因。

"问题是,"普拉克西丝说,"我真的不能招一屋子女人到自个儿家,讨论这么严肃的话题。"

贝丝和莱亚退到旁边。贝丝甚至给她打开房门,但还是谁也没有露出一丝微笑。

回家的路上,普拉克西丝看见夜空里闪烁的猎户星座中的一等星。她坐在一张公共长椅上,看着那颗星,心里想,现在她这个古怪、强壮、老于世故的女人和从前那个可怜但充满希望的普拉克西丝有什么联系?也许这就是命运。就像她一直担心的那样,还没有成熟就变得坚硬。

我该怎么办?她大声问自己。

夜幕笼罩下,四周一片寂静。大街上空空荡荡,星光灿烂,看得她眼花缭乱。她觉得好像停止了呼吸,低下头,右手指摸左胳膊腕子的脉搏。那似乎是一个机械的、毫无意义的动作。她的手一动不动。猎户星座很大,很亮,周围的星星被它映照得黯然失色。它的光芒像长矛从天空投射下来。"等一下!"

这个声音震耳欲聋,在她的脑海中而不是天空下回荡。渐渐地,那声音和那光芒消逝而去。眼前的世界又活跃起来。她开始呼吸,开始听到种种响声。汽车和行人擦肩而过,虽然喧闹但没有新奇之处。

想象,她对自己说。歇斯底里。太大的压力。和艾玛、贝丝、莱亚、特蕾西的会面好像在她脑子里形成短路。平白无故就遭遇了别人的敌意,一定会感到惊讶。普拉克西丝想,知道你被潜藏着的敌人观察、评判,确实是一件令人震惊的事情。你会从现实中退缩,回到童年的幻觉。这并不能说她发疯了。

普拉克西丝把和"妇女解放运动"的人会面当成笑话,当成茶余饭后的谈资。想起这事儿,不再不寒而栗。

可是,她没有对任何人讲红矮星参宿四造访的事。这或许会让她震惊、歇斯底里,但她同时感到慰藉。她现在和菲利普分床睡觉的时候越来越多。是他愿意这样,还是她愿意这样已经很难说清楚了。这当然不是她想过的日子。她虽然心里难受,而且生活因此平添了几分阴郁,但却不再沮丧。

与菲利普相伴只是她人生之旅的一部分。他不会与她相伴到底。她必须等待。

广告公司要普拉克西丝为香烟做广告。大学和一些医疗基金会的统计数字显示,吸烟的人会因为患肺癌而死亡,即使不死也会严重影响人们的身体健康。可是这项研究成果却遭到烟瘾大的人、生产厂家和销售商等既得利益者的强烈反对。广告经纪人殷勤地说,鉴于香烟广告并不能提高香烟总的销售量,只是影响人们对不同品牌的选择,给他们做点广告也无所谓。

"当然会增加销量,"普拉克西丝一边喝甜瓜蜜姜汁,一边很天真地对创意副总监说,"我们花时间把香烟和年轻人恋爱、阳刚之气、个人成就、幸福生活硬扯到一起,实在无聊。我不想做这种广告。"

创意副总监温柔的目光显然变得冷峻起来。"这是孤注一掷的事儿,普拉克西丝,"他说,"如果你从老板那儿领薪水,他就有权利要求你忠诚。如果你不同意我们要做的事情,那就递上辞呈。说别的都没用,都是虚伪。"

普拉克西丝问菲利普,应该如何处理这件事情。

"现在的问题是,"他说,"你不能丢掉这份工作。"

菲利普已经六个月没有工作。他虽然不明说,但显然认为错在普拉克西丝。维多利亚有了男朋友,留着金黄色长发。他们发现他躺在她的床上。长发披肩的女孩子们站在门口喊詹森,对菲利普毫无兴趣。世事艰难。

为了保住那份工作,普拉克西丝只好违心地去做香烟广告。

政府明文规定,禁止在广告里把香烟和性、运动、青年,或者任何有益于健康的活动联系到一起。普拉克西丝就开动脑筋,和这些严格限制打"擦边球"。在航空业和香烟之间找到微妙的联系,大伙儿拍手叫好。

"你说的就像真的似的,"菲利普说,"听起来,没有一句是假话。"

"我说的是没有真话,"普拉克西丝抱怨道,"真话在句子与句子之间。这是语言策略,修辞手段。"

"不管怎么说,谁也不会特别留意广告,"菲利普说,"他们认准哪个牌子就买哪个牌子。"

菲利普受雇于某公司,去苏格兰高地拍一个水电站的纪录片。虽然不是他心仪的故事片,但总算是一份工作。他又高兴起来。

希尔达成了劳工关系署的谈判专家。她和普拉克西丝很少见面。两个人没有什么共同之处。普拉克西丝似乎在生活的表层,只注重物质,希尔达似乎在探究深层次的意义。普拉克西丝觉得,她们俩历来如此。希尔达不乏"护花使者",但没有情人。普拉克西丝看见她,总会想起海滩上玩耍的那个朴素的小姑娘。管理部门和工会代表都尊敬她。不过,普拉克西丝认为,是她的气势压倒了他们。如果其中一方骂骂咧咧拂袖而去,用不了多久,另外一方也会做同样的事情。那局面至少会给某个团体带来好处。而希尔达作为一个成功的谈判专家,地位因此得到巩固。

"你看,我不像个女人,"有一次她们在一起吃午饭时,希尔达对普拉克西丝说,"他们忘记我是女人。"她说话时好像解决了自己所有的问题。普拉克西丝为她难过。

"晚饭吃什么?"菲利普问。他刚从苏格兰高地回来。那儿的伙食很差。"能请谁过来?"

是啊,能请谁呢?六十年代已经过去了。

六十年代的时候,朋友们蜂拥而至,大吃大喝,高谈阔论,肆意挥霍着金钱、健康、时间和生命。现在已经四散而去。有的人回老家了,有的人重新组建家庭,还有几个甚至已经撒手人寰。只有电话簿上划掉的号码,让人想起他们曾经的存在。菲利普和普拉克西丝似乎没交几个新朋友。菲利普不喜欢普拉克西丝把她的同事请到家里。他在电影界的朋友要么非常有钱,非常成功,连话都很难和人家搭上,要么一事无成,自惭形秽,没法请人家过来叙叙旧情。

"彼此都尴尬,"菲利普常说,"他会嫉妒,我也觉得不得劲儿。再说你让人家拿什么回请呢?你是个那么时尚的女主人,普拉克西丝。奶油冰淇淋,上好的白兰地。我真该觉得是你把我那些朋友吓跑了。这是一个经济紧缩、艰苦朴素的时代,大伙儿都怕胆固醇升高。"

没错儿。通货膨胀,汽油价格一路飙升。人们耷拉着脸,反唇相讥。建筑行业的朋友破产,有一位还蹲了大狱。他们的妻子也销声匿迹,很难请她们来家做客。此外,曾经因丈夫的成功而风光过的妻子,也应该分担他失败时的痛苦。

那么该请谁来吃饭呢？普拉克西丝翻了一遍电话簿，也没找出一个合适的人选。

维多利亚和詹森出去了。他们经常这样。普拉克西丝和菲利普两个人吃饭，相对无言。菲利普皱着眉头在想什么。

"没人可请，可不是我的错儿。"普拉克西丝一边说，一边吃外卖店送来的烤肉串。不过，菲利普显然认为是她的错。

"一切都在变，"普拉克西丝说，"我们也得跟着变。"

"你当然变了，"菲利普说，推开椅子，把吃了一半儿的烤肉串扔到盘子里，"你变得连饭都懒得做了，难怪我们现在没有朋友上门了。"

普拉克西丝不再像过去那样总觉得内疚。她吃完自己那串儿，又把菲利普剩下的半串儿吃掉。

她惊讶地发现自己已经四十岁。她知道这一点，因为走在大街上，男人们不再朝她打口哨。否则，她还不觉得自己身上有什么变化。在工作单位或者家里，男人们对别的更年轻、更性感的女人发表什么淫秽的言论时，她就有一种被抛弃、被侮辱的感觉。

"如果你靠外貌活着，"艾玛在电话里对她说，"你就得因外貌而死。来参加我们的会吧。"

普拉克西丝不愿意去。都是女人参加的会！她觉得自己或许最终会坠落在这群女人当中。一个半老徐娘从别的被遗弃的老女人的陪伴中寻求慰藉。一想到那种全是女人的团体,她就觉得索然无味、十分压抑。那种团体一定缺乏异性相吸的兴奋与快乐。

但是和男人在一起也是今非昔比。创意副总监和年轻女秘书关系密切,普拉克西丝莫名其妙地吃醋。菲利普开始抱怨她皱纹越来越多,乳房越来越小。他当然不会直说,但言语之间表达了他的感觉。

"我想,你最好不要浓妆艳抹。都掉渣了！"或者指着一位从身边走过的姑娘。

"天哪,瞧这身材。瞧那乳房！"

普拉克西丝心里虽然难过,但隐隐约约也生自己的气。她不再认为他对自己的态度不好是理所当然的事情。她认识的大多数男人都这样,有的态度更恶劣,似乎越来越想伤害对方。

艾玛在电视上露面的机会越来越多。她说的那些话在普拉克西丝听起来越来越不靠谱。

"女人一定要认识到,"艾玛对整个世界说,"她们的苦难是政治性的,而不是个人的。"

"可怜的艾玛需要的是个好小伙儿,"菲利普说,"可是上哪儿去找这样的人呢?瞧她穿的那身衣服!耶稣基督,这种被生活挫败的女人都怎么了!"

普拉克西丝心里想,艾玛这副打扮看起来蛮不错。她头发剪得挺短,不化妆。普拉克西丝在菲利普的坚持之下,每星期还得到理发馆做两次头发。头发上夹满发卷儿,坐在烘干机下面,热乎乎的,很不舒服。

"面对现实吧,"菲利普说,"维多利亚这个年纪的孩子到户外怎么折腾都行,可是你就不行了,亲爱的,你这个年纪的女人真的不行了。"

在普拉克西丝眼里,菲利普也不再年轻。他当然也经历了艰难时代,经历了失眠之苦和精神压抑。一些想象中的小问题会让他闷闷不乐好几天。他还消化不良。他虽然嘴上不说,但是举手投足、形容动作都让人觉得,他认为一切的一切全是普拉克西丝的错。

就像艾玛曾经说过的那样,菲利普喜欢抱怨。他抱怨牛尾汤油太大,鸭子太干,管理孩子不力,房子收拾得不干净,花钱大手大脚。清洁工在屋子里转悠的时候,他没法工作,没法写作或者思考。后来便辞了清洁工,也没再找人代替。然后又抱怨普拉克西丝那双手太粗糙,性格也不好。

"我做什么了,总让你抱怨?"她生气地说。

"没做什么。你本来就是这样。"他继续抱怨。她知道他这样说是什么意思。她开始觉得,她的存在就是对他的一种冒犯。

她的胃又莫名其妙地疼了起来。
"更年期。"菲利普说。

情况还会好起来的,普拉克西丝想。确实这样。以前也常常这样,两个人的关系时好时坏。菲利普有工作做的时候,就兴致勃勃,充满了爱和友情。她就从那间空闲的卧室搬回到双人床上,又恢复原来的平静与温馨。
"我爱你,"他说,"别烦我,别离开我。"
"当然不会。我为什么要离开?"她有极好而又有用的天赋——很容易忘记过去发生的事情。不过,这种天赋对别人可能有用,对她却未必。

后来,工作没了,艰难又一次大驾光临。
"如果你主动出击,"考琳从悉尼写信说,"情况就一定会好转。"她的小女儿,现在已经长大,是新南威尔士州仰泳冠军。书架上摆满她获得的银杯。考琳通过控制饮食,加强锻炼,体重减了三英石。经婚姻介绍所介绍,她认识了一个游泳教练,正准备结婚。"一定要给我写信。"考琳请求道。

公司圣诞节聚会,普拉克西丝喝了好多香槟鸡尾酒。结果钻到董事会议室桌子下面,和创意副总监做爱。
"我一直想和你干这事儿呢!"

"我也是呀!"她说。

"只喝了半瓶子酒!"他抱怨道,"你要是知道我的酒量有多大就好了。"

这件事没有发展成为通奸。副总监办公桌上放着的那张和他妻子儿女的全家福总在她眼前晃动。不过,不管怎么说,她的精神还是因此而为之一振。

她把那些已经快忘光了的、疏忽了的性爱技巧用于菲利普的身上。他呼应得不错。她想,一切都会好起来。她一丝不挂,四仰八叉躺在椅子上,他抽插着,快乐到顶点。但那只是肉体的快乐,而不是精神的融合。没用。

维多利亚和詹森越来越惹人讨厌。维多利亚去看母亲的次数越来越多,越来越不把普拉克西丝放在眼里。她和她说话的时候傲慢无礼。和父亲说话的时候则摆出恩人的架势,一副屈尊俯就的样子。她已经不和男孩子交往。没过多久,正式宣布她是同性恋者,为了证明这一点,还带回一个很漂亮的姑娘。那姑娘满头鬈发、两个酒窝,自诩像电影《小上校》里的主人公劳德·舍曼①。这位朋友在他们家过夜。早晨,普拉克西丝发现两个人搂着脖子躺在一张床上睡觉。她吓了一跳,悄悄溜走,叫醒菲利普和他说这件事情。

---

① 劳德·舍曼:电影《小上校》的主人公,憨态可掬,天真可爱,父亲所在部队里的士兵都亲切地管她叫"小上校",由著名童星秀兰·邓波儿饰演。

"那有什么不好?"菲利普说,"她们自己觉得快乐就行。总比和男孩子鬼混安全吧。"

他把普拉克西丝拉到床上做爱。是鸡奸。他很少干这种事儿。她又惊讶又疼,不由得叫了起来。她想,他也许疯了,也许爱上了女儿,也许在想别的什么事情。

"听说你是同性恋者。"吃早饭的时候,他对维多利亚说。
"没错儿。"维多利亚说。
"你必须告诉我,你们都做了些什么?"他对那位满头鬈发的女孩说。女孩被他毫不掩饰的责问搞得脸色苍白。"如果在我的屋檐下干那种事情,"他说,"那可太不应该了。"
维多利亚十分生气地离开桌子。她的朋友也跟着走了。
菲利普笑了起来。

维多利亚带着简单的行李,说是要到艾玛家住一个月。可是没多久就回来了。普拉克西丝想,一定是因为在这个家更舒服。饭菜更好,衣服有人给熨烫。

"当继母一定很不容易。"维多利亚回来之后,亲着普拉克西丝的面颊说。普拉克西丝舒了一口气,激动地流下眼泪。
"你当初就不该跟了菲利普,来当这个后妈,"维多利亚说,"不过,想起别的那些有可能嫁给他的女人,我真该庆幸,走进这个家的是你,而不是别人!"

但是她对男孩子不感兴趣,只喜欢女孩儿。普拉克西丝觉得自己没有把继女培养好。维多利亚向普拉克西丝担保,同性恋比异性恋好。从女孩身上,你会找到钟爱、温情和安慰,而和男孩子只有斗争。普拉克西丝想起路易斯·盖娜。那自然是很久很久以前的事情。如果当年她们在一起睡过,在一起度过许多个漫漫长夜,相互走进对方的内心世界,她是不是也会有完全不同的感觉?

"但愿我的话不会伤害爸爸,"维多利亚不无苦涩地说,"男人呀!"

詹森目中无人,说话办事的态度越来越粗鲁。他把色情杂志随便扔着让普拉克西丝看。菲利普发现之后,歇斯底里大发作,举起皮带去打儿子。詹森还手之后,到艾玛那儿去了。

"你经常谈论性自由,"普拉克西丝温和地说,"现在突然变得谨慎起来,真让我惊讶。"

"不是谨慎,"菲利普说,"是体面。他怎么敢这样对你?当然,除非你挑逗他?"

噩梦开始了。

玛丽完成了学业,满面春风、信心十足地从房间里走出来。过了新年,她就要到一家医院里工作。她在屋子里走来走去,收拾收拾这儿,弄弄那儿,对菲利普的工作、普拉克西丝的工作表示感兴趣,还安慰普拉克西丝,说维多利亚和詹森的问题很快就会过去。

"只是这个年龄段的问题,"她不停地说,"他们都是好孩子。很快就会再完好如初。你为什么要怀疑自己呢?你灌输给孩子们的东西永远都是有用的。"

可普拉克西丝还是怀疑。在伦敦的那边,罗伯特迷上了橄榄球,克莱尔是女童子军的小头目。他们将过上正常、安逸的生活。他们是父亲的孩子,不是她的。母亲对于他们那么陌生。想起这些,普拉克西丝心里当然很不舒服。

过圣诞节的时候,玛丽回威利和卡拉那个家去了。回来的时候,带回个男朋友。小伙子是个房地产实习生,长得很漂亮。他和玛丽手挽手,开玩笑,聊天儿,乐在其中。他们的关系看起来即使不深刻,但也很单纯。玛丽给爱德华讲她的工作。他乐呵呵地听着,因为他爱她。但是他很少做什么评论。他喜欢划船,对风向、潮汐、船、房屋价格颇多了解。但仅此而已。

一月,玛丽开始工作,是一个综合医疗合作中心的年轻大夫。二月,她就宣布怀孕,三月,和爱德华结婚,然后生孩子,不再工作。

普拉克西丝流下眼泪。

"这种事儿迟早都会发生,"菲利普说,"可是想想看,纯粹是浪费纳税人的钱。念了那么多年书。结果呢?生孩子!"

威利耸了耸肩。卡拉叹了口气。普拉克西丝冒着惹玛丽生气的危险,建议她做人流,再给自己一些时间考虑和爱德华的关系。

"做人流从理论上讲没问题,"玛丽说,"可我看到过太多的实践。那简直是残杀。女人有保护自己身体的权利,以及诸如此类的种种权利。她也有权利要求任何人不让她怀孕。如果我自己可以堕胎,我会考虑的。但我不会找任何人为我堕胎。我宁愿把他生下来,自己把他掐死。"

"那是谋杀!"普拉克西丝说,她感到十分惊讶。

"哪个阶段终止妊娠都是谋杀,"玛丽说,"不管怎么说,我爱爱德华,我想要他的孩子。我迟早都能再去工作。"

"你不懂,"普拉克西丝说,"你会枯干,死灭,心理上和情感上。女人都这样。"

"我可不是,"玛丽笑着说,"我向往家庭生活。按照你广告里的说法,这可是女人的最高境界。'上帝把她造就成女人,爱情把她造就成母亲,而家用电器使这一切变得更轻松。'"

普拉克西丝打了个寒战。但第二天照常去工作。

普拉克西丝去看望威利和卡拉。

"她爱他,"威利说,"你想让她怎么样?难道你希望她不爱任何人？"

威利的胡子都白了。很瘦的胸口上卷曲的汗毛也已经灰白，像细铁丝一样坚硬。

"当然不是。"普拉克西丝说。但是，也许她内心深处真的怀着这样的希望。

"她让我想起年轻时候的你，"威利说，"可她又不是你的亲生骨肉。所以，也许女孩子都一个样。"

"也许。"普拉克西丝说。

"我要当外祖母了，"卡拉抱怨道，"没当妈就当姥姥了。我虽然一直把玛丽当女儿看，可她毕竟不是我身上掉下来的肉。"她现在是食堂的总管，开着一辆小汽车。

她带着普拉克西丝去看露西。露西坐在潮湿的主卧一张破旧的椅子里，凝望着窗外的汽车道，朝上学路上的孩子们发出阵阵嘘声。尽管她记忆中的那个学校早已关闭。

"你是谁？"她问普拉克西丝，然后把卡拉拉到身边，说，"我只想见家里人。"

卡拉为普拉克西丝难过，连忙把她领出房间。

"没关系，"普拉克西丝哭着说，"我明白。"

"她知道你是谁。我敢保证，她知道。"

"不知道。"普拉克西丝抽了抽鼻子说。

"你来参加玛丽的婚礼吗？"卡拉问，"你要是不来，她会伤心的。"

威利把她送到大门口。

"你看起来一点儿也不像你自己,"威利说,"当妓女的时候可最像你。"

他从来没有原谅过她。

玛丽在布赖顿结婚。她穿着合体的白色长裙,压根儿就没有要遮掩大肚子的意思。

爱德华的父母也来了。普拉克西丝觉得,"拉夫尔斯"时代,她见过这位父亲。不过没有仔细打量,生怕这个男人真的曾经和她有过那种关系。那是一次很好的户外活动。大伙儿都去了。菲利普、维多利亚、罗伯特和克莱尔也都来了。参加婚礼的人都在欢笑,没有一个人说什么不中听的话。普拉克西丝觉得大家都支持她,支持她和不幸抗争。确实如此。就连回家的路上碰到堵车——这是春天第一个周末,布赖顿是伦敦人出游的好地方——他们也没有抱怨,而是快乐地歌唱。

普拉克西丝只得顺从于人们这种徒劳无益——或者看起来像是徒劳无益——的努力。菲利普看起来快乐了一些,不再让她到那张多余的床上一个人睡觉。他要执导一部故事片——一部反映大洪水带来的灾难的影片。(他拍摄的关于水力发电的纪录片获得两项大奖。)这就意味着,要花好长时间待在外景地。他不在家的时候,她就从平锅里拿炸鱼条和炸薯条吃,而不像平常那样从韦奇伍德饭店要几盘维罗尼克鱼片、公爵土豆和嫩豌豆。这样一来,她就有足够的时间恢复体力,让自己精力更旺盛一点。

时隔不久,工作终于出了麻烦。

广告预算大幅度削减,公司裁员。不过,根据后进先出的原则,普拉克西丝暂时保住了饭碗。现在,香烟广告取消了。她一个人得干三个人的活儿。货币贬值,年收入预期中的增长没有如期到来。她觉得自己的工作被有关单位严密地监控着。研究部门的权力越来越大。他们觉得有必要向她解释清楚眼下的困境。

"百分之六十的妇女出去工作,"他们说,"不过她们干的活不像你的活儿这么有趣。都是些让人厌烦的、重复性很强的工作。这种工作男人不愿意做,但女人不太介意。"

"我知道,"她说,"这些我都知道。"

"你不能和市场脱离关系。"她脱离了吗?

露西中风,躺在潮湿的床上,一声不响,一病不起。许多年前,她和本杰明在这张床上共度良宵,后来,偶然和那位摄影师共枕同眠。普拉克西丝坐在床边,但是露西翻身或者在床上挪动的时候,总是朝卡拉那边。毕竟卡拉一直在照顾她。普拉克西丝给钱。可是钱算什么呀。钱并不能买到一切。一天一天过去了,普拉克西丝没有去上班,露西的病情也没有好转。她呼吸困难,有时候半天才能喘过一口气。

希尔达被叫了过来。她坐在露西病床边,普拉克西丝对面,凝望着母亲,烦躁不安地摆弄着手套,不停地唠叨着。

"她压根儿就不应该离开父亲。"希尔达说。

"她算个什么母亲呀?"希尔达问。

"我讨厌这幢房子,"希尔达说,"闻得见老鼠的味道。"

"我们最好把房子卖了吧,反正她不行了。"希尔达似乎充满希望地说。

"希尔达!"普拉克西丝哀求道,"看在上帝的分上,轻点儿。她会听到的。"

"她从来就没有听到过你说什么。"希尔达说,哭了起来。

在普拉克西丝的记忆中,希尔达从来没有哭过。

希尔达和普拉克西丝在几个屋子里转了一圈儿,看到潮乎乎的墙上,壁纸剥落,灰泥发霉,木头框架扭曲变形。

"实话说,"希尔达说,"威利真是世界上最卑鄙的人。一定得让他滚蛋。这对卡拉也是好事儿。"

眼泪好像至少冲走了她的一部分疯劲儿。

"我们没有必要把这幢房子留给玛丽和卡拉,"希尔达说,"对吧?"听到希尔达用"我们"这个词第一次把自己和妹妹联系到一起,普拉克西丝心里不禁为之一动。

"伦纳德小姐曾经对你那么好,"希尔达说,"我们欠着玛丽的情。"

希尔达从她破旧的卧室向外望去。

"这里的夜空曾经多么奇妙,"她说,"探照灯光晃来晃去,高射炮和机关枪的响声震耳欲聋。后来就再也没有这景象了。"

希尔达回伦敦去了。当天夜里,露西去世。她一口气没有上来,就此撒手人寰。

"平静的一生。"卡拉说。

"也有过艰难的挣扎。"普拉克西丝说,想起久远的过去。

普拉克西丝又请了几天假。她得安排葬礼,处理露西留下的东西。卡拉抽泣着,帮不了什么忙。普拉克西丝想,只要有人觉得爱莫能助,也就好了。她曾经以为血缘关系很重要,但现在看来不是那么回事儿。卡拉是我已故母亲的女儿,玛丽是威利的孩子,维多利亚和詹森是我的孩子,罗伯特和克莱尔是黛安娜的。我们将根据各自承担的责任大小,要求或多或少的权利。

露西临死前,菲利普打来电话,说他想为他那部表现灾难的故事片拍摄露西死前的镜头,问普拉克西丝介不介意。他还说,很难找到年迈的老女演员。即使找到了,要让人家表演咽气也没人爱干。

普拉克西丝拒绝了他的要求。

菲利普好像受到伤害。普拉克西丝是不是太自私、太冷酷了?难道她真的愿意将某位老女演员置于模仿死亡的痛苦之中吗？而弥留之际的露西既不知晓,也不在意。换来的钱可以用于露西的葬礼。如果普拉克西丝愿意,也可以捐给为老年人开设的慈善机构。

"如果那么难,为什么不去掉那些场景呢?"普拉克西丝问。

"假如把死亡的场景都砍掉,"菲利普说,"就没这部电影了。这是一部表现灾难的影片。"他放下了电话。

安葬完露西之后,普拉克西丝想,她应该到苏塞克斯摄制组下榻的酒店去一趟。她不想和菲利普把关系弄僵。再说现在他也没法儿再拿露西做什么文章了。

"22号房间。"前台服务员说。

普拉克西丝走进22号房间,发现菲利普和塞丽娜·沃克正在床上睡觉。她的乳房很早以前就被菲利普"面试"过。从那以后,她在演艺界混得不错。普拉克西丝在宣传剧照上看到过她,满头红色的长发。她还不到三十岁,不但因为长得漂亮闻名,演技也相当不错。当然也不乏绯闻。她有个六岁大的儿子,据说是和某位王室成员所生。"没什么可丢脸的,"她曾经说,"是,我们没有结婚,也不会结婚。我又当爹又当妈,拉扯这个孩子。没什么。"她曾经是敢于这样说、这样做的第一批女人中的一个。现在,许多人跟上她的脚步。塞丽娜也开始拍灾难片。母亲替她照看孩子。

菲利普和塞丽娜没有听见普拉克西丝进来。普拉克西丝看了一会儿。塞丽娜的红发宛如瀑布在菲利普腰间流泻下来，光溜溜的、丰满的腰背很优雅地弓起在他的脸上。那是一道奇妙的风景。床那边架着一台宝丽来照相机。菲利普一直给她拍照片。塞丽娜喜欢这些照片，也喜欢启动蜂鸣延时，自拍和菲利普在一起的画面。

普拉克西丝从散落在地上的卡片上慢吞吞地走过。

"我爱你。"她听见菲利普说。普拉克西丝大声笑了起来。菲利普和塞丽娜转过身来，凝望着她，既不惊讶，也无歉疚之意。仿佛告诉人们，他们做的这些事情很自然，很美好，很正确。

普拉克西丝觉得自己是个傻乎乎的、不请自来的"闯入者"。她走出去，到楼下大堂里找地方坐下。

"你也是剧组的人吗？"前台服务员问。

"是的，"她说，"我是群众演员。"

哦，我真酷！她想。"就像艾玛。就像艾玛从前那样。"

"是部好电影，"他说，"剧终的时候，没有一样东西是完好的。"

过了一会儿，塞丽娜来到楼下。除了满头秀发引人注目外，她看起来相貌平平，不像宣传照片那样楚楚动人。不过普拉克西丝对她感觉挺好。维多利亚和詹森会喜欢她。他们享受对她的名气、这幢房子的特别之处以及可以拍成电影的那些东西的感觉。

"对不起。"塞丽娜说。她的声音尖细。

"不客气,"普拉克西丝说,"他当然是个窥淫狂,摄像机不过是他手里一块遮羞布罢了。"

她真希望自己没说这番话。时至今日,这种评论已经毫无必要。除此而外,这话只能惹塞丽娜不高兴。

"我爱菲利普,"塞丽娜说,提高了声音,"我让他快乐。你从来都不了解他,不感激他。你不会收拾屋子,不在他的床上睡觉。你还赶跑了他的孩子。他就这样,生活在不懂感恩、没有爱的荒漠中。你只能毁了他的事业。他是一个极好的导演。极好!你差点儿毁了他在电视行业的地位。你搞的那些商业化的东西散发着铜臭味儿,太肤浅了。你认为广告就是真正的生活。"

"别急着下结论,"普拉克西丝说,"我母亲刚去世,我的情绪还没有完全调整过来。"

"听着,"塞丽娜说,"你太冷漠了。那么冷漠!什么都不在乎。连你母亲死也不在乎。你发现我和你丈夫同床共枕,就站在那儿看,然后就不见了。天哪,你一定心里有愧。不管怎么说,你和你的老板睡过觉。这事儿谁都知道。你没有权利对自己的丈夫说三道四。是你把他逼到这份儿上。现在,我们俩相爱。一切都晚了。我们要结婚。"

"我对你说过,不客气,"普拉克西丝说,"都拿去吧。但愿你有钱。你会需要的。"

"我正怀着他的孩子呢。这么多年,你总是以这样那样的借口拒绝给他生个孩子。今天说你太累了,明天说你身上不舒服,后天说你不能丢掉工作。你好胜心太强,假装正经,守旧。这就是把两个孩子弄得一团糟的原因。"

她哭了起来,依然显得忧心忡忡。普拉克西丝拉起她的手,贴在自己的面颊上。

"哦,好了,"她说,"爱情。"

"你真是个婊子,"菲利普后来说,"把塞丽娜搞成那个样子。"

现在普拉克西丝做什么也不对。不想再做尝试。她感冒,得了支气管炎,只能卧床休息。

"别在那儿都咳嗽,"菲利普说,"要不然会传染塞丽娜。"

他是为电影着急,还是为塞丽娜肚子里的孩子担心,普拉克西丝不知道,也不想知道。

普拉克西丝只带走几样她觉得还愿意看到的东西,剩下的都留给塞丽娜。朋友们都劝她不能这样干。他们说,倘若这样,她就会丧失自己本来就不多的权利。房子写的是菲利普的名字。普拉克西丝自己没有积蓄。菲利普没工作的时候,花的都是她那点儿钱。过去几年赚的钱都用于这幢房子的正常开销,也没有重新修建。新拍摄的电影的收入都进了菲利普的账。他们俩没有孩子。菲利普也没有责任和义务给她赡养费。因为她自个儿赚钱。

"哦,他凭什么给你钱呀?"艾玛问。现在普拉克西丝和艾玛在一起待的时间很多。"我跟他要钱是因为我生你们俩的气,而且我生病。其实我把那些钱都给了妇女运动。可是你能行能动,身体健康,干吗指望他养活你? 这是耻辱。"

"因为我伺候了他这么多年,"普拉克西丝生气地说,"他玩录音机、吹毛求疵、指手画脚的时候我在洗洗涮涮,照顾孩子。"

"那是你傻,"艾玛毫不留情地说,"谁也没让你干那些事情。你是自愿的。"

"我刚从菲利普的生活中消失。"普拉克西丝哭泣着说。

"你从威利的生活中消失,又从艾弗的生活中消失。"艾玛说。

每当普拉克西丝自艾自怜,或者义愤填膺的时候,艾玛就把她逼到死角,让她不得不面对自己。

"维多利亚和詹森一点儿都不在乎。"她呻吟着说。

"我理解你的感受。"艾玛乐呵呵地说。

现在,她是自由之身,哪儿都可以去了,可是发现无处可去。她几乎没有什么朋友。是啊,她几乎没有照顾过什么人。跟他们家交往的大多数都是菲利普的朋友。就好像这么多年以来,他一直策划她衰落垮台、被抛弃的这一天。

"当然不是,"艾玛说,"你只是分享他的生活,就这么回事儿。硬挤进去的。都是你的错儿。"

"我恨你。"普拉克西丝最后对艾玛说。

有一段时间,她确实恨她。看起来,艾玛希望她对这个世界能有个全新的看法。这个看法会使她从认为自己失败并且深受折磨的痛苦中解脱,也使菲利普从她希望他承受的歉疚中解脱。

什么?不要把菲利普看作坏蛋,只是把他看作一种发了疯的文化的牺牲品?不,为了活下去,她需要他的"邪恶"。愤怒比苦恼更容易忍受。

菲利普很坏,很坏。他自私,邪恶,凶残,浅薄。

"当初你非要嫁他,"艾玛说,"什么力量也阻挡不了你。现在被人家蹬了,也是什么力量都阻挡不了。"

"你总是替他说话,原谅他。"普拉克西丝抱怨道。

"他跟你一样,都是牺牲品。他要保持自己的形象,你也一样。你和菲利普一起生活得不幸福,普拉克西丝。你太可怜也太可悲了。现在你总算完全置身其外了。你因为不可能再是'大地之母',自尊心受到伤害。"

"艾玛,我这一辈子完蛋了。"

"只有学会在女人中生活,你的生命才真正开始。我知道你把自己这个性别看得很低,这也难免。因为我们的劣势甚至融入语言文字之中。可是你一定要明白,一定要知道正在发生的事情。知己知彼,方能百战百胜。来参加我们的会议吧,贝丝、莱亚和特蕾西都想再次见到你呢!"

"她们想看到我被打败,沦落到与她们为伍,连个男人也没有。"

"不,她们想听你诉苦,与你分担,不让痛苦继续折磨你。她们是你的姐妹。"

"她们会设法劝我放弃工作。"

"你本来就应该放弃。那是不道德的、反社会的。你不能相信那一套。"

"我相信,"普拉克西丝轻蔑地说,"做一个贤妻良母是女人最高的境界。"

"你是贤妻——丈夫一个又一个从你身边开溜,"艾玛嘲笑道,"你是良母,抛弃了一个又一个儿女。"

普拉克西丝哭了起来,像个小姑娘。

但她还是去了艾玛那个"提高觉悟"小组。要不然,下班之后,她只能孤零零一个人回到空荡荡的卧室兼起居室。现在,她觉得贝丝、莱亚和特蕾西亲切了许多。贝丝的丈夫是个精神病人,莱亚的丈夫自杀身亡。特蕾西没结婚,才二十二岁,却已经有一对六岁的双胞胎儿女。

她没有放弃工作。这是她唯一拥有的东西。但是她做得不像以前那么好了。信心不足已经表现出来,写下的东西词不达意。

"你和菲利普很快就会复合的,"创意副总监安慰她,"我想他正处于男性更年期,过一段时间会好的。"

不过他的预言并没有变成现实。做广告的规则和生活一样,已经变化。六十年代起作用的事情,七十年代就派不上用场了。菲利普已经不再年轻。那天,他早晨和普拉克西丝分手,下午就被解雇。

希尔达把霍尔顿路 109 号挂到市场上。那时,对房屋的需求旺盛,很快就有人来看房子。威利虽然一肚子火,但也不得不搬出去。卡拉倒没有什么意见。他们花现金买了一座设施挺先进的平房。威利现在是学会的副会长。

普拉克西丝去看他们。卡拉不在家。

"你压根儿就不应该嫁给菲利普,"威利说,"你现在离开他,气色好多了。"

"你总是喜欢我穿落满尘土的黑衣服。"普拉克西丝说。

"没错儿,"威利说,"你就适合穿这样的衣服。你似乎总是为这样或者那样的事情哀悼。"

他环视平房刚刚粉刷过的墙壁,表面光滑洁净的壁橱,锃亮的新家具,还有卡拉喜欢的深红色天鹅绒帷幔。

"我不习惯这些,"他说,"我喜欢原先住过的那种黑魆魆的地方。"

他撩起普拉克西丝的运动衫,冰凉的手放在她的乳房上。他的手指和她的乳房早已失去从前的弹性。他扯下她的牛仔裤,把她推到大理石镶嵌的壁炉旁边。

"总得慢慢习惯,"他说,"把房子弄得更暖和点,更昏暗点。"

她从他手里挣脱,弄好衣服。他好像不介意。

"你已经和卡拉结婚了。"普拉克西丝说。

"你可从来不这样想呀。拉夫尔斯那些男人哪个不是结了婚的?"

"我现在这样想。"

"我不明白现在和从前有什么不同,"威利不高兴地说,"就我而言,就是想惹恼卡拉罢了。这没有什么害处。"

"那是你的想法。我的想法和你不同。"

"你一定想做爱吧?现在你没男人了。是不是很难熬呀?"

他历来就爱打听别人的隐私。他的身体和思想都妄图深入到别人的隐秘之地。他早已探索过她。"探索"的时候,急于知道某一个时刻在那里面玩弄的准确的状态,试图抓住那种稍纵即逝的感觉,生怕抽插之间会错过什么。快!抓住,不要让它飞了。不,她没有想性;是,很难熬。但是她想念的是一个温暖的家,她想念的是某种责任,是如何满足别人的需要。不管自己现在的处境多么不好,也要尽力完成。她盼望电话铃声响起,盼望在餐桌上摆好饭菜,盼望与家人分享一天里发生的事情,没有时间多想,也不必多想。她喜欢那种精疲力竭但自得其乐的感觉。可是,现在命运留给她的只是一片寂静,孤独的自己和难熬的日子……

为了寻找自我,她甚至去看艾弗。"我对你说过,"艾弗得意扬扬地说,"你总是摇摆不定。这儿的人们都过着非常幸福、安定的生活。如果你当年在这儿一心一意地生活,普拉克西丝……"

他依然住在这个小区最大的房子里。而且自从她走了之后,那房子装饰得越发漂亮了。黛安娜在窗户上挂着华贵的特丽纶白窗帘。她还喜欢印花棉布和装饰用的小灯。客厅还摆着一个很漂亮的铬合金酒柜。黛安娜显然不希望普拉克西丝来访。所以普拉克西丝只去了一次。艾弗觉得有点对不起她。这一点,普拉克西丝心里很清楚。她曾经给他的生活带来快乐,但是想要改变、寻求发财的机会,使得这种快乐变味儿了。而卡罗尔乳房紧贴他黑色西装的一幕改变了一切。普拉克西丝觉得,如果她努力,如果她追求,如果她引诱,她和艾弗的关系可以重新开始。可是最终会是什么样的结果呢?

拿到卖霍尔顿路那幢房子的钱之后,普拉克西丝就辞掉工作。倘若为了表示自己"铁肩担道义"的姿态,她似乎早就该辞职,但是谨言慎行的习惯还是让她一直拖到现在。

艾玛耸了耸肩,表现出几分友善。

"我不想知道所谓动机,"她说,"我不关心人们为什么做这件事儿,只关心做这件事儿的结果如何。"

普拉克西丝想到自杀,可是心底的善良,更不要说活着的习惯以及人们总是尽最大努力活下去的勇气阻止她付诸实施。有的人发现她的尸体,会强忍着恶心;有的人或许会泛起一丝同情和懊悔,或者即使不是悲伤(她想不出谁会为她的死发自内心地悲伤),至少也是震惊、沮丧、不合时宜的怀旧。这是任何过早的非正常死亡都会在人们心里激起的波澜。她想起很久以前美好的时光。那时候年轻,精力旺盛,希望和失望同在,机遇与挑战并存。普拉克西丝明白,她死了比活着和别人的联系还要密切。这便成了她想自杀的主要诱惑。撕下她与这个世界之间那块不真实的大幕,确实很有诱惑力,但是她没有那样做。

"我后半辈子该怎么过?"普拉克西丝问艾玛,"我真不想再活了。我简直一点儿用也没有了。"

"再找个人呀。"艾玛不客气地说。

霍尔顿路那幢房子卖了的钱到位之后,普拉克西丝离开她那个卧室兼起居室的小屋,在卡姆登镇买了一套小公寓。出于习惯,她把屋子布置得非常温馨。艾玛向四周瞥了一眼——很软的沙发,厚厚的地毯,一盏盏小灯,不客气地说:"男人的陷阱。"

"不会再有男人落入这个陷阱。"普拉克西丝说。

"这就意味着,"艾玛说,"你不再找男人了。很好。"

但是在普拉克西丝看来,那是一种令人遗憾的疏忽,而不是最终的决定。

塞丽娜生了个女孩儿。报纸上登了她的照片。她抱着孩子,菲利普微笑着站在她身后。普拉克西丝作为被取代的妻子,一张毫无神采的快照也被登了出去。照片下面的说明写的是,她正在准备离婚。推测起来,一定是塞丽娜从影集里找了一张普拉克西丝最不好看的照片提供给报社的。要不然就是菲利普干的好事儿。塞丽娜那个和传说中的皇室成员生的男孩儿,现在和菲利普、塞丽娜一起生活。没过几天,为了宣传菲利普拍摄的那部灾难影片,这家报纸的星期日副刊还刊登了一篇特写,专门介绍这个年轻成员组成的新家庭。普拉克西丝注意到,塞丽娜对厨房做了不少改进。

"我在那个家的时候比她收拾得好多了,"艾玛说,"虽然简单,功能一点也不少。"普拉克西丝听了又难过又生气,张了张嘴想反驳她,最后还是闭上嘴巴没有说出来。

普拉克西丝思想上能接受并且原谅菲利普和塞丽娜的性关系,身体上却不行。一种被掏空、被篡夺的感觉,一种自己置身于一个错误的地方,而另外一个地方正发生着她应该阻挡的可怕的事情的感觉。这种种感觉折磨着她,辗转反侧,彻夜难眠。

"我知道这种感觉,"艾玛说,"试试安眠药。"

普拉克西丝只好服用安眠药,夜里睡得很沉。虽然那种感觉消失了,但总是做梦。

"不是什么了不起的大事,"艾玛说,"真的,没那么重要。把被遗弃的痛苦看作一种疾病。会痊愈的。只不过那是一种心里的痛苦,思想上的痛苦,而不是胃疼。想一想,你比我走运。我不但心疼,胃也疼。"

"你不会还在乎菲利普吧?"普拉克西丝问道,吃了一惊。

"他无论哪方面都在你之下,也在我之下。我们比他强十倍。从来都是这样。"

"这又有什么用呢?"普拉克西丝悲伤地问。

希尔达的名字出现在"新年授勋"名单上。她身穿灰色套装,白衬衫,头发呈蜂窝状高高盘在头顶,扎着翠绿色缎带,去白金汉宫接受女王颁奖。她没等报纸报道就迅速平息了一系列罢工,从而获得高层领导的赏识,获此殊荣。她举行了一个小小的鸡尾酒会,表示庆祝,甚至邀请普拉克西丝参加。

"你穿得平平常常就行了,"她对普拉克西丝说,"把头发做一做。"

普拉克西丝很感激,和那些身穿灰色西装的公务员以及他们和蔼可亲的妻子一起参加聚会。她帮希尔达洗雪莉酒杯和烟灰缸。烟灰缸不太多,现在抽烟的人越来越少了。

"你一定很高兴。"普拉克西丝说。

"荣获帝国奖章的事?这只是一种认可,没什么了不起。"

"这是很高的荣誉。"

"我永远都不会结婚,"希尔达说,"婚姻和事业,二者不可得兼。女人不能。此外,精神病会遗传。我不想遗传给后代。"

"我可从来没有为这事儿着急过。"普拉克西丝惊讶地说。

"我从来就是一个负责任的人。"希尔达说,手指红红的,手里那个杯子洗了一遍又一遍。

她这辈子很少洗洗涮涮。

"我照顾孩子,但也有自己的事业。"普拉克西丝说。

"你的意思是,有一段时间你设法做到了,"希尔达说,"可是后来一切都坍塌了。现在,你一无所有。"

"你获得了帝国奖章。"希尔达胸前又多了一枚亮光闪闪的勋章。与之并排的还有因拉丁文、地理和品行优秀获得的勋章。

"是的,"希尔达说,"亲人会辜负你,孩子会让你失望,贼会破门而入偷你的东西,蛀虫会咬坏你的衣服,可是一枚帝国奖章将永远流传下去。我要写信告诉父亲。"

普拉克西丝什么也没说,一遍又一遍擦着杯子,等待着。

"父亲在迪尔一家私人疗养院,"希尔达说,"他是个酒鬼。不过都是母亲逼的。现在,他当然很老了。我经常给他写信。"

也许是真的,也许压根儿没那回事。

"我不知道你和他有联系。"普拉克西丝说,尽量让自己显得漫不经心。

"我和他通信已经好多年了,"希尔达说,"从大上学的时候就开始了。巴特父子律师事务所信封里装错了信,结果我发现了他的地址。我隔一段时间就给他写一封信。"

"他回信吗?"

"回不回并不重要。"

"你怎么知道他在疗养院?"

"我有时候从单位给他打电话。我总能设法找到他的地址。他经常换地方。"

"你给他写信的时候,都说些什么?"

"家里的新闻。"希尔达漫不经心地说。

"你为什么不告诉我?"

"我是姐姐。我当家。"

"我和威利同居的时候,你和他通信吗?"

"当然通了。"

"你和他说什么了?"普拉克西丝问。

"真实情况。"

"你怎么知道?"

"威利告诉我的。他很喜欢我。"

希尔达既自鸣得意又闪烁其词。

普拉克西丝没有再刨根问底。是的,威利一直喜欢她。怎么喜欢,喜欢到什么程度,她不想知道。她还记得,或者认为还记得,希尔达夜里在威利面前光屁股跳舞的情景。她还记得和父亲躺在伊莱恩家暖房里的情景。但是,也许这些事压根儿就没发生过。也许只是一种幻觉,是内心恐惧和欲望以记忆的形式在脑海中出现。她怎么能知道呢?为什么要知道呢?没有必要非得知道真相,更不要说面对真相了。如果本杰明当年不是碰巧来到"拉夫尔斯",而是收到希尔达的信之后特意来找女儿的,现在又能说明什么问题呢?

住在私人疗养院的老人——这部分听起来真实可信——靠记忆支撑度过晚年。如果普拉克西丝为丰富他的记忆做出些许贡献,她感到高兴。她毕竟喜欢过父亲。意识到这一点,普拉克西丝精神为之一振,仿佛拨开她和别人之间那层迷雾。她俯身向前,亲了亲希尔达的面颊。

"你为什么要这样做?"希尔达问,吃了一惊。

"因为你是我的姐姐,"普拉克西丝说,"别为这些着急。别为我做了什么,或者你做了什么不安。一切都很好。你得了帝国奖章,我为你高兴。"

她把酒杯放到希尔达那个前面凸起的红木角柜里。希尔达喜欢收集古董。角柜木质偏黑,亮光闪闪。普拉克西丝回家的时候心情比来的时候更好。

好像是为了承认她现在的处境和心境,维多利亚和詹森来公寓看她。他们随身带着录音机,一直坐在客厅里玩,直到她让他们赶快回家,好让她清静一会儿。罗伯特从肯尼亚给她写来一封信,字里行间充满关心。他在那儿做为期一年的海外志愿者。克莱尔也给她寄来一封信,信里还有一张她的未婚夫的照片。小伙子长得特别像艾弗,是一家制药公司的管理培训生。

艾玛、莱亚和特蕾西每星期出一份传单,抨击社会对妇女的不公。贝丝骑着一辆自行车,走街串巷,把传单塞到人家的信箱里。普拉克西丝惊讶地发现,她们的传单净是语法错误,而且效率低下,自告奋勇替她们编辑。经过一番讨论,小组会勉强接受了她的建议。

"我们又不是写宣传文章,"艾玛说,"也不是为了卖钱,喊口号。不过,既然你的空闲时间比我们几个人都多,拒绝你的好意,可太傻了。"

后来,传单发展成一张报纸。普拉克西丝正儿八经当了编辑。她写轻松活泼的社论。文章里写的那些话,自个儿都半信半疑。就像以前给家用电器写的那些广告。不过,她觉得自己是在寻求某种平衡。有时候,她还想到自杀,但是知道无法付诸实施。因为总有下一期报纸要考虑,总有下一期报纸要编辑。

终于有人问她:"你什么时候加入了'妇女解放运动'?"这时候,普拉克西丝似乎才意识到,她真的成了这个运动中的一员。原来觉得古怪的想法现在在她看来很正常。她还惊讶地想起,过去自己居然那么排斥这些观点。

她是一个皈依者,希望改变自己的信仰,希望世界上所有的妇女都想她之所想,做她之所做,加入妇女团体——一个旷古未有的快乐大家庭。

"我也说不上,"她回答道,"对某些人,或许像一道闪电,突然照亮她们的心,对于我却是一个循序渐进的过程。"她笑了起来,有点神经质。她把这种改变看作一种宗教体验。脱掉过去的衣物,一丝不挂(身材已经不再美丽,不再令人骄傲),谦卑地

· 343 ·

站在崭新的祭坛前面,心里知道,上帝的女儿,再生了。

无论走到哪里,她都看到被背叛、剥削、压迫的女人。她看到的女人是清洁工,替人家取东西的人,送报纸的人,世上最谦卑的人。她们是真正应该赐福的人。

她认为男人的生活无足轻重,只有女人的生活才有意义。她失去了对人类创造历史的神话——伟大的文明,伟大的艺术,伟大的帝国——的信仰。她认为,那都是男人的版本。

有一段时间她得意扬扬。她写的东西也洋溢着快乐,引起不小的反响。办公室里的女人,更为广阔的世界里的女人都听她发表的言论,而且相信她的话。

普拉克西丝想,也许现在她平安了。在女人眼泪的海洋里,失去了她的"小爱"、不足挂齿的痛苦和无谓的麻烦。她已经获得了免疫力,从更多的痛苦中得到救赎。

跟着我,上帝的女儿,你将得救。

然而,她错了。她有信仰,但她不是神。人类的生活就像大海的波涛穿越时空,在波峰浪谷、浪谷波峰的循环往复中积蓄力量,创造历史。没有一个具体的点可以让你说,啊,我到了!我得救了!我富有,成功,幸福。可是第二天早晨醒来,你会看到,并非如此。

也许有一种外部力量——或者我们自身的力量——宣称，牺牲是信仰的一部分。为了证明上帝的存在，亚伯拉罕必须牺牲以撒。

有一天，玛丽走进普拉克西丝办报纸的"编辑室"。她一手抱着一个孩子，身上的衣服干净整齐，但价格低廉，一望而知就是那个年代伦敦家庭妇女的打扮。普拉克西丝带她到百货公司吃午饭。那里有高靠背椅子，防备小孩儿掉下来。她们吃了特价炸鱼条和薯条，没花多少钱。

"爱德华离开我了。"玛丽说。

"他扬帆出海，"玛丽说，"在一艘去马德里的游艇上干船员的活儿，随着下午的潮水漂泊。"

"航海是他一直最喜欢的事情，"玛丽说，"我有孩子之后，当然不能跟他一起扬帆远航。他对这事儿非常恼火。"

"我不责怪他，"玛丽说，"他非常喜欢船。和船比起来，老婆孩子一定枯燥乏味。他不是个很聪明的人，为了能和他对话，我只好'屈尊俯就'。所以，应该说，我在他面前从来没有展示出自己最好的一面。"

"他向往远方的大海和遥远的海港，"玛丽说，"在布赖顿，你当然永远都能听到大海的涛声。夜里躺在床上，海的呢喃也不绝于耳。"

"我们俩躺在床上倒也安宁,"玛丽说,"你一定认为会发生点什么事情。可是什么也没有发生。"

"回想往事,"玛丽说,"我真不知道为什么要嫁给他。我想,也许因为只有跟他结婚,才能生下这两个孩子。他们是非常特别的孩子。"

她充满爱意地看着那两张很是平常的小脸。两个小家伙脸上抹着番茄酱和巧克力冰淇淋,伸长脖子用服务员递过来的纸巾擦嘴巴。

"大千世界并非不可思议。"普拉克西丝生气地说。可是话音刚落,她就意识到,她错了。

"等孩子们上了学,"玛丽说,"我还要到医院工作。当然不会那么容易。毕竟失去六年工作机会。但我不后悔。生儿育女,青春不再,我都不后悔。"

"我想去趟美国,"玛丽说,"我的父亲是美国人,对吗?"

玛丽俯身向前,拢了拢抱在怀里的女儿的头发,不敢看普拉克西丝的一双眼睛。普拉克西丝知道,她是想从她这儿得到一些消息。是呀,为什么不告诉她呢?周围的世界已经发生了很大的变化。从前让人羞愧、丢脸、尴尬、震惊的事情,今天已经显得不再那么严重。

"也许是,"普拉克西丝说,"你母亲当然希望是那个美国人。她希望你开放、自由。现在你就是这种状态。"

"我十三岁的时候,"玛丽说,"收到一封匿名信。那封信说我母亲是妓女,你也是。"

"她当然不是!她是一位受人尊敬的英国文学老师。那年,她四十五岁。有一天夜里,她和三个男人发生了关系。一个中年男子——很聪明的中学老师,还有他的儿子。后来又碰上一个和蔼可亲、仪表堂堂的美国兵。"

"她是为了钱吗?"

"当然不是!"普拉克西丝觉得点到为止,不必细说。

"谁身上都会发生这种事,"玛丽用那种七十年代人年轻、清脆、冷静的声音说,"那时候,当然很难弄到避孕药。"

"是的。"

"她想把我做掉吗?"

"不太想。"

"我坚决反对堕胎,"玛丽说,"那么,我是从已经死去的母亲子宫里活生生揪出来的吗?就像剖腹产。"

"是的。"泪水迷住普拉克西丝的眼睛。

"炮火连天,那一定是一件很不容易做到的事情。"

"我想是的。"但是究竟是不是,普拉克西丝已经记不清楚了。

"后来,你从一个很凶狠的牧师妻子手里救出我。"

"算不上凶狠,只是疏忽。"

"那时候,你年纪也不大,为了照顾我,自己也受了许多苦。"

"你怎么知道的?"

"威利对我说的。"

"也没那么严重。"普拉克西丝有点羞怯地说。

"都是命,"玛丽说,"哦,没关系。好人总有好报。"她坚定地说,好像一切都在她的掌控之中。

普拉克西丝付了账单。玛丽把两个孩子从高靠背椅子上抱起来。小家伙在电梯里蹦蹦跳跳。玛丽把他们抱起来,好让他们按电梯按钮。

"我觉得,从任何意义上讲,都很难真正爱上一个男人。"普拉克西丝没头没脑地说。

"有的人会,"玛丽乐呵呵地说,"我料想,大多数人都会。"

"我该怎么办?"玛丽的年纪比普拉克西丝小一半。她为什么会问这样的问题,自己也不知道。

"我想,你应该做的是,"玛丽说,"学会热爱这个世界,热爱得想要改变它。"

玛丽回布赖顿,普拉克西丝回办公室。在那里,她看到出出进进各不相同的女人。她以前私下里看作被抛弃、被侮辱、偏执、愤怒、荒唐的女人,现在在她眼里勇敢、高尚,敢于尝试。她们按原则而不是习俗生活。各式各样的女人——年轻的,年老的,聪明的,迟缓的,漂亮的,平庸的,步履蹒跚的,一瘸一拐的,性困惑的,性满足的,性冷淡的,被虐待的妻子,被强奸的少女,品行不端的处女,工资很低的售货员,受挫的企业老板,有暴力倾向的女学生,被剥削和剥削人的女人……都会从先前痛苦的内心世界走出来,用新的目光看待这个世界。她们看到,这个世界可以改变,即使对她们自己为时已晚,至少对别人还会变得美好。

普拉克西丝很惦记玛丽的事,艾玛只是耸了耸肩。

"就该是这个样子。"她说。艾玛头发灰白,满脸憔悴,刚到医院做了体检。

"他们想摘除我的子宫,"艾玛说,"这是男外科医生最痴迷的事情。只要能把女人有、他们没有的器官一股脑儿取掉,就是医疗技术的进步。"

"可是艾玛……"普拉克西丝说。

"个人的生命没那么重要,"艾玛说,"我们是什么?沧海之一粟。重要的是生活质量,而不是活多久。我不愿意死乞白赖地硬活着。你愿意吗?"

"我愿意。"普拉克西丝说。

菲利普拍的那部电影《洪水》拖了两年之后,终于上映。但是没有大获成功。评论家认为,影片缺乏宏大的主题和场景。他从骨子里就只能是个电视导演。客厅电视机屏幕上表现的场面,到宽银幕上就显得那么单薄。人们断言,总拍电视把他变得像个"侏儒"。更糟糕的是,把他变得卑劣。有人指责,一部电影投入百万英镑,连个响也没听着。他们还抱怨,塞丽娜胖了。好几个镜头里鼻孔都是红的。如果主要演员感冒了,就应该推迟拍摄。过去或许可以这样做。可是现代电影已经今非昔比了。围绕菲利普这部电影,舆论哗然,就像一群绿头苍蝇在无意中遗漏到冰箱外面一块极好的肉上营营嗡嗡地盘旋。过去,摄影师和技师为了取得理想的效果,不惜冒生命的危险。当年拍摄电影《宾虚》①的时候,摄制组成员的脑袋不是被战车车轮上的刀砍掉了吗?而拍摄菲利普那部片子的团队大概连脚也没有湿。

等等,等等。

普拉克西丝很高兴,可以说"可怜的菲利普"。维多利亚从父亲家里搬了出来,有时候在艾玛的沙发上睡,有时候在普拉克西丝的地板上睡。塞丽娜迷上了瑜伽,拒绝吃肉,也不准任何人在家里抽烟喝酒。詹森在皇家公园当园丁。该回大学念书的时候,他却不肯辞掉这份工作。他说,皇家公园里的园丁大都是成绩优秀的大学毕业生。在盆栽棚里和他们聊天比和学校里的同学交流收获大得多。

菲利普不等听完他胡扯,就打了他一拳。詹森居然还了手。

"下一次,"詹森说,"我要拿铁锹劈了你!"不过第二天,他向父亲道了歉。

家里的负担越来越重。塞丽娜的小宝宝得了小儿湿疹,一天到晚哭啊,哭啊,挠啊,挠啊,不得不喝羊奶,穿细棉布,塞丽娜

---

① 《宾虚》:改编自卢·华莱士的同名长篇小说,由导演威廉·惠勒执导,查尔顿·海斯特、休·格里夫斯、杰克·霍金斯主演的民族苦难历史片。该片讲述了犹太人宾虚同罗马指挥官玛瑟拉之间的爱恨情仇及其反抗罗马帝国压迫的故事。该片获 1960 年奥斯卡金像奖。

寸步不离。菲利普睡不好,又没活儿干了。塞丽娜和小宝宝大多数夜晚都在另外一个房间睡觉。至于那位"皇室宝贝",因为生活中的大起大落,困惑不解,经常尿床,把内裤弄得一塌糊涂。

塞丽娜大睁着一双充满忧伤的眼睛,做呼吸练习。她每天早晨都喝一杯葡萄酒醋加蜂蜜,然后来个莲花坐①。别的也没什么了。

她来编辑部办公室看普拉克西丝,怀里抱着那个非常瘦弱的小宝宝。小家伙脑壳很大,凝视的目光似乎充满痛苦。

"对不起,"她说,"我现在明白对你的伤害有多大了。可是那时候一点儿也没有意识到。"

她们俩一起仔细看那个小孩。小宝宝脸上长着许多疹子,四肢上面有许多抓痕。"我想以后会好的,"塞丽娜说,"医生说,过了三岁就好了。这当儿,就得眼睁睁看着她受罪了。我想,我情愿死。我知道,她也不想这样活着。可是,他们不会让你死的。每个人都得努力活下去。"

"她是你的孩子,不是他们的。"普拉克西丝很温和地说。

"因为是你的,就得为她付出,"塞丽娜说,"可是不知道怎样做对她最好。"

塞丽娜回家去了,普拉克西丝到电视台参加一个关于改革

---

① 莲花坐:盘腿打坐,瑜伽中的一种坐姿,双腿盘起,双手垂放膝上。

堕胎法的讨论。现在,走在大街上,她常常被人认出。有的人面带微笑,互相用胳膊肘子捅捅。有的人径直走过来,指责她是刽子手,是还没出生的孩子的杀手。

"昨天晚上我在电视上看到你了,"玛丽从布赖顿写信说,"我倒希望你的看法正确,可是我觉得你错了。我在妇产科病房工作了将近一年。外科手术手套上沾满了鲜血。记住,实际上是做人流。给年纪大的女人做,我还愿意。因为她们至少知道正在发生的是什么样的事情,心里像我一样痛苦。最让我难过的是给那些小女孩做手术。她们把我当作避孕的最后一道防线。因为她们生怕耽搁了和男朋友去度假。讨论这些事情的时候,我是不是像从南非来的人,倘若你们说到种族歧视,我会说,哦,我在那儿住过,我知道那里的真实情况。"

"我找到一份工作,"玛丽从布赖顿写信说,"在多伦多,虽然不在美国,但离得近了点。是一个挺大的综合医院。医院里有个托儿所。事实上他们愿意接受我,也愿意接受两个孩子。所以你看,我的生活、我的事业并没有结束,只不过因为结婚推迟了而已。我做得比你好。"

"恐怕出麻烦了,"玛丽又从布赖顿写信来说,"那件工作黄了。我怀孕了。我在一次聚会上碰到一个已婚男人……"

普拉克西丝坐火车到布赖顿。玛丽非常消瘦,面色苍白,妊娠反应很严重,一直呕吐。卡拉每天来帮她照顾孩子。屋子里很冷,没有几件像样的家具。玛丽靠社会保险生活。

"你是有资质的医生,"普拉克西丝气得脸色发白,"你一定知道避孕。"

"我不喜欢避孕,"玛丽平静地说,"那是反人类的,我把性和生殖联系在一起。就这么回事。我不是天主教徒,不信耶稣基督那些玩意儿,但是我非常理解罗马教皇的说教。生命要么是神圣的,要么什么都不是。人要么是卑鄙的,要么是高尚的。我相信,我是神圣的,我的存在有其自身的意义。我虽然很难过,但是自从你告诉我妈妈的故事,我就更相信这一点了。"

"你不能把这个孩子生下来,"普拉克西丝说,"你甚至连他父亲的名字都不知道。这太荒唐了。"

"母亲也不知道我父亲的名字。"

"如果不终止妊娠,你就完蛋了。什么东西都被你毁了。"

"但我还有这个孩子。我不会让别人帮我堕胎。我没有这个权利。如果能做,我自己就做了。但我不能,就是这样。我按原则而不是习俗管理我的生活,就是这样。"

"如果你不想避孕,也不愿意堕胎,"普拉克西丝说,"至少可以节制你的性行为。"

"我喜欢性,"玛丽温和地说,"不避孕快乐得多。"

普拉克西丝扇了玛丽一个耳光,气冲冲地走了。玛丽没有送她。卡拉把她送到车站。

· 353 ·

"我提出替她养这个孩子,她不肯。她太固执了。可是,只要做她想做的事情,就乖得不得了。"

"我想,她像威利,"卡拉说,"这一点,也许像大多数人。"

"威利现在没有什么考试可以参加了,"卡拉抱怨道,"不知道自己该干什么。当然,他现在是研究所主任了。"

卡拉还穿着咖啡色衣裤。

"他现在用透明胶带补鞋,"卡拉说,"而不是用绳子绑鞋底了。这也是一大进步。"

后来,玛丽给普拉克西丝打电话。普拉克西丝本来想向她道歉,但是心情不好,就没有说出口。

"你不应该在某个人身上下这么大的功夫,"艾玛说,"你总犯这种错误。多关注我们的解放运动,把目光投向妇女的存在和经历。不要注意细节。那是男人的做法。"

"对不起,"玛丽说,"我做得不好。不过,事实上一切都向好的方向发展。多伦多那家医院答应为我再保留一年那个职位。而且幼儿园会接收小宝宝。那儿是女权主义的温床。所以,你看,我的事业并没有结束。只是又推迟一年。等孩子出生的时候,我希望你能来医院看看我。那时候,你已经无法阻止他的存在了。"

她的声音中有一种冷静。

"当然她很冷静,"艾玛说,"对于那些被当母亲的强烈愿望折磨得身心俱疲的女人,你不能随随便便向她们建议终止妊娠。"

普拉克西丝把自己奉献给大众,而不是少数人。她发表充满力量与热情的社论,发现人们对她写的东西给予充分的肯定,而这种肯定在现实生活中并不多见。读者把她写的文章从报纸上剪下来,贴到墙上,辩论的时候当作炮弹引用。

"我那些文章都是信手涂鸦。"普拉克西丝不好意思地说。可是别人从她的文章中看到一种革命性的东西——抓住了引起人们真正不满的实质性的问题,以及进行变革的可能性。

玛丽再给她打电话的时候,说她在医院,她的儿子已经出生三天。但她声音里没有丝毫快乐。普拉克西丝又去布赖顿。站在火车站站台上等火车的时候,她又想起希尔达的诅咒:"你不管走到哪儿,都带着一身晦气。"下火车之后,她坐公共汽车到了医院。

玛丽住在一个单人病房里。她面色苍白,形容憔悴,行动困难。刚生的小宝宝躺在病床边一张带轮子的婴儿床上,裹在毯子里,一动不动,一声不响,像个玩具娃娃。

"我不得不剖腹产,"玛丽说,"一切都乱套了。很不顺利。"

"这孩子差点儿死了,"玛丽说,"他一直在特护病房,身上插满管子。不过总算熬过来了。"

"我非常爱那两个孩子,"她说,"老大我花了一整天的时间,爱上了他。老二,第一眼就让我喜不自禁。这大概就是所谓母子连心。可是和这个孩子就没有这种感觉。我想,过些日子也许会好一点。"

但是听她说话的口气,并不抱希望。

"不要仔细看他,"玛丽说,"他是先天愚型,有一个染色体缺损。应该在怀孕四个月前去做检查,可是我没有。那时候就能查出胎儿有没有这个问题,或者有没有脊柱裂。如果有,就可以终止妊娠。但是你知道我的信仰。我要是早知道五个月就好了。无非是再受五个月的苦,也就一了百了了。"

"我这辈子算是完了,是吗?"玛丽说,"再也去不了多伦多了,也去不了美国了。哪儿也去不了了。他们为什么不让他死?我没有求任何人做任何事情。什么也不能做。不过我想,有关机构,不能什么也不做。"

"你可以把它送到收容所。"普拉克西丝说。

"是他,"玛丽说,"不是它。不,我不能这么干。我们必须承担应该承担的责任。不能把自己的麻烦推给别人。此外,他在那儿一定受罪。另外那两个孩子会怎么想?不,上帝把他给了我,一定有他的用意。"

"我想,他的智力将非常低下,"玛丽说,"长大之后也得坐在椅子里,流着哈喇子,围着围嘴儿。我曾经听人说,有的人就是通过这样的苦难,实现个人的救赎。那是奉献的一生。对于一个愚型儿来说,成为愚型人并非他自己的过错。这是一位医生告诉我的。吉布医生。一个女人。我很喜欢她。记得我在妇产医院实习的时候,和一位与我现在处境相似的病人也说过类似的话。不过那时我有着美好的未来。"

"我可以替你照顾它。"普拉克西丝说。

"不,你不能,"玛丽说,"你管他叫'它'。你不适合。别的女人要忍受的痛苦更大。我见过她们在特护病房的情景。她们坐在早产儿保育器旁边,看着浑身插满管子、连着电极、吊着输液瓶、痛苦挣扎的小宝宝。这些孩子也许能活下来,也许不能。也许终生残疾,也许不会,吉凶未卜。他们眼睛里——母亲的和孩子的——有一种动物的表情。但是不应该有那样的表情,我们是灵魂高尚的人,不是动物。到了这一步,他们应该让那样的婴儿死掉。母亲也一样。生命本身并不重要。重要的是活着的方式,活着的质量。"

"我想过,或许应该杀死它,"玛丽说,"可是,转念一想,他不是一个'它'。"

玛丽从床上艰难地爬起来,步履蹒跚地向浴室走去。

普拉克西丝想扶她,被她甩开。

"我自己行。"她说。

玛丽出去之后,普拉克西丝从床上拿起一个枕头,把那个婴儿面朝天翻过来,把白色枕头压到他脸上。枕头下面一点动静也没有。之前,期间,之后,小东西都一动不动。整个过程不像是扼杀一条生命,倒像是纠正一个不得不纠正的错误。像是在全身被感染危及生命之前,取掉发炎的阑尾。那是大自然的弱点,大自然的错误,不是上帝的旨意。

普拉克西丝把枕头放回到床上,按响电铃。一个护士跑了进来。
"这个孩子可能出问题了。"普拉克西丝说。
护士推着婴儿床向走廊那边跑去。红灯闪闪,走廊里传来杂乱的脚步声。玛丽从浴室慢慢地走出来。
"孩子哪儿去了?"玛丽问,话音刚落就晕了过去。

过了一会儿,吉布医生来了。她是巴基斯坦人,黑眼睛,看起来身体不够壮实,但是和玛丽身体好的时候一样,目光坚定。而这坚定的目光,普拉克西丝相信很快就会再回到玛丽眉宇之间。
"对不起,"吉布医生说,"你知道,这个小宝宝确实患有呼吸障碍。也许我们从保温箱里拿出来的时间太早了?我不是说这不是一场悲剧,当然是。可是像这个孩子这种情况,我见过很多病例,活下去会发生更严重、更糟糕的情况。"

吉布医生不想再讨论下去。玛丽背对普拉克西丝哭了起来。是因为身体虚弱,还是因为震惊,或者内心深处真的非常痛苦,普拉克西丝不得而知。

普拉克西丝离开医院,走到霍尔顿路,又走到海滩。109 号被重新粉刷,围上新的篱笆。花园里鲜花盛开,两个相互之间非常友善的小男孩儿在门框上荡来荡去打秋千。暮色渐浓,一个女人从前门出来,喊他们回家喝茶。普拉克西丝注意到那扇门开起来非常容易,看来终于有人把它从门轴上取下来,刨平以后再安了上去。

普拉克西丝沿着海滩慢慢地走着。夜幕降临,星星一颗又一颗出现在夜空。海滩上,细碎的浪花拍打着鹅卵石。世界变得宁静,仿佛呼吸也停止。猎户星座中那颗一等星明亮的光芒照耀着她。火焰的泪珠洒落在四周。星星开口说话,咆哮声震耳欲聋。大海和海岸的声音由远及近,响彻夜空。鹅卵石被浪花拍打着,起起落落,给人以安慰和信心。向医院走去的时候,她的脚不时陷入沙土和卵石中,揪扯着她,让她更加下定决心。

她在产后病房护士办公室找到吉布医生。她穿着白大褂,正在填写表格。一个有点古怪、与周围环境很不协调的人穿堂入室,走了进来。

"不是自然死亡,"普拉克西丝说,"是我干的。我认为我这样做是对的。"

"我觉得你是精神过度紧张,"吉布医生说,"你可得想好了你说的这番话分量有多重。这位产妇已经快崩溃了,不要再刺激她。"

"我们不能总是为某个个人考虑。"普拉克西丝说。

"我明白。"吉布医生说。

"哦,对不起,"普拉克西丝说,"如果我是个令人讨厌的人。不过事实是,那个小孩儿本来还活着,而且可以像植物人一样再活四十年。但是因为我故意做了什么,它已经死了。这是真实情况。我向你坦白,吉布医生。"

她说话的时候,蝙蝠扇动着黑色的翅膀猛扑过来,利爪抓住她的头盖骨。刹那间,普拉克西丝无法确定,她是在虚幻的梦境,还是在现实生活中。记忆中的东西和已经发生的事情完全相同。她融入了这个真实的世界。在这里,她的感觉虽然痛苦,但很敏锐、很清楚。

"死亡证明已经签署,"吉布医生说,"这么说,我得撕掉重开了。"

"是的。"普拉克西丝说。

"你想好了,我可是为你着想。"吉布医生有点惊讶地说。吉布医生从孟加拉国回来。那里的人们饱受洪水、饥荒、战争和瘟疫之苦。她亲眼目睹了饿殍遍野,尸横街头。"我可是为你着想。"

在普拉克西丝看来,无论在审讯时,还是判决时,人们的意见都不一致。这期间,她被关在拘留所,只能间接地听到外界对这件事情的不同反响。这座监狱是新建的,惨淡凄凉,但并不特别可怕。囚禁普拉克西丝的屋子不大,门上有个小窗,一张还算舒服的床,一个架子。墙上贴着内政部的公告,允许嫌犯带一张照片到监狱,也可以选择不带。

一日三餐足以让她想起从前。威利爱吃的很不精细的土豆泥,水浸泡过的蔬菜,自己动荡的青年时代。她甚至感觉得到小玛丽压在她胳膊上的重量和威利使劲插入时身心的颤动。在监狱沉闷的、死一样的寂静中,她觉得自己的身体和思想都是毕生经历的总结;就连现在,也记录着煮白菜的味道,公共厕所的气味,消毒剂和附近女囚的体味。在以后的岁月里,这种种记忆中的气味,会常常在她鼻翼间缭绕。

普拉克西丝的律师在每周一次的来访时,告诉她,她的罪可以判无期徒刑,也可以判两年缓刑。怎么判,现在很难说。这个律师很年轻,毛毛躁躁,有点神经质。他匆匆忙忙走进普拉克西丝的牢房,用皱皱巴巴、没有熨烫过的手帕擦擦圆溜溜的光头,问几个问题,做点笔记,拔腿就走,去会见别的当事人。给普拉克西丝的感觉是,那些人的案子更急迫。律师希望她请求法庭认定她是暂时性心理失衡。普拉克西丝婉言谢绝。他听了之后,连连摇头。

"你想怎么样呀?想当个殉道者?让你的名字见诸报端?现在你的名字在报纸上出现的次数还不够多吗?"

"我不知道,"普拉克西丝说,"在押候审期间,他们不让我看报。"

"这是为了保护你自己,"律师说,"舆论对你并不有利。"

"我压根儿就没指望有利,"普拉克西丝说,"我也不会说什么对自己有利的话。"

她确实没有说。但是那种如释重负的感觉依然存在,潜藏在自我撕裂的感觉之下。就好像她终于可以面对可能发生的最糟糕的事情。事实证明,不是被人杀,而是杀人。现在已经做到了,做完了。和那种如释重负的感觉同时给她以慰藉的是她的远见卓识。她认为这种扼杀并非不足挂齿、卑鄙疯狂的行为,而是实现自己崇高理想的手段。普拉克西丝能够,也应该对自己的行为做出合理的解释。她会说,从逻辑上讲,避孕和堕胎之间没有区别。在任何一个阶段终止妊娠——是胎儿小于九个月,六个月,三个月,或者三个月再加一天,那得由孕妇本人决定。现在,每二十个婴儿里就有一个有生理缺陷,所以必须消除孕妇心理上的恐惧,等等,等等。这种观点有一半人相信,一半人认为和自己没有关系。

夜半时分,她会为玛丽的婴儿哭泣,为自己做过的事情痛苦地呻吟。但是心底依然有一种难以平息的骄傲之情。她认为自己是对的。

监狱里的工作人员和狱友们和她讨论这件事情。

"你不是孩子的母亲。"一个图书管理员说。她获得过英国文学学位,因为殴打幼儿被捕入狱。"有什么权利扼杀这个孩子?"

"她是我的姐妹,"普拉克西丝说,"所有女人都是我的姐妹。"她这样说的时候,心里充满悲凉之感。希尔达作为姐姐舍弃了我,但我把世界上所有的女人都当作自己的姐妹。"

"如果我生下一个有残疾的孩子,"监狱牧师说,"我们会更爱他。"这个人让普拉克西丝想起奥尔布赖特先生。他刚娶了个年轻妻子,还生了个小宝宝。

"你是好人,"普拉克西丝说,"可并不是谁都是好人。你有忍耐力,有持久精神,别人未必。"但她心里明白,他是对的。会有人带走玛丽的孩子,照顾他。就像那些不能自理的残疾人被人们照顾那样。残酷和善良交替更迭,就如别人照顾露西一样。

"一件事情会导致另外一件事情。"一位妓女说。她是因为持刀袭击同事被抓进来的。"先人流,再安乐死,然后种族灭绝。这是希特勒的做法,难道不是吗?我只是不明白人们怎么能加害于儿童,更不用说杀死他们。"

"生不如死的例子并不少见。"普拉克西丝说。她不知道自己捂死玛丽的孩子时,扼杀了多少自我。她似乎是通过这样的方式,解脱自己的痛苦。

"你做得完全对,"一个灰头土脸的商店扒手说,"我怀孕五个月的时候,医生检查出胎儿患有脊柱裂。做人流时发现是双胞胎。我倒真希望九个月的时候再做,那时候就知道到底是不是脊柱裂了。其实早做晚做有什么不同呢?"

"谢谢你!"

普拉克西丝收到一封信。信是从菲利普供职的那家电影公司寄来的。他们要普拉克西丝签一份授权书。因为菲利普正在为"妇女解放运动"拍摄一部文献片《选择的权利》,想使用普拉克西丝以前写的东西做解说词。普拉克西丝签了字。当初写这些东西的动机已经不重要,重要的是结果。

"如果孩子的母亲要你这样做,"律师说,"我们还有要求从轻处理的机会。"

"她没有,"普拉克西丝说,"我不想让她说这种话。"

"我也不认为她会说,"律师说,"她心里充满仇恨。"

听了这句话,普拉克西丝哭了起来。律师看起来松了一口气,好像终于发生了一件他可以理解的事情。

开庭前一天,典狱长把普拉克西丝叫去,给了她一沓信。

"我们觉得应该让你看看这些信。"她说。她那副样子让普拉克西丝想起希尔达。不过也许仅仅因为她有资格写对犯人不利的报告,并且上报这些报告,她才显得这样趾高气扬。"也许会让你高兴一点。都是支持你的信。不少女人都说,她们真希望自己也有勇气做你做的那种事情。注意,大多数都是母亲。当然也有祖母、外祖母,亲戚朋友。随着时间流逝,她们看到太多的家庭土崩瓦解。"

"我不想看,"普拉克西丝说,"我只是希望别人少一点痛苦。不过,还是非常感谢你。"

因为是谋杀案,普拉克西丝戴着手铐,被女典狱长押着走向法庭。从车窗望去,许多妇女举着旗子,喊口号,喝倒彩,起哄。她从囚车上下来的时候,被照相机的闪光灯晃得一阵阵目眩。

"这些人简直疯了。"她仿佛本着道歉的精神,对女典狱长说出这番话来。

"总比冷血强。"典狱长说。她家里有个智力低下的弟弟,看够了他活着的艰难,很为自己的"无能为力"而自责,结果对普拉克西丝更加仇视。

"我不是冷血,"普拉克西丝说,"我不是。"然而,她是拿谁的标准来判断自己是否冷血呢?

"是的,"玛丽在法庭上大声说,"是我让她替我干的。她是我的朋友。"但是她没有看普拉克西丝的眼睛。她会为救她撒谎,但是不会原谅她。

"不是,"普拉克西丝说,"我当然不是做这件事情的合适人选。可是除了我,还会有谁呀?"

"不,"普拉克西丝说,"我没有这个权利。可是这位母亲有。我是她的代理人。"

她绝对不会为解脱自己而撒谎。

"不,"普拉克西丝说,"我觉得杀死一个出生四天、严重伤残的婴儿不比打掉一个四个月的健康胎儿更糟糕。只是做起来更难下手罢了。"

"不,"普拉克西丝说,"我没有发疯,我也没有接受心理治疗。"

"是的,"普拉克西丝说,"到此刻为止,我的生活是被践踏、被损坏了的人格的象征。而大多数女人都是情感上不同程度被践踏、被损害的牺牲品。女人只能用自己拥有的微不足道的权利,尽量保护自己。"

法官不是不同情她。他说,"堕胎法"混乱了道德和法律的界限。

古罗马之父(这位法官受过古典教育)对新生儿生与死的权利曾经做出如下的规定:如果这个孩子出生后将受苦——饥荒、战争或者别的危险带来的苦难——可以不让他活下去。对有残疾的婴儿,或者家里已经有许多女儿,又生下的女婴也可以照此办理。决定权在父亲手里。他一旦决定,就由仆人执行。那是古罗马帝国兴盛时期的事情。

两天后,陪审团做出有罪裁决。法官最终接受了大多数人的裁定。

普拉克西丝被判了两年监禁。

她离开法庭的时候,许多女人拥挤在囚车周围,敲着窗户。
"我们等着你!"
"别放弃!"
"不要屈服!"

如果还有别人——肯定有——想朝她吐唾沫,侮辱她,哭喊,叫骂,也都被挤到后面去了。

玛丽带着孩子到多伦多去了。

艾玛来看普拉克西丝,给她带来外部世界的消息。塞丽娜离开了菲利普。克莱尔和她那位企业主管结婚。婚礼很讲排场,黛安娜把新娘母亲的角色"扮演"得非常好。她戴一顶蓝帽子,上面插着羽毛,仪态万千,俨然认为自己有资格出现在这个场合。玛丽的工作很顺利,现在是儿科医生。艾玛看起来病恹恹的。她得癌症了,但是拒绝治疗。詹森终于屈服,放弃了园丁的工作,又回大学上学去了。不过,他说不是因为听了父亲的劝告,而是因为冬天太冷,他受不了。詹森觉得,菲利普落魄之后,对他的态度比以前好了许多,或许因为塞丽娜走了的缘故。罗伯特已经决定留在非洲。

"我想是去射杀非洲人。"普拉克西丝伤心地说。

"你压根儿就不应该离开他们,"艾玛说,"普拉克西丝,种瓜得瓜,种豆得豆。"

她自己那个小儿子和乡下的堂兄一起生活。他骑马,鄙视城市生活。艾玛觉得没有必要为他活着。

"种瓜得瓜,"普拉克西丝重复了一遍艾玛刚才说的话,"种豆得豆。"

说到底,这不过是安慰人心的名言警句。

"叫我帕蒂,"她说,"我已经不叫普拉克西丝那个名字了。那是个自命不凡的名字。"

"真好笑,"艾玛说,"你姐姐已经管她自个儿叫西帕提亚了。"

帕蒂·弗莱彻出狱的时候没人来接她。她觉得自己早已被这个变幻无常的浮华世界忘记了。她没有钱,也没有可去的地方。艾玛在医院里,已经是弥留之际。特蕾西和莱亚在威尔士组织了一个妇女公社,可是不经过艰苦努力,很难找到她们的地址。她得了感冒,后来又发展成支气管炎。刑满释放犯人援助协会在一个她比较熟悉的小区,找了个地下室。社会保障部的人每星期给她送一点钱。

她在浴室里摔了一跤,摔断了胳膊。到医院的路上又被她试图帮助的一个年轻女人狠狠地踩了一脚。

她写作;她愤怒,伤心,大笑。她想,自己差点儿死了。然后,开始觉得好了一点。

二十五

今天我设法在脚上套了一只拖鞋,披了件外套,离开地下室,上了公共汽车。售票员帮我找了个座位。到达目的地之后,一个满头鬈发、很英俊的非洲小伙儿扶着我那条没有受伤的胳膊下车,看起来没有一点点嫌弃和厌恶。

我两点半到医院,坐在候诊大厅,一直等到三点五十五。有几个病人来得比我晚,不过他们正流着血,或者连气也喘不过来,便不按次序,先给他们看了。可是即使这样,我也没有想到会等这么长的时间。当年轻人的生命和阳刚之气处于危险之中,鲜红的血四处流淌的时候,谁会在意一个老太太的脚指头呢?话说回来,也不是真的有人歧视我。和蔼可亲的志愿者端着没有缺口的杯子给我送来茶和没有限量的糖。(年轻人现在不愿意吃糖,认为无论身体上,还是道德上,那都是"万恶之源"。结果就留给我这样的老年人足够的糖。)

护士把我领进诊室之后,我看见一个年轻女医生背对着我,习惯性地看我的病例。我把脚从拖鞋里拿出来,胳膊肘子从外套下面露出来,疼痛和放松交织在一起,有点头晕目眩。医生转过身,她长得挺漂亮,显得很机灵,没有化妆,让我想起玛丽。她看起来迷惑不解。玛丽很少有这样的表情。玛丽的缺点——如果说她有什么缺点的话——就是过度自信。

"帕蒂·弗莱彻?"她问道,凝视着我的卡片,然后抬起头望着我,"我好像在哪儿见过你。"

我希望她赶快看我的伤。

"你是普拉克西丝·杜维恩,"她说,"没错儿!"

我觉得她两腿发软跪了下来,但也可能没有跪下,但不管怎么说,泪水顿时迷住她的眼睛。

"我们不知道你在哪儿,"她说,"我们以为你已经死了。"

"我们是谁?"

"所有的人,"她说,"哦,所有的人。任何一个看过那部电影的人。"

菲利普的电影。他的道歉,他的辩解。

"可是,他们对你都做了些什么呀?"她问道,已经义愤填膺。

"什么也没有,"我说,"都是我自个儿弄伤的。"

她说我不能回家,用轮椅把我推过走廊,上电梯,送到男病房旁边一个小房间。那天我最后一次看见她的时候,她脸色绯红,朝病房护士嘱咐着什么。那个女人看起来有点愤愤不平。

我不需要特别护理,但是我看到我要受到特别护理。看起来我老态龙钟、形容憔悴不是因为年龄,而是因为营养不良造成的。她们用勺子喂我吃炒鸡蛋,我不怎么爱吃。渐渐地,我的皮肤不再那么粗糙,眼睛变得清澈明亮,头发也浓密了。我不像自己先前想得那么老。我想起从前露西常常装得很老很老,好像光疯还不足以保护自己。我的手稿仔细整理过,整整齐齐放在塑料文件夹里。到处都摆着鲜花。

可我不需要这些。这不是我所追求的。心灵的痛苦、思想的痛苦不会像身体的疼痛那样,因为被认识、被关注而平复。我常常被各色人等,主要是女人,包围着问长问短。这些人要么低三下四,让人看了不自在,要么故意显得无动于衷。照相机咔嚓咔嚓地响着,摄像机呼噜呼噜地转着。我被当成英雄。与此同时,我担心他们疏忽了我的脚指头。如果断了,为什么不打石膏?他们只是让我躺在床上,脚指头缠着胶带,安慰我,很快就会好的。

亲爱的上帝,我还得活下去吗?

我觉得,我之所以用这样的话语描绘神,是因为我确信他的存在。如果没有神,也是另外一种力量推动了作用和反作用的车轮,赋予我们生命的意义和目的。如果我们自己看不到这一点,至少在别人眼里是这样一幅景象。

哦,你瞧,我已经做了这一切。我曾经放弃生命,结果失而复得。环绕我的壁垒已经崩溃。我可以触摸、感觉、看到我的同胞姐妹。

这就足够了。